은퇴의 품격

품격 있는 은퇴 생활을 위한 제언 80

은퇴의 품격

THE DIGNITY OF RETIREMENT

오영훈 지음

프롤로그

　새뮤얼 스마일즈의 4대 명저 중 『인격론』은 인간의 품격을 설명하고 있다. 내용 중에 웰링턴 장군의 이야기가 나온다. 나폴레옹 전쟁 당시 영국의 웰링턴 장군(워털루 전투에서 나폴레옹 군대를 격파하고 후에 수상이 된 인물)은 포르투갈에 상륙해 이베리아 반도에서 싸웠는데 포르투갈이나 스페인 국민들은 '자신들의 재산을 자국 군대에는 맡길 수 없지만 웰링턴 장군의 군대에 맡긴다면 안심이다.'고 했다. 그는 적국의 국민들에게도 신뢰받을 만한 훌륭한 품격의 소유자였다. 이처럼 사전적 의미로도 품격이란 '사람된 바탕과 타고난 성품 또는 사물 따위에서 느껴지는 품위'를 말한다. 옥스퍼드 사전에도 '사람이 가진 중요성과 가치로 다른 사람들이 그를 존경하게 만들거나 자신을 존중하게 만드는 것'[1]으로 나와 있다. 그렇다면 품격 있는 노년이란 어떤 의미인가. 요즘 세태에서는 노년의 행복을 오로지 경제적인 것과 육신의 건강에서 찾아 품격을 자신과는 거리가 먼 것으로 치부하고 있다. 금융전문가 데이브 램지는 '품위 있게 은퇴하기'라는 말을 강조하는데, 그 이면에는 열심히 일하고 불필요한

1　the importance and value that a person has, that makes other people respect them or makes them respect themselves.

빚을 피하고 책임감 있게 저축하고, 현명하게 투자하여 다른 사람들에게 의존하지 않고 재정적 독립을 이룬 다음 은퇴하라는 의미가 담겨 있다. 당연히 은퇴 후 호화로운 삶을 살 수 있도록 많은 부를 축적하라는 의미가 아니다. 평균적인 중산층가구가 은퇴 후 최소한의 생계를 꾸릴 수 있는 충분한 소득을 가지고 청구서를 지불할 수 있어야 한다는 것이다. 이는 당연하며 또 필수적이라고 하겠다. 하지만 필자는 '품위 있게 은퇴하기'에는 돈 이상의 것이 포함되어 있다고 생각한다. 설령 경제적 독립을 이루고 은퇴하였더라도 오래지 않아 '이게 은퇴의 전부인가?' 하면서 후회하기 때문이다. 대부분 공허함과 불만족을 느끼게 된다. 왜냐하면 경제적 문제에만 초점을 맞춘다면 인생에 의미와 목적을 부여하는 것, 즉 젊은이들에게 존경받고 사회에 공헌하며 삶의 보람을 느끼며 살아가는 진정한 품격 있는 인생을 놓치게 되기 때문이다. 우리는 더 많은 것을 이룰 수 있도록 태어났다는 것을 알아야 한다.

> 만약 내가 이 세상에 어떤 경험으로도 충족시킬 수 없는 욕망을 나 자신에게서 발견한다면 가장 그럴듯한 설명은 내가 다른 세상을 위해 만들어졌다는 것이다.[2]

필자는 베이비붐 세대 맏형격인 1955년생이다. 4년 전에 65세를 맞이해서 고령인구에 편입되었고 올해는 칠순을 맞아 개인 자서전

---

2 C. S. Lewis: "If I find in myself a desire which no experience in this world can satisfy, the most probable explanation is that I was made for another world", What It Really Means to "Retire with Dignity, Chris Cagle.

『인생은 눈부시다』를 출간하여 자녀들과 지인들에게 선물하기도 하였다. 필자가 처음 은퇴 분야를 접하게 된 것은 2002년도였다. 당시 필자가 재직하던 외국계 컨설팅회사에서 P사의 정년 교육프로그램인 그린 라이프 과정을 담당하였는데 필자가 해당 과정의 프로젝트 매니저를 하게 된 것이 계기가 되었다. 이 과정은 우리나라 최초의 정년 교육프로그램이었다. 그 다음 해인 2003년도에는 K사의 파워 라이프 과정에도 프로젝트 매니저로 참여하는 등의 인연으로 인해 이후 20년간 은퇴를 앞둔 직장인을 대상으로 생애 설계, 은퇴 설계 강의 및 집필활동을 해 왔다.

필자는 과정을 진행하면서 평소 강의 중에 전달할 수 없었던 것들을 좀 더 자세하게 수강생들에게 알리자는 취지에서 2004년부터 블로그를 운영하며 20년간 은퇴 이야기를 연재해 왔다. 그 결과 877건에 이르는 칼럼을 게재했는데, 이번에 그중에서 주제와 관련된 칼럼 80건을 엄선하여 가필 수정하여 책으로 출판하게 되었다. 이번에 출간하는『은퇴의 품격』은 우리나라 정년퇴직 프로그램 1세대인 필자가 현장에서 느꼈던 내리막을 내려오는 기술, 은퇴 후 5가지 위기를 넘어서고, 나이 듦의 편견에 맞서며 목적 있는 삶을 영위하는 등 은퇴자들의 품격 있는 노년을 위한 실질적인 내용을 10가지 챕터로 구성한 것이 특징이다.

필자처럼 1955년~1974년에 태어난 베이비붐 세대 1,700만 명이 한 해 70~90만 명씩 고령인구에 편입되는, 인구의 1/3에 해당하는 거대한 세대가 고령화를 코앞에 두고 있다. VUCA 시대[3] 한 치 앞을

....
3 4차 산업혁명시대의 세계관으로 변동성(Volatility), 불확실성(Uncertainty), 복잡성

내다보기 힘든 지금, 은퇴 이후 인생을 어떻게 보내야 할 것인지 막막해하는 이들에게 조금이나마 보탬이 된다면 더할 나위 없는 기쁨이라 하겠다. 아울러 집필에 대한 조언과 함께 꼼꼼하게 교정을 봐준 아내에게 지면을 빌어 감사 인사를 전하는 바이다.

2024. 10

개포동에서
오영훈

(Complexity), 모호성(Ambiguity)의 앞 글자를 따서 만든 신조어.

목차

IX.   지적 생활에 대하여

X.   멋있게 나이 드는 법

I

내리막을
내려오는 기술

1. 하산의 사상

얼마 전 필자와 평소 잘 알고 지내던 지인이 교육 과정을 오픈하면서 「인생 내리막」을 준비하는 과정'이라고 소개하는 것을 보고 과연 「인생 내리막」의 의미가 무엇인지에 대해 곰곰이 생각하게 되었다. 29살의 젊은 나이에 「별들의 고향」(1974)로 당시 한국 영화 흥행 신기록을 세우며 화려하게 데뷔한 이장호 감독(79)의 인터뷰 내용을 보면 내리막의 의미를 찾는 사람이 적지 않은 것 같다.

> "나이도 있고, 사람의 인생은 다 포물선이 있다. 오르막길이
> 있으면 내리막길이 있는데, 내리막길에 인생의 중요한 의미
> 가 있다. 그걸 깨닫기까지 상당한 고통과 번민이 있겠으나
> 그 내리막길의 의미를 찾는 것이 인생의 가장 중요한 숙제
> 라고 본다."[4]

이처럼 필자가 내리막에 대한 의미를 찾거나 고민하는 이유는 내리막에 대하여 사회적으로 만연된 부정적 견해 때문이다. 즉 우리

....

4   신진아, 인터뷰, 「시선」 이장호 감독, CBS 노컷뉴스, 2013. 10. 13.

의 의식 저변에는 오르막에만 발전적 긍정적 사고방식이 자리 잡고 있다.

'로마는 하루아침에 이루어지지 않았다.'는 '로마는 하루아침에 멸망하지 않았다.'는 의미를 같이 내포하고 있음을 생각할 때 그저 오르막 인생의 마무리인 내리막이 아니라 인생의 한 축으로서의 내리막에 대한 새로운 시각이 필요한 시점이다. 인생 내리막에 대한 의미를 새롭게 보려는 시각은 五木寬之(이츠키 히로유키)씨의 『下山의 사상』[5]에 잘 나타나 있다.

그의 주장에 따르면 우리는 등산이라고 하면 오르는 것에만 집중해 왔다는 것이다. 상승 지향의 사고로 정상을 향해 전력투구하는 것을 등산이라고 생각하다 보니 내려오는 하산에 대해 경시하는 풍조가 자리 잡게 되었다고 인식한다. 그는 "등산은 산정에 도달하는 것만이 아니다. 정상에 다다르면 반드시 내려와야 하는 법이므로 등산이라고 하지 말고 등하산이라고 해야 한다."고 주장한다. 그만큼 하산의 의미가 적지 않음은 물론 오히려 등산보다 하산하는 것이 더욱더 우리의 관심을 끄는 시대를 살고 있다. 등산과 하산은 자세가 다르다. 기분도 다르다. 지향하는 것은 산정이 아니라 스타트 라인이다. 안전하게 그리고 우아하게 출발점으로 돌아와 다음 산행을 준비한다. 오르는 동안은 필사적이라 올라가느라 아래를 내려다볼 틈도 없었지만 내리막에서는 먼발치로 보이는 바다를 조망하기도 하고 마을이나 들녘을 감상하는 여유도 생긴다. 도중에서 부딪치는 고산식물을 보면서 환호하기도 하고 우연히 발견한 절벽에 핀

5 五木寬之,『下山의 사상』幻冬舎新書, 2011.

꽃을 보고 경탄하기도 한다. 하산하면서 등산할 당시의 노고와 노력을 재평가하기도 하고 자신의 일생을 되돌아보며 이것저것을 생각하는 여유를 갖기도 한다. 일상으로 돌아와 잠시 몸을 추스른 다음에 새로운 산행을 계획하는 하산의 가치는 결코 등산에 비해 가치가 떨어지지 않는다. 어느 나라든 어느 시대든「下山의 시기」는 성숙하는 시기이다. 하산(下山)에 대한 새로운 인식이 절실한 시점이다.

2. 나이 든다는 것

신문 보도에 의하면 60세 이상 취업자 수가 소위 '경제의 허리'라는 40대 취업자 수를 사상 처음으로 웃돌았다고 한다.[6] 그러나 이런 신문 기사를 접하는 마음이 편치 않은 것은 60대 이상 특별한 기술이 없는 장노년층에게 주어지는 일자리는 경비나 청소, 주차관리 등 저임금 단순직이 대부분일 것으로 추측되기 때문이다. 노인취업상담을 하는 한 사회복지사는 "고령자가 과거의 경력이나 경험을 살려서 할 수 있는 일은 거의 없다."고 단언한다.

이렇게 우리 사회는 나이 듦에 대해 부정적이다. 그러다 보니 모두가 노화를 늦추는 데에만 관심이 집중되어 있다. 물론 철학자 김경집 교수처럼 '나이 들어간다는 것이 쇠약해지거나 소멸되어 가는 것이 아니라 조용한 열정으로 세상을 보는 지혜와 생의 본질을 깨달아 가는 과정'이라고 노후를 예찬하는 이가 없는 것은 아니지만 말이다.

故 요시모토 타카아키(吉本隆明, 일본의 사상가) 씨는 동경공업전문

....
6 이젠 일하는 60대가 40대보다 많아졌다… 사상 첫 역전, 강다은 기자, 조선일보, 2023. 12. 18.

대학 세계문명센터 특임교수이며 일본의 언론계를 리드한 인물로 전후 최대의 사상가로 알려져 있는데, 그가 자신의 나이 들어감을 관찰하면서 내린 노인에 대한 정의는 다음과 같다.

"노인이란 '머리나 상상력으로는 생각하면서도 그것을 정신적으로 또는 실제적으로 표현하는 것 간의 거리가 젊은이보다 큰 인간'이다."[7]

미국 상무성의 조사를 보면 시력이나 청력, 타이핑 등 직무 수행 능력에 장애가 생기는 경우는 젊은 층과 65세 미만과의 차이는 불과 1% 이내이며, 65세 이상에서는 차이가 크더라도 몇 퍼센트 선에서 그친다고 하였다. 시인 예이츠도 '계획은 세우면서도 실행하지 못하는 사람'을 노인이라고 한다면, 실행하지 못하는 이유가 무엇인지 알아보자.

첫째, 체력의 문제이다. 요시모토 씨에 의하면 일을 수행하는 데에 있어 큰 차이는 없다고 한다. 실제로도 장노년들의 건강관리는 젊은이들 못지않게 치열해지고 있다.

둘째, 시간의 문제이다. 그러나 '남은 시간이 짧다.'라는 것은 오히려 실행을 추진하는 요인이 될 뿐 실행을 막는 요인은 되지 못한다. 이처럼 실행력의 저하는 시간의 문제도 체력의 문제도 아니라면 무엇에서 기인하는 것일까?

계획해 놓고 실행하지 않는 이유는 수없이 많다. 가족의 문제, 자금 계획, 계획의 실현 가능성에 대한 불안과 공포 등 심리적인 이유

....

7　요시모토 타카아키, 『가족의 행방』 광문사, 2012(일서).

도 있을 것이다. 그러나 무엇보다도 가장 중요한 원인은 **도전 정신의 상실**이다. 생각한 것을 실행하지 않거나 못하는 이유는 바로 도전 정신의 상실이며 이러한 상태가 노인이며 나이 듦을 의미하는 것이다.

성경 다음으로 많이 읽혀진 세르반테스의 장편 소설『돈키호테』는 인간의 희망을 가공의 사건에 투영시켜 스토리를 전개하는 세계 문학사상 기념비적인 작품이다. 돈키호테는 수많은 모험을 하지만 좌절만 경험한다. 실패를 무한 반복하면서도 꺾이지 않는 그의 도전 정신을 나이 든 사람 그 누군가에게는 구현되는 모습을 보고 싶다.

- 진정한 여행 -

가장 훌륭한 시는 아직 쓰여지지 않았다.
가장 아름다운 노래는 아직 불려지지 않았다.
최고의 날들은 아직 살지 않은 날들
가장 넓은 바다는 아직 항해되지 않았고
가장 먼 여행은 아직 끝나지 않았다.

불멸의 춤은 아직 추어지지 않았으며
가장 빛나는 별은 아직 발견되지 않은 별.
무엇을 해야 할지 더 이상 알 수 없을 때
그때 비로소 진정한 무엇인가를 알 수 있다.

어느 길로 가야 할지 더 이상 알 수 없을 때

그때가 비로소 진정한 여행의 시작이다.[8]

---

8 나짐 히크메트(Nazim Hikmet), 터키 시인, 극작가, 감독.
(출처: 류시화 지음, 『사랑하라 한번도 상처받지 않은 것처럼』, 오래된미래, 2008)

3. 나이 드는 기술

    필자는 동년배보다 10년은 더 나이 들어 보인다고 하는데 이는 이전부터 온갖 불안에 시달리며 살아온 대가인 것 같다. 경로 우대 교통카드 덕분에 지하철은 무료이지만 한편으로는 서글픈 사실이기에 경로석이 반갑지만은 않다. 육체적 노화도 실감 중이다. 산책하면서 젊은이가 바람처럼 추월해 가면 나도 모르게 걸음을 빨리하고, 자전거로 달릴 때 방금 전에 지나간 젊은이를 추격하려고 페달을 숨 가쁘게 밟아도 거리는 점점 더 멀어질 뿐이다. 학생 시절 자전거 선수였는데도 말이다. 이처럼 나이 듦에 대해 넋두리하는 이유는 서점에서 제목이 필자의 눈에 꽂혀 냉큼 구매한 책의 제목 때문이다. 『나이 드는 기술』, 앙드레 모루아의 저서이다.

    그는 20세기 프랑스의 소설가, 전기 작가, 평론가로 철학자 알랭에게 교육받았다. 그는 철학의 대중화를 기본으로 하여 소설, 역사 평론, 전기(傳記)등을 집필하였고, 폭넓은 교양, 온건한 양식, 평이하면서도 유연한 문체로 인해 지금도 많은 사람들이 애독하고 있다.

    그는 나이 듦에 대해 그의 저서 『나이 드는 기술』에서 '노화에 따르는 가장 나쁜 것은 육체가 쇠약해지는 것이 아니라 정신이 무관심하게 되는 것'이라고 하면서 '좀 더 애써 보았자 무슨 소용이 있다는 말인가.'라고 생각하는 사람은 다음에는 '집 밖에 나가면 무슨 수라도 생기나?'라고 말할 것이고 결국 나중에는 '살아서 무엇하나?'라고 말하게 될 것이니 **나이를 먹는 기술이란 무엇인가에 희망을 유지하는 기술**'이라고 강조한다.[9]

뜻밖에도 그는 나이 들어서도 희망을 잃지 말라고 한다. 루터도 "이 세상을 움직이는 원동력은 희망이다."라고 말했듯이 희망은 현재보다 좀 더 나은 상태를 기대하고 바라는 것으로 우리로 하여금 위험을 아랑곳하지 않고 앞으로 나아가게 하는 힘의 원동력이 된다.

> 희망이 없으면 노력도 없다. 희망이 없는데 노력할 사람이
> 어디 있겠는가? 노력하는 데는 다 그만한 이유가 있는 것이
> 다. 목표 없이 일하는 사람은 없다. 골인 지점 없이 달리는
> 마라토너는 없다. 희망을 가지자. 그리하면 자연히 노력하
> 는 사람이 될 테니까.[10]

지금 나이 든 사람을 부추기는 것은 한마디로 불안이다. 노후 생활에 대한 불안, 건강에 대한 불안, 자녀의 앞날에 대한 불안, 아무리 노력해도 앞으로 나아지지 않을 것이라는 불안. 이처럼 불안투성이인 노년일수록 희망을 가짐으로써 노력하고자 하는 원동력을 회복해야 할 것이다.

....

9   앙드레 모루아, 정소성 역, 『나이 드는 기술』, 나무생각, 2002.
10   사무엘 존슨, 『사뮤엘 존슨전』, 미스즈 쇼보, 1981(일서).

OECD 자살률 부동의 1위를 고수하고 있는 우리나라야말로 가장 필요한 것은 살아갈 가치가 있는 희망을 갖는 것이다. 그리스 신화에서도 인류 최초의 여성인 판도라가 호기심에서 금단의 상자를 열자, 안에서 죽음과 병, 질투와 증오와 같은 수많은 해악이 한꺼번에 풀려나와 인류가 절망에 빠지게 되었지만 마지막으로 상자 안에 남은 것은 희망이었다. 그래서 우리는 희망이 남았다는 표현을 쓴다.

그렇다! 희망은 어떠한 절망스러운 상황에서라도 끝까지 남아 우리를 살리는 힘이 되는 것이다.

4. 나이를 거스르지 않고 사는 법

　나이 든 이들 중에는 자신이 연장자라는 이유로 마치 나이 든 것이 특권이나 된 듯이 행동하는 사람들이 있다. 사회에서 나이 든 이들에게 베푸는 것을 마치 자신의 권리라도 되는 듯 행동하는 사람으로 폭주 노인 타입[11]이다.

　또 하나는 자신이 나이 든 것을 인정하지 않고 자신이 젊어 보이는 데에 온 신경을 쓰는 안티에이징 타입이다. 심신을 젊게 유지하려는 것은 바람직하지만 언제까지나 젊음을 유지하려는 강박관념으로 자신이 나이든 것을 조금도 인정하지 않으려는 자세는 문제가 될 수 있다.

　위의 두 가지 폭주 노인이나 안티에이징 타입 모두 바람직하지 않다.

　연령을 거스르지 않는 삶의 방식은 나이가 들면서 그동안 짊어졌던 가장으로서의 책임이나 사회적인 직함이 주는 무게감을 벗어 버

....
11　'폭주노인(暴走老人)'은 쉽게 흥분하고 감정이 폭발해 범죄를 저지르는 노인이란 의미로 2000년대 중반 일본 사회에서 노인 범죄가 폭증하면서 만들어진 용어다. 2000년부터 2012년까지 노인 인구는 두 배 증가했는데 노인 폭력 범죄는 4~5배 증가한 현상을 일본 사회는 폭주노인으로 설명했다.

리고, 있는 그대로의 모습으로 살아가는 것이다. 오히려 그것이 나이 든 이의 특권이다.

그러기 위해서는 몇 가지 행동 요령을 습득하는 것이 좋다.

첫째, 시대의 흐름을 한 발자국 떨어져 바라보라

나이가 들면 자연스레 시대나 사회의 새로운 움직임에 소원해지기 마련이다. 시대의 새로운 움직임이나 동향에 휘둘려 초조감으로 방향키를 잃어버리는 것보다 시대의 트렌드를 관조하면서 객관화할 필요가 있다.

정보도 마찬가지다. 이전에는 신문이나 잡지 정보도 늘 새로운 것을 찾으려 필사적이었지만 요즘은 그렇게 좇지 않아도 대략적인 감은 잡을 수 있다. 새로운 정보를 찾는 것보다 본질적인 것에 치중하여 좋아하는 분야에 시간을 할애하기 때문이다. 즉 시대의 유행을 쫓으려 하지 않고 내가 만족하는 생활을 하려고 노력하는 것이다. 현역 시절이 경쟁에 사로잡혀 나름의 결과를 내려고 달려왔던 시기라면 은퇴 후는 그러한 경쟁의 세계에서 내려오는 시기이다. 전력을 다해 앞장서기보다는 마이페이스로 관조하면서 달리는 것이 나이든 이의 특권이다.

둘째, 과거에 사로잡히지 않고 지금을 중시하는 것이다

은퇴하고 나면 자연스럽게 자신의 인생을 회고하게 된다. 그때 과거 잃어버린 것에 집착하여 그때 그렇게 하면 좋았을 것을, 그렇게 하지 않아 실패했다는 등 옛날에 실패하거나 실수한 것에 초점을 맞추어 회한에 회한을 거듭한다. 또 반대로 과거의 성공담을 쉴 새 없이 떠벌려 가족과 지인들을 힘들게 하기도 한다. 듣고 보면 정말로 하찮게 여겨지는 개인적인 작은 성취인데도 말이다. 이 모두 바꿀 수 없는 과거에 휘둘리는 것이다. 나이를 먹으면 한창때를 그리워하기 마련이지만 과거는 다시 돌아오지 않을 뿐더러 다시 되돌릴 수도 없다. 그런 과거보다도 현재에 눈을 돌려 지금 있는 것을 중시하는 것이 열 배, 스무 배 중요하다. 현재를 중시하는 태도가 앞으로 다가올 미래를 충실하게 만드는 법이다.

셋째, 이타(利他)행위이다

우선 내가 무엇을 줄 수 있는지 생각을 전환해 보자. 이전에는 나의 직계존속에게만 머물렀던 관심을 이웃 혹은 더 먼 데로 돌리면서 시작되는 시선은 절대로 이기적일 수가 없다. 따라서 나이 든 사람의 지혜로운 처신은 말 한마디로 사람을 죽이기도 하고 살리기도 하는 세상에서 훌륭한 유산으로 남게 된다. 이타 행위를 어렵게 생각하지 말자. 공공장소를 깨끗하게 사용하거나 위험에 처한 사람에게 도움을 주는 것 이외에도 자신이 할 수 있는 작은 행위 모두가 '세상을 위해, 사람들을 위해' 하는 이타 행위이다.

우선은 자신이 세상에 대해 무엇을 할 수 있을까를 생각해 보라. 자신이 지금까지 축적해 왔던 지식이나 경험을 후 세대에게 전해주는 것도 사회 환원이다. 얼마 전 후배가 자신이 발간한 시집을 필자에게 보내왔는데 재직 중 떠올랐던 시상을 쓰고 모아 발간한 것이다. 이 또한 이타 행위가 아니겠는가! 교육기관에서 현역 시대에 경험한 지식이나 경험을 가르치는 것도 이타 행위이다. 누구에게라도 전해 줌으로써 사회에 공헌하는 것이며 동시에 삶의 보람과도 연결되는 것이다. 필자가 평소 블로그를 쓰는 것도 또한 이타 행위에서 비롯된 것이자 필자의 보람이 되고 있다. 행복은 아마도 이렇게 타인에게 전수해 주는 삶에서 싹이 잉태되는 것인지도 모른다.

5. 소유냐 존재냐
- 재산이라는 목발을 집어던져라-

에리히 프롬[12]은 그의 저서 『소유냐 존재냐』[13]에서 지금의 시대는 재산, 지식, 사회적 지위, 권력과 같은 Have(소유가치) 중심에서 자신의 능력을 능동적으로 발휘하여 살아가는 기쁨을 느끼는 Be(존재가치) 중심으로 이동한다고 하였다. 즉 무언가를 가지고 있다는 물질적 충족감보다는 존재와 마음의 상태에 가치를 두게 된 것이다. 그는 삶의 목적을 '소유'보다 '존재'에 두면 적의를 품지 않고 오히려 연대감이 늘어나며, 쾌락이 아닌 자기 내부의 성장에 기쁨을 느끼게 되어 죽음에 대한 두려움보다는 살아 있는 모든 것을 긍정적으로 보게 된다고 하였다.

소유 중심의 삶은 사물과 관계하며, 자신이 가지고 있는 것이 자신을 존재하게 하는 주체이므로 가진 것에 매달림으로써 그것에 안주하고, 가진 것에 집착함으로써 안정을 추구하고 자신의 실체를

12　에리히 프롬(Erich Seligmann Fromm): 세계적으로 유명한 유대인이자 독일계 미국인으로 사회심리학자이면서 정신분석학자, 인문주의 철학자이다.
https://ko.wikipedia.org/w/index.php?title=%EC%97%90%EB%A6%AC%ED%9E%88_%ED%94%84%EB%A1%AC&action=history
13　에리히 프롬, 차경아 역, 『소유냐 존재냐』, 까치, 2002.

확인한다. 더 많이 소유하고자 하는 욕구에 떠밀려서 방어적이 되고 타인을 배제하며, 늘 가진 것을 잃을 수 있다는 상실의 위험에서 생기는 불안과 걱정이 존재하는 삶이다.

반면, 존재 중심의 삶은 체험과 관계하며, 자신이 존재 그 자체이고 마음의 상태이므로 무엇을 잃어버린다는 개념이 없다. 항상 행위의 주체가 되어 생산적 능동성 즉 자신의 능력을 살려 다른 사람에게 나누고 베풀고 희생하여 타인과 하나가 됨으로써 자신의 고립을 극복하는 삶이다.

또한 소유 중심의 삶은 사용함에 따라 감소하는 반면, 존재 중심의 삶은 실천을 통해서 증대한다. 이성의 힘, 사랑의 힘, 지적 창조력 등 모든 본질적인 힘은 그것을 사용함으로써 불어난다. 즉 베푸는 것은 상실되지 않는 반면, 붙잡고 있는 것은 잃게 마련이다.

그렇다면 은퇴를 소유 중심과 존재 중심의 관점에서 보면 어떻게 다를까?

소유 중심의 관점에서는 직업이나 직위, 명성, 사회적 신분이 자신의 정체성이므로 은퇴는 곧 정체성 상실을 의미하고 이는 자신의 능력의 상실을 가져온다고 생각한다. 그 결과 경제적 측면, 즉 노후 자금 준비에 방점(傍點)을 맞춘다. 소유가 곧 자신의 존재이므로 많이 소유할수록 자신의 존재가 커지기 때문에 은퇴 산업에서 말하는 명품 인생처럼 차량의 배기량, 골프, 해외여행 빈도, 헬스클럽 가입 여부, 외식 횟수 등에 대한 소비가 많을수록 달콤한 축복받은 은퇴 생활이라는 환상을 갖는다. 이로 인해 일정한 연령까지 얼마를 모아야 한다는 중압감에 시달리고 제대로 준비되지 못하게 되면 좌절하거나 막막해한다. 그리고 언제이고 잃을세라 자신에게 닥칠 수 있는 온갖 손실에 대해 끊임없는 걱정에 싸이고 점차 줄어드는 돈을 바라보며 마음 졸이며 살아간다.

> "나는 나를 위한 모든 것들을 갖고 싶다···. 소유가 나의 목표일진대 많이 소유하면 할수록 그만큼 나의 존재가 커지기 때문에 나는 점점 탐욕스러워질 수밖에 없다···. 나의 욕망은 끝이 없기에 나는 결코 만족할 수 없다[14]

또 소유 중심의 관점에서는 과거의 나에 의존한다.

"전직 ○○○입니다." "예전에 ○○ 자리에 있었다." 하는 식으로 과거 속에서 자신의 정체성을 찾으려고 애쓴다. 필자의 주변에서도 늘 재직 당시 자신을 기억하는 동료들만 만나서 그 당시 경험했던 일들을 추억하고 자신이 얼마나 중요한 일을 했는가를 몇 번이고 반복하면서 "그때가 좋았지." 하고 회상의 시간을 보내는 사람들을 많이 본다. 자유, 성장, 변화, 미지의 것에 대한 두려움에 짓눌려 도전하는 삶보다는 익숙한 방식을 답습하거나 소소한 일로 가득 찬 수동적 일상을 선택하고 새로운 삶을 찾아 나서기를 두려워하여 결국 고립을 자초한다.

반면에 존재 중심의 관점에서는 은퇴를 인생의 전환점으로, 조직에서 벗어나 자신의 능력을 나누고 베푸는 새로운 경력의 시작으로 받아들인다. 또 자신의 정체성이 직위나 직책 등과 같은 외형적인

....
14 전게서.

것에 의존하는 것이 아니라 자신의 내면에 있는 성격, 체험, 능력 등 심리적인 것에 있으므로 은퇴로 인해 누가 앗아 가거나 자신의 주체성을 위협받는다는 개념이 존재하지 않으며 고유의 힘을 표현하는 능력이 빼앗기는 일이 없다. 사회적으로 유용한 역할을 수행하기 위하여 끊임없이 자신의 정체성을 확대해 나가며 항상 타인과의 관계 속에서 살아가므로 외부와 고립이 되는 일이 없다. 아울러 생산적 활동을 지속하는 과정에서 새롭게 배우고 체험함으로써 지식이 창조적 지혜로 발전하고 성장한다.

그러므로 은퇴는 쇠퇴가 아니라 잠재력의 성장이요 인생의 의미와 목적으로 충만한 영성적(spirituality) 삶으로 바라본다.

그렇다면 왜 사람들은 소유 중심의 관점에서 빠져나오지 못하는가?

에리히 프롬은 대부분의 사람들이 소유 중심의 삶을 포기하기 어려워하는 이유를 다음과 같이 설명한다.

"그런 시도[15]부터가 그들을 심한 불안에 몰아넣는다. 헤엄도 칠 줄 모르는데 바다 한가운데 내던져진 듯한 일체의 안전대를 끊어 버린 듯한 느낌을 가진다. 재산이라는 목발을 던져 버리면 그제서야 비로소 자신의 능력을 써서 혼자 힘으로 걷기 시작할 수 있다는 진리를 그들은 터득하지 못하고 있다. 그들을 망설이게 하는 것은 자기는 혼자 힘으로 걸을 수 없으리라는, 만약 재산이라는 목발이 지탱해 주지 않으

······

15 소유 중심의 삶을 포기하는 것.

면 쓰러져 버릴 것이라는 그릇된 환상이다.[16]

실제 사례를 들어 설명하기로 하자. 중앙부처 공무원에서 환경운
동가로 변신한 박씨(73)의 사례다. 그는 환경 사진을 찍기 위한 카메
라 장비 구입을 위해 1년 반 동안 오피스텔 야간당직 일을 했다. 월
100만 원씩 15개월 동안 1,500만 원을 모은 돈으로 카메라를 사서
환경보호단체에 환경사진사로 취업하였다. 그가 하는 일은 지금은
개발된 남동유수지에 서식하는 멸종위기 1급 보호조류인 저어새를
보호하는 일이다. 수질오염, 도로공사, 인위적인 간섭 등 주변 여건
으로 인해 날로 열악해지는 남동유수지에서 서식하고 있는 얼마 남
지 않은 저어새의 멸종을 막는 것이 그의 임무다.

그는 저어새만 보호할 수 있다면 세상 끝까지라도 쫓아다닐 거라
고 하면서 "환경운동은 내가 좋아서 하는 거지. 누가 시켜서 하는 것
이 아니니까. 밥 먹을 시간 아껴서 쫓아다녀야 하고… 그렇지만 밥
보다 더 좋은 게 환경운동이다."고 강변한다.

국민연금연구원의 분석에 의하면 노후에 평범한 생활을 유지하
려면 부부 기준으로 한 달에 268만 원이 든다고 한다. 박씨가 15개
월 동안 일해서 모은 1,500만 원은 반년치 생활비밖에 안 된다. "앞
으로 수십 년간 뭐 먹고 살 것인가."하고 전전긍긍해야 하는 조족지
혈(鳥足之血)에 불과한 돈(소유 중심의 관점)이다. 그러나 이 돈을 저어
새 보호를 인생의 테마로 삼고 저어새 지킴이(존재 중심의 관점)가 되
기 위한 전문 카메라 사는 비용으로 썼을 경우 어떻게 되었는가? 밥

....
16 전게서.

먹는 것보다 저어새 보호하는 일이 즐겁다고 하지 않는가?

　Have의 관점이냐 Be의 관점이냐 하는 논의는 개인에게만 국한하지 않는다. 베이비붐 세대도 Have의 관점에서는 요즘 매스컴에서 자주 회자되는 표현을 빌리자면 '집만 달랑 한 채 가지고 있는 보잘것없는 자산 규모에 노후를 앞두고 팍팍한 삶을 살아야 하는 세대'로 보일지 몰라도 Be의 관점에서 보면 '궁핍한 시기에 태어나 경제 발전을 이루어 낸 주역으로 높은 교육 수준, 오랜 경험을 통해 얻은 지혜와 남다른 열정 등 숨겨진 힘을 가지고 있는 세대'이다. 장수 사회가 본격적으로 시작되는 21세기에는 오히려 이들 세대의 지혜와 경험을 필요로 하는 일들이 많아지고 있다. 중앙부처 공무원 출신인 박 씨의 사례처럼 소유에의 의존을 줄이고 존재 안에서 성장하려는 끊임없는 노력을 할 때 은퇴는 위기가 아니라 성장과 행복을 맛볼 수 있는 기회로 우리에게 성큼 다가올 것이라고 확신한다.

6. 당신의 성공을 규정하라

'성공하는 인생 설계'라는 제목으로 강의를 하던 중이었다. 퇴직을 앞두고 있는 某그룹 임원들을 대상으로 하는 강의였는데 부사장이신 분이 갑자기 질문이 있다고 손을 들었다. '강사님이 말하는 성공은 사장이 되는 것이 성공인가요?' 하고 묻는 것이다. '그렇다.'라고 대답하면 "그럼 강사님은 사장을 해 봤습니까?" 하고 물어볼 것이 뻔하였다. 물론 필자는 사장 경험이 없다. 그러나 필자는 동문서답 식으로 "부사장님의 성공은 무엇인가요?" 하고 되물었다. 부사장이 말하는 성공이란 성공의 사전적 정의의 두 번째 정의 '지위나 부를 얻는 것'을 말한다. 이러한 시각은 흔히 성공을

　- 남보다 높은 자리와 지위에 오르거나
　- 누구나 알아보는 유명한 사람이 되는 것
　- 다른 사람보다 돈을 많이 버는 것
　- 좋은 차를 몰고 다니는 것
　- 백화점에서 고가 옷을 펑펑 사면서 호화 유람선을 타고 인생을
즐기는 것에 비유한다.

반면에 내가 물어본 성공은 성공의 첫 번째 정의인 **'뜻하는 바(목적하는 바)를 이루는 것'**이다. 내가 부사장이 어떤 성공을 목적으로 하는지 알 수 없으니 '부사장님의 성공은 무엇인가요?'하고 되물을 수밖에 없었다. 부사장의 성공의 정의는 경쟁사회에서의 승자가 되는 것을 성공이라 정의하고 있기 때문에 많은 사람들이 그러한 성공을 손에 넣기 위해 경쟁하지만 결국은 극히 일부 승자만이 성공을 얻는 결과를 초래할 뿐이다. 그리고 나머지는 깊은 패배감이나 무력감을 맛보지 않으면 안된다. (요즘 사회 이슈가 되고 있는 1%vs99%의 구도가 이를 잘 말해 주고 있다.)

반면에 필자가 말한 성공의 첫 번째 정의는 '세상에 백 명이 있으면 백 개의 성공의 정의가 있는 것'을 시사한다. 미국의 청소년 교육에 있어서 강조하는 것 중의 하나가 바로 "Define your own success."(당신에게 있어서의 인생의 성공을 정의하라.)인 것도 같은 맥락에서다. 경쟁에서의 성공이 아닌 자기 방식대로 살아가는 것을 성공이라고 정의하면 실패나 좌절에 구애받지 않고 성공하는 인생을 살아갈 수 있는 것이다.

예를 들어 높은 지위에 있는 사람은 자신이 성공한 사람이라고 어깨 으쓱거릴지 모르겠지만 자유로운 일상을 추구하는 것을 성공이라고 생각하는 사람의 눈에는 단지 명예욕에 찌들어 힘들게 살아가는 안타까운 사람처럼 비칠 뿐이다. 하나밖에 없는 삶인데 저렇게 애쓰며 추구할 만한 가치가 있는지⋯ 하고 혀를 차고 있을지도 모르는 것이다, 제3연령기를 주창한 윌리엄 새들러[17]는 그의 저서에서 인생의 2차 성장을 이룬 사람들은 '**자신의 성공을 재정의한 사람들**'이라고 하였다. 즉 경쟁적인 성공에서 의미를 추구하는 것을 성공이라 규정하는 외적 성취를 중시하는 데에서 벗어나 삶의 다양성과 질적 수준을 추구하는 방향으로 전환한 사람들, 즉 인생의 목표가 아니라 방향을 수정한 사람들이 성공을 이루어 냈다고 하였다.

> 반드시 본인이 생각하는 성공이어야 한다는 거죠…….
> 성공에 대한 우리의 생각을 깊이 들여다보고
> 그것이 진정 각자 자신이 원하는 성공이 되도록 합시다.[18]

영어의 exist의 어원도 같은 맥락이다. exist(존재하다)는 라틴어의 existere에서 유래한 것인데 ex(~에서) sister(일어서다)의 합성어로 '안에서 일어나다.' 즉 '자신의 내부에 있는 본래의 자기를 실현한다.'고 해석할 수 있다. 어원에서 볼 때 우리가 이 세상에 존재하고 있다는 것은 우리가 자기다움을 발휘하면서 살아가는 것을 의미한다. 곧 우리가 존재한다는 것은 자기답게 살아간다는 것이요 그것이 인생의 성공인 것이다

제2 인생을 출발하는 사람도 마찬가지다.

....
17   윌리엄 새들러(William A. Sadler): 하버드대학 성인발달연구소에서 심층 취재 방식으로 중년에 관한 연구를 10년 넘게 해왔으며, 〈마흔 이후의 새로운 성장과 발달〉이라는 주제로 장기 임상 연구를 꾸준히 해 오고 있다. 현재는 캘리포니아의 홀리네임스 대학 사회학 교수로 재직하고 있다. (교보 작가 화일에서 인용하여 필자 정리)
18   알랑드 보통, 테드 강연 중에서.

제2 인생에서의 성공이 무엇인지 규정하지 않은 채로 후반전 인생을 설계한다는 것은 난센스다. 회사나 가족을 위해 살아온 전반전과는 다른 자신을 돌아보는 후반전에 걸맞게 새롭게 성공을 규정하는 것은 제2 인생의 성공적 출발을 위해 반드시 거쳐야 할 프로세스다. ('Ⅲ. 목적 있는 삶'에서 다시 설명하겠다.)

　필자가 성공심리학이라는 세미나를 참가하기 위해 일본에 갔을 때 강사로부터 전해 들은 성공의 정의를 소개한다. 4일간의 성공세미나에서 마지막 시간에 강사는 성공의 참 정의를 다음과 같은 도표로 설명하였다. 즉 지금까지의 성공은 열의는 있되 경쟁에서 이긴 것이므로 성공이라기보다는 오히려 고독한 부자에 가깝다고 했다. 그러니 후반부의 참 성공을 위해서는 열의는 그대로 두되 경쟁의 마인드를 버리고 사랑과 공헌의 마인드를 가지면 그것이야말로 물심 풍요로운 인생은 물론 자아실현을 이루는 참 성공의 길이라고 한 것이 무척 인상 깊었던 기억이 난다.

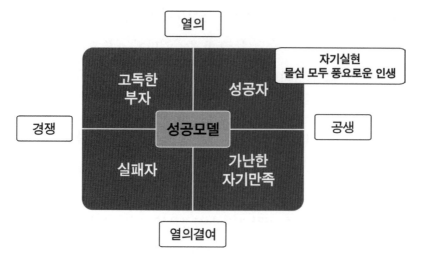

(그림1) 성공모델[19]

물론 비싼 수강료를 지불하고 일본까지 건너가 들은 세미나이지만 '열의는 그대로 두되 경쟁의 마인드를 공생, 공헌의 마인드로 바꾸는 것에 참 성공이 있다.'는 성공세미나의 마지막 강의, 그것 하나만으로도 충분히 제 값을 하였다는 생각이 들었다.

강의가 끝나고 뒷정리를 하고 있던 나에게 질문했던 부사장이 다가와 '강의 듣고 마음속으로 느낀 점이 많았다.'고 고마워하셨다.

....

19   출처: 新 頂点의 길, 성공심리학 강좌, 일본 어치브먼트사.

7. 제2 곡선(결정성 지능)에 올라타라

　케텔과 혼(Cattel&Horn)의 지능이론에 유동성 지능과 결정성 지능이 있다. 유동성 지능이란 새로운 환경에 적응하기 위해 필요한 지능으로, 새로운 정보를 획득하고 그것을 처리 조작해 가는 능력이며 암기력, 집중력, IQ 등 타고난 유전적 지능을 말한다. 이 지능은 18~25세가 절정으로 이후 서서히 떨어져 40대에 접어들면 급강하한다. 익숙했던 아파트 키 번호가 생각나지 않아 집에 들어갈 수 없었던 경험은 바로 유동성 지능의 하락에 기인한다.

　결정성 지능은 이해력, 통찰력, 지혜, 판단력 등 경험에 의해 획득되는 후천적 지능이다. 60대 무렵 절정에 이르러 생의 말기까지 성장이 가능하다. 나이가 들수록 지혜로워지는 것은 바로 경험의 폭이 넓어지기 때문이다. 그러므로 나이를 먹으면 머리가 나쁘다는 것은 유동성 지능이 하락한다는 의미이지 결코 결정성 지능이 나빠지는 것을 의미하는 것은 아니다.

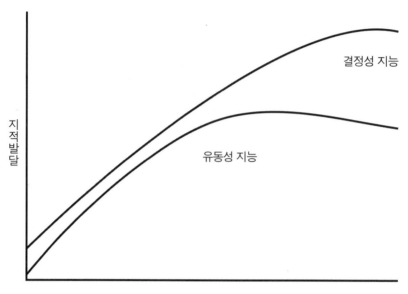

결정성 지능

지적발달

유동성 지능

영유아기　아동기　성인전기　성인중기　성인후기
(그림2) 유동성지능과 결정성 지능의 생애 발달 모델(Santrock, 2010)[20]

　「춤추는 대수사선 Ⅱ」이라는 일본 블록버스터 비디오를 모처럼 재미있게 본 적이 있다. 내용 중에 특히 은퇴를 앞둔 형사의 조언이 인상 깊었다. 범인이 남기고 간 서양 배(洋梨, 요나시)에서 메시지를 발견하는 내용이다

　즉 洋梨는 요나시로 읽는데 이는 用無(요나시)와 발음이 같으므로 '쓸모없는 사람'이라고 해석할 수 있다. 그렇다면 범인은 아마 구조

....
20　Horn, J. L. (1970). Organization of data on life-span development of human abilities. In L. R. Goulet&P. B. Baltes (Eds.), Life-span development psychology: Research and theory. New York, NY : Academic Press. Cited in; Santrock (2010); Santrock, J. W. (2010). A topical approach to life-span development (5th ed). New york, NY: McGraw-Hill.

조정으로 실직한 사람들일 가능성이 많다는 의견을 내놓는다. 아무도 연속 살인 현장에서 늘 발견하는 서양 배에 대해 주목하지 못하고 있을 때 초로의 형사는 오랜 지혜로움을 통해 사건 해결의 실마리를 풀어 나가는 것이 참으로 인상적이었는데 이게 다 결정성 지능의 덕택이다.

고령기에 높은 결정성 지능을 유지하고 있으면 노화로 저하되기 쉬운 유동성 지능을 보충할 수 있으며, 추리력이나 판단력, 발상력, 기억력 등과 같은 유동성 지능과 결정성 지능 모두에 관련한 지능을 유지할 수 있다.

결정성 지능이 높은 은퇴자는 어휘력이 유지되기 때문에 커뮤니케이션 능력이 뛰어나, 날마다 누군가와 커뮤니케이션을 취함으로써 뇌를 무의식적으로 활용하여 인지 능력을 유지할 수 있다. 또한 커뮤니케이션 능력이 높으면 사람과 접촉할 기회가 많아져, 함께 취미를 즐기거나, 식사하거나, 여행가거나 액티브한 일상생활을 보내기 쉽고, 즐겁게 보내는 것으로 인지 능력의 저하를 예방할 수 있다.

치매가 발병하면 유동성 지능이 크게 저하되지만 결정성 지능은 비교적 유지된다. 가족의 이름을 기억할 수 없는 경우에도, 요리나 취미 등 오랫동안 경험해 온 것은 가능한 경우가 많은 것이 그런 이유에서이다. 치매가 되면 주위 사람은 할 수 없게 된 것만으로 주목하기 쉽지만, 할 수 있는 것에 주목할 수 있는 일상적인 역할로서 완수해 주거나 할 수 있는 것을 즐겨 주는 것으로 정신적으로도 채워지고, 치매의 진행을 예방할 수 있다는 것이다. 결정성 지능을 늘리기 위해서는 어떻게 하면 좋은가?

나이가 들수록 경험에 의한 결정성 지능이 높아지므로 호기심을 가지고 다양한 것을 배우거나 경험을 성장시키기 위한 지속적인 자극이 필요하다. 분재 등 무언가 새로운 것에 호기심을 갖고 도전해 보거나, 산보하면서 식물을 관찰하거나 젊은 시절 읽었던 책을 다시 읽어 보는 것처럼 이전부터 갖고 있던 흥미와 관심을 새삼 발굴하는 것이 이상적인 은퇴 후 모습이다. 아울러 역사나 사회, 임상 심리 등 문헌을 많이 접할수록 성과가 올라가는 학문이 중년에게 유리하다.

학이시습지불역열호(學而時習之不亦說乎)
배우고 익히면 즐겁지 아니한가[21]

야마구치 슈는 그의 저서 『쇠퇴하는 아저씨 사회의 처방전』에서 지적 능력의 쇠퇴를 방지하는 방법은 쇠퇴하지 않는 결정적 지능을 몸에 익히라고 주장한다[22]. 즉 10년이 지나 쇠퇴하는 짧은 지식이 아니라 몇십 년이란 기간에 걸쳐서 효과를 발휘하는 지식을 입력하라고 한다. 지금과 같이 지식이나 정보의 유효기간이 짧아지는 시기에는 단단한 지식이나 정보로서 古典으로 대표되는 교양적 지성이 더욱 요구된다고 강조한다. 50년 전부터 계속 읽혀진 책과 5년 전부터 읽혀진 책이 있을 때 50년 된 책이 더 읽혀지는 이치이다. 사라지는 것은 시간이 갈수록 노화하지만 사라지지 않는 것은 시간

....

21 『논어』, 「학이」편, 제1장.
22 야마구치 슈, 이연희 옮김, 『쇠퇴하는 아저씨 사회의 처방전』, 한스미디어, 2019.

이 경과할수록 더욱 젊어지기 때문이다.

<blockquote>새로우면 새로울수록 효용의 기대치는 작다.[23]</blockquote>

　여러 번 피는 꽃도 있고 또 나중에 피는 꽃도 있다. 또 꽃을 피우지 않더라도 그 자체로 충분히 아름다운 식물도 많다. 시기가 따로 있는 것이 아니라 얼마나 성숙했는지가 관건이 될 것이다. 은퇴해서도 평생 교육의 기회를 놓치지 말자. 평생학습은 결정성 지능 향상과 연결되어 있다. 결정성 지능은 지혜롭고 통찰할 수 있는 성숙된 인간으로 이끄는 필요충분조건이다. 인생 후반전에 있어 강력한 무기는 바로 결정성 지능이다.

제2 곡선(결정성 지능)에 올라타라!

23　나심 니콜라스 탈레브, 차익종 역, 『블랙스완』, 동녘사이언스, 2008.

8. 3.0 은퇴 설계는 끝났다

"됐어(됐어) 이젠 됐어(됐어) 이제 그런 가르침은 됐어… (중략)
매일 아침 일곱 시 삼십 분까지 우릴 조그만 교실로 몰아넣고
전국 구백만의 아이들의 머릿속에 모두 똑같은 것만 집어넣
고 있어"

　서태지와 아이들 3집에 수록된 「교실 이데아」에 나오는 가사다.
지금으로부터 30년 전에 발표되어 당시 사회적으로 상당한 반향을
일으켰다. 우리 아이들이 자신의 진로에 대한 충분한 숙고 없이 남
들이 가고 싶어 하는 대학, 남들이 우러러보는 직업을 사회적으로
정해 놓고 거의 모든 아이가 한 줄로 질주하는 모습을 개탄하는 가
사가 많은 이들에게 깊은 인상을 주었기 때문이다. 필자는 요즘 부
쩍 많아진 노후 준비에 대한 지식이나 정보를 제공하는 은퇴 교육
현장에 운집한 은퇴자들을 보면서 문득 그 가사가 떠올랐다. 행복
한 노후를 위해 어떤 준비를 해야 하는가 하는 것이 교육의 주제인
데 행복한 노후에 대한 기준을 사전에 설정해 놓고 모두가 그 기준
을 획일적으로 공유하고 그것을 달성하려고 애를 쓰는 모습이 마치

「교실 이데아」의 가사를 연상케 한다. 개개인에게는 자신의 개성이 있고 나름의 성공과 행복의 정의가 있어 노후 행복의 기준은 거기 모인 사람 수만큼이나 많을 수밖에 없는데도 말이다.

재일지식인 강상중 씨의 표현을 빌리면 "행복의 발명"과 다름없다. 그는 『살아야 하는 이유』[24]에서 "우리는 돈, 애정, 건강, 노후에 대한 이 정도면 행복하다고 해도 좋을 것이라는 행복의 합격 기준을 설정하고 아무 생각 없이 그 기준을 공유하고 그것을 행복이라고 느끼고 살고 있다."고 하면서 "문제는 그 행복의 합격 기준이 사실 굉장히 높아서 필사적이지 않으면 안 되는 목표가 되어 그런 행복에 매달리면서 살고 있다."고 탄식한다.

이처럼 은퇴 후 자기만의 행복의 정의가 없이 그저 노후에 돈은 얼마가 있어야 되는지, 사는 곳은 어디가 좋은지 누구랑 시간을 보내는지 하는 아주 간단한 명제, 그것도 필사적이지 않으면 달성하기 어려운 명제를 '행복의 기준'이라고 설정해 놓고 그것을 달성하려고 애쓰며 살고 있는 현실이 안타깝다. 마치 물건을 제조하듯이 천편일률적으로 만들어 놓은 행복의 기준이라는 잣대에 휘둘려 살아가면서 그 기준을 달성해야 행복할 수 있다고 한다면, 그리고 그 행복의 기준을 죽을 때까지 달성할 수 없다는 것을 알게 된다면 과연 그 기준은 누구를 위해 만들어 놓은 것인지 되돌아보아야 할 것 같다.

칼 힐티[25]는 '이 지상의 현실에서 행복은 찾아지지 않는 것이라고

....

24 강상중, 송태욱 번역, 『살아야 하는 이유』, 사계절, 2012.
25 칼 힐티(Carl Andreas Hilty) 스위스의 사상가·법률가.

완전히 확신한 경우, 이것만큼 고통스러운 순간은 없다.'고 한다. 도대체 얼마나 많은 사람이 행복의 기준으로 인해 고통을 받고 있을지 어림할 수조차 없다. 그러다 보니 OECD 최고의 자살률, 특히 노인층의 높은 자살률[26]이라는 결과를 초래하는 것도 어찌 보면 당연한 귀결이다. 이러한 행복 기준에서는 "나는 정리해고로 직장을 잃었지만 꿈이 있어 행복하다." "나는 불치의 병에 걸려 살아갈 날이 얼마 남지 않았지만 사랑하는 사람이 있어 행복하다."는 사람이 나올 수 있을까?

돌이켜 보면 우리가 미리 행복의 기준을 정해 놓고 거기에 매달리며 살아가는 이유는 스스로가 자기 인생의 행복에 대해서, 그리고 인생의 의미에 대해서 한 번도 고뇌하지 않고 살아왔기 때문이다. 강상중 씨의 표현을 다시 빌리면 자본주의적인 주변의 영향에 휘둘리게 된 결과라 할 수 있다. 만일 인생의 의미가 무엇인지 모르고 살고 있다면 그 사람은 인생이라는 영화에 출연한 배우가 자신의 배역이 무엇인지 모르고 있는 것과 하등 다를 것이 없다.

실제로 필자가 진행하는 은퇴준비교육에 참가한 예비은퇴자들에게 고민을 물어보면 단연코 '퇴직 후 뭐하고(또는 뭐 먹고) 살지?'를 제일로 꼽는다. 한마디로 내가 누구인지 모르는 실존적 불안이다. 즉 은퇴로 인해 자신의 정체성의 핵심이 되는 직함이 없어지고 미래에 대한 방향성에 대해 자신감이 없으니 심리적으로 불안해지는 것이다. 직업은 개인의 정체성의 핵심이 되는 요소로 자신의 존

....

26　▲60대 33.7명(10만 명 당) ▲70대 46.2명 ▲80세 이상 67.4명으로, OECD 평균(60대 15.2명, 70대 16.4명, 80세 이상 21.5명)보다 2.2배, 2.8배, 3.1배씩 높다. (전종보 기자, 헬스조선, 2023.1.31.)

재를 지지하는 기반인데 은퇴로 인해 직업 정체성을 상실하게 되면 내가 어떤 사람인지, 무엇을 하고 싶은지, 무엇에 가치를 두고 살아가야 할지 너무 모르고 있다는 것이다. 아니, 생각해 보지 않았다는 것이 더 맞는 표현일 거다.

"우리는 어디에 서 있는가, 어디로 갈 것인가."
"앞으로 무엇을 위해 살 것인가."
"무엇에 관심을 두고 기쁨을 두고 살아갈 것인가."
"나라는 존재의 의미가 무엇인지 진정한 삶이 무엇인지."
"남은 생애 무엇을 할 것인가."[27]

이처럼 은퇴의 본질적인 문제는 "나는 누구인가?" "무엇을 하는 사람인가?" "무엇을 하고 싶은가?" "무엇을 할 수 있는가?" 하는 자기 재성찰을 통해 새로운 삶의 방식, 일하는 방식으로 출발할 수 있음에도, 그런 과정이 힘들고 또 자신의 잠재력에 대해 눈뜨지 못하기 때문에 관심의 범위를 좁혀 "어디에 살 것인가?" "뭐하며 소일(消日)할 것인가?" 하는 아주 단순하고 익숙한 명제(命題)에만 매달려 경제적 문제가 더욱 부각되는 악순환이 지속되는 것이다. 노후 준비를 위해서는 최소 얼마가 있어야 한다든가, 최소한 취미는 하나 정도는 준비해야 한다든가, 친구는, 또 가족이나 소일거리 중심으로 시간을 배분하는 노후 준비는 생존 차원의 노후 준비이며 3.0 은퇴설계 방식이다. 그런 최소한의 수준을 유지하는 삶을 추구하는 것은

....

27　은퇴예정자 워크숍 참가자들이 써낸 고민 중에서.

삶의 질(QOL: Quality of Life)에 대한 관심이 높아지고 있는 시대의 흐름에 걸맞지 않다. 생존 내지 안전의 욕구가 크게 자리 잡고 있는 경우는 다른 곳에 관심을 돌릴 수 없지만 지금처럼 여건이 좋아지면 자아실현과 같은 지적 및 심미적 만족과 연결된 목표가 크게 부각되기 때문이다. (표1 참조) 정치학자 잉글하트[28]는 이러한 삶의 가치관 변화를 '조용한 혁명'이라고 하였다.

바람직한 맞춤형 노후설계는 각 개인이 무엇을 하고 싶은지, 무엇이 되고 싶은지, 무엇을 좋아하고 잘하는지, 무엇을 중시여기고 무엇에 가치를 두며 무엇을 기쁨으로 살아갈 것인지, 그리고 사회에서 자신이 필요한 존재가 되기 위해서는 무엇을 해야 하는지 하는 **자신의 건전한 자아상을 찾아 나답게 살아가도록 돕는 게 우선되어야 한다.** 그래야 비로소 삶의 의미와 돈을 결합시키는 재무, 자신의 재능과 흥미를 세상의 필요와 연결하는 일과 사회참여, 그리고 이를 통한 인간관계의 확대, 창조력 발휘를 위한 여가, 자신의 정체성 확대를 위한 학습 등 맞춤형 노후설계가 가능해진다. 그저 성공이냐 실패냐 하는 이분법의 논리를 반복하고 나르시스처럼 자신만의 인생에만 파묻혀 주변이나 사회 속에서 자신을 바라보려는 노력을 게을리하고 남들이 만들어 놓은 천편일률적인, 그리고 달성하기도 어려운 행복 기준일랑 하루빨리 벗어던지자. 의미 있는 인생

---

28   로널드 잉글하트(Ronald F. Inglehart): 미국의 정치학자이자 미시간대학교 교수로, '세계가치조사(World Value Survey)'를 이끌며 시민들의 가치 변화를 측정하는 일을 주도해 왔다. 미국예술과학아카데미와 미국정치사회과학아카데미의 펠로우이자 정치학의 노벨상이라 불리는 요한 쉬테상(Johan Skytte Prize)을 수상했다. (교보 작가화일에서 인용)

을 위해, 그리고 타인과 사회를 위해 자신의 시간과 열정을 집중하여 진정한 자신의 존재 이유를 재발견하고 나답게 살아가는 행복한 노후를 추구하는 노후 준비가 은퇴 이데아이자 4.0 은퇴 설계다.

"됐어. 됐어. 그런 노후 준비는 됐어.
전국 칠백만 베이비부머 머릿속에 모두 똑같은 것만 집어넣고 있어."

(표1) 스트롱 시니어의 욕구[29]

	기존고령자의 욕구	스트롱시니어의 욕구	비고
자아실현의 욕구	건강이나 경제적 여건상 욕구화되기 어려웠음	목적이 있는 삶 자유시간의 의미 있는 소비 노년기의 정체성 확보	
존경/ 소속의 욕구		사회와의 소통 인간관계 강화 소속감을 주는 단체 모임	사회와의 연결을 위한 인간관계 구축
안전의 욕구	요양에 대한 욕구 치료 등의 서비스 홈스테이, Day Care	건강의 유지 및 강화 자산가치 유지 방안 보험을 이용한 안전성 확보	건강이나 경제에 대한 불안 해소
생리적 욕구	방문간병 서비스 기본 생계비 유지 방문입욕/식사 서비스	필요 없거나 이미 확보되어 있는 상태	

....

29   출처: LG경제연구원, '신사업 기회, 스트롱 시니어를 잡아라', 2006.10.

9. 인생 이모작 사회의 도래

토야마 시게히코(外山滋比古)씨의 저서 『인생 이모작의 추천』[30]에
는 인생 이모작의 정의가 잘 나와 있다. 한 경작지에서 1년에 같은
작물을 두 번 재배하는 것이 이기작(二期作)인 반면 이모작(二毛作)은
쌀과 보리처럼 서로 다른 작물을 재배하는 것을 말하니 **인생 이모
작은 말 그대로 이전과 다른 직업으로 전환하거나 전혀 다른 삶의
방식으로 살아가는 것**이라고 정의한다. 인생 이모작을 꿈꾸는 사람
이라면 새로운 테마를 찾아 공부하고 훈련과 연습을 거쳐 지금까지
해 보지 못한 것을 잘하도록 하고, 지금까지의 인간관계에 얽매이
지 않고 새로운 동료를 찾으며 과거의 경험을 활용하는 것에 그치
지 않고 미경험 분야에 도전하여 새로운 자신을 발견하는 것이다.
새로운 분야에 도전해 보는 것도 좋고, 새롭게 자격이나 학위를 취
득하거나 특수 교육 과정 후에 새로운 분야로 진출할 수도 있다. 창
업을 시도하거나 지역사회 자원봉사 활동을 시도해 볼 수도 있는
것이다. 아예 전원생활로 들어가는 것도 시야에 넣을 수 있다.

그러기 위해서는 40대부터 미리 준비하는 것이 바람직하다. 아직

....
30   外山滋比古, 『인생 이모작의 추천』, 飛鳥新社, 2010(일서).

은퇴까지 충분한 여유가 있으니 두 번째 작물을 무엇으로 할까 몇 가지 품종을 사전에 재배하여 그 생육 상황을 지켜보면서 그중에서 가장 뿌리를 잘 내리는 품종을 고르도록 한다. 퇴직 후 새로운 경력을 시작하려고 해도 그 분야에 대한 지식이나 경험이 모자라 제대로 정착하는 데에 곤란을 겪거나 자신이 원하는 만큼의 성과를 올리기 어렵기 때문이다. 사전에 취미 혹은 자신의 하던 일과 병행해서 경력을 쌓아 왔든지 간에 미리 준비해야 한다. 직장 업무로 바쁜데 언제 그런 준비를 할 수 있는가 하고 반문할지 모른다. 물론 하루하루 힘들게 넘어가는 일상의 직장인들에게 쉽지 않은 것이지만, 미리 준비하지 못한 채 맞이하는 길고 긴 퇴직 후의 생활은 일찍이 겪지 못한 고독감과 막막함으로 연결되어 진다. 피터 드럭커도 미리 일찌감치 제2 관심사를 준비하라고 한다. 그는 자원봉사를 예로 꼽으면서, 어떤 사람이 40세 이전부터 자원봉사자로서 경험을 쌓지 않는다면, 그는 50세 이후에도 그런 활동을 하지 않는다고 단언한다. 재직 중에 파트타임이라도 다른 일을 병행하거나, 직장이 끝난 이후에라도 개인적으로 혹은 커뮤니티를 조직해 일을 경험하는 것이 좋다.

『당신의 인생을 이모작하라』의 저자 최재천 교수도 "적극적으로 철저하게 그리고 일찌감치 제2 인생을 준비하지 않으면 정말 불행해진다."고 조언한다.

10. 인생 100세 시대의 삶

매일 무거운 몸을 끌고 직장에 다니면서, 상사의 스트레스 아래 경쟁을 강요당하는 직장 생활을 생각하면 하루라도 빨리 은퇴하고 싶다는 생각이 드는 사람들도 적지 않을 것이다. 그러나 최근에서 퇴직 후의 생활에 의외로 빨리 질리는 경향이 있음이 보고되었다. 다음은 영국 '데일리 메일' 신문이 보도한 내용이다.

787명의 퇴직자를 대상으로 금융 기관 "Skipton Building Society"가 실시한 조사에서 퇴직 생활을 지루하다고 느끼기 시작하게 되는 것은 불과 10개월 후임이 판명되었다. 종일 TV를 보는 것이 고작이고 몸을 움직이는 것도 줄어들어 체중이 늘어나거나 배우자나 파트너와 함께 보내는 시간이 비약적으로 늘면서 말다툼의 수도 증가하는 등 긍정적이라고 말하기는 어려운 상황이 지속되고 있었다.[31].

이처럼 종전의 3多의 생활방식, 즉 자랄 때는 공부하느라고 바쁘

31   Steve Doughty, Joy of retirement wears off after just TEN MONTHS, Daily Mail, 2013. 11. 14.

고 커서는 일이 많아서 바쁘고 은퇴해서는 시간이 남아돌아 주체하지 못하는 삶은 시대적으로 낡은 틀이 아니겠는가. 그렇다면 요즘 같은 인생 100세 시대는 어떻게 시간을 보내야 할 것인가. '인생 100세 시대'라는 말의 시작은 영국의 린다 그래튼 교수의 『100세 인생』 이라는 책에서 비롯되었다. 이 책은 인간의 장수에 따르는 삶과 변화를 그린 것으로 '인생 100세 시대'라는 낱말이 전 세계에서 주목받게 되었다.

인생의 멀티스테이지화

그렇다면 100세 시대의 삶의 디자인은 구체적으로 어떤 것일까? 기존의 인생설계는,「교육 → 직업 → 은퇴」라고 하는 3 스테이지를 기본으로 하고 있었다. 인생의 전반에 교육 기간을 마치면 풀타임으로 일하고 정년을 맞이하면 풀타임으로 은퇴 생활을 보낸다는 것이다. 이 3 스테이지의 삶을 100년 인생으로 기능시키려고 하면 금전의 문제를 해소하기 위해서도 일의 스테이지 기간을 길게 할 수밖에 없다. 그러나 『100세 인생』의 저자 린다 그래튼[32] 씨는 단지 단순히 오랫동안 일을 계속하는 것은 너무 가혹하고 소모적인 것[33]이

....

32   린다 그래튼(Lynda Gratton): 영국의 심리학자이자 교수. 리버풀 대학교에서 박사학위를 받았다. 런던 비즈니스 스쿨 교수이자 인재론, 조직론의 세계적 권위자이다. (https://namu.wiki/history/%EB%A6%B0%EB%8B%A4%20%EA%B7%B8%EB%9E%98%ED%8A%BC)
33   린다 그래튼은 3단계의 삶이 길어지면서 아무리 피곤해도 일을 중단해서는 안되는 상황을 프랑스 희곡인 온딘의 저주에 비유했다. 온딘은 남편 팔레몬이 부정한 짓을 저지르고 곯아떨어져 코를 고는 모습을 보고는 화가 나서 저주를 내렸다. 깨어 있는 동안에는 숨을 쉬지만 잠이 들면 죽을 것이라고 말이다. 이때부터 팔레몬은 눈이 감기면 죽음이 덮칠까 두려워 한시도 쉬지 못한 채 미친 듯이 움직였다는 스토리다.

기에 무대를 재조합하면서 유연하게 자신다운 삶을 찾아가는 멀티 스테이지의 삶을 제안하고 있다. 예를 들면, 동시기에 복수의 일이나 활동에 종사하거나, 사회인을 경험해 재차 대학에서 다시 배우는 등, 인생에 있어서 몇 번이나 스테이지의 이행과 변화를 경험하는 삶의 방법이다. 지금도 이런 삶을 살고 있는 사람은 있지만, 앞으로는 더 일반적인 것이 될 것이라고 강조한다. 즉 교육·일·은퇴라는 단순한 구분이 아니라 은퇴를 포함하여 그때마다 교육과 일이 얽히는 **멀티 스테이지의 인생 플랜**이 이제는 필요하게 된다는 것이다.

그리고 다양성 있는 근로 방식이 주를 이루게 된다. 정시에 회사를 오가는 기존의 고정적인 스타일이 아니라 시간이나 고용 형태에 얽매이지 않는 근무 방식, 예를 들어 개인 사업을 시작한다든지, 비영리 활동이나 봉사 활동을 시작하는 등, 새로운 근로 방식에 도전하고 사회 참여하는 것이 중요하게 된다.

유형자산과 무형자산 투자가 중요

또한 린다 그래튼 교수는 『100세 인생』에서 충실한 100세 인생을 보내기 위해서는 2개의 자산이 중요하다고 한다.[34] 하나는 정년 후에 필요한 유형의 금전적 자산이다. 다른 하나는 멀티 스테이지를 살아가기 위한 고도의 스킬과 지식, 육체적·신체적인 건강, 가족이나 친구와의 인간관계 등 무형자산이다. 유형자산과 무형자산은 서로 긍정적인 영향을 미칠 수 있으며, 길고 생산적인 삶을 구축하기

34 　린다 그래튼, 번역 안세민, 『100세 인생』, 클, 2017.

위해서는 양쪽에 대한 투자를 의식해 나가야 한다. 특히 린다 그래튼 교수는 "자산이라고 하면, 돈이나 재산을 생각하기 쉽지만, 고령이 되어 진정한 의미로 자신을 돕는 것은, 실은 이 **무형의 자산**입니다."라고 강조한다. 무형자산에는 세 가지가 있다.

우선, 첫 번째는 'Productivity(생산성) 자산'이다.

이것은 사회에서 무언가를 만드는 힘이다. 고령자에게 있어서 무엇보다 중요한 것은 세상에서 평가되는 스킬을 가지고 다른 사람의 도움이 되는 것이 중요하다고 교수는 지적한다. 이를 위해서는 항상 무언가를 계속 배우는 자세가 필요하다.

두 번째 무형 자산은 'Vitality(활력) 자산'이다.

이것은 심신이 건강하다는 것을 말한다. 아무리 훌륭한 능력이나 발상을 가지고 있어도, 건강이 수반하지 않으면 뭔가를 도울 수 없다. 또한 깊은 우호 관계도 건강을 유지하는 데 필수적이다.

그리고 마지막 무형의 자산은 'Transformation(변형) 자산'이다.

이것은 지금과는 다른 자신을 만드는 능력이다. 아무도 특정 기술만으로 인생을 끝까지 살아갈 수 없다. 어느 시점에서 자신을 바꾸어 나가야 한다. 자신을 바꾸기 위해서는 스스로를 알고, 세계를 알고, 어려운 결정도 해야 한다. 다양한 연결도 필요하다. 자신과 같은 동료와 사귀는 것만으로는 변혁은 일어나지 않는다. 자신의 네트워크에 다른 유형의 사람들이 있다는 것은 다른 자신, 다른 삶의 방식을 생각하는 좋은 계기가 된다.

린다 그래튼 교수는 무형자산 중에서도 변형자산이 인생 100세 시대를 헤쳐 나가는 데 있어 무척 중요한 자산이라 하였다. 이처럼 변혁 기간을 거쳐 능력을 향상시키고 인적 네트워크를 확대하여 일을 한 단계 스텝업함으로써 유형자산을 증가시켜 은퇴 후 생활자금을 확보하는 것이 충실한 100세 인생을 위한 시나리오라는 것이다. (표2 참조)

(표2) 유형자산과 무형자산 [35]

무형자산				유형자산	
구분	특성			금융자산 (저축)	마이홈 (부동산)
생산성 자산	일의 생산성	스킬/ 지식	인적네트워크, 평판		
활력 자산	건강	생활	친구		
변형 자산	아이덴티티	새로운 능력	인적네트워크의 다양성		

자신의 변형자산에 대한 의식을 점검하는 의미에서 필자는 (표3) 프로티언 커리어度[36]를 측정해 볼 것을 권유한다. 해당하는 항목이 12개 이상이면 긍정적이며, 3개 이하면 부정적이라 할 수 있다.

....

35 100年ライフに必要な資産(「ライフシフト」を読み解くⅥ) https://ameblo. jp/058828saint/entry-12324006590.html
36 경제사회환경의 변화에 유연하게 변할 수 있는 커리어 모델을 프로티언 커리어라고 한다. 여기서 프로티언이란 원래 그리스 신화 호메로스의 『오디세이아』에 등장하는 바다의 신 프로테우스에서 유래하였는데 모든 사물로 모습을 변화하는 힘과 예언하는 힘을 가지고 있는 프로테우스 신을 외형이나 신조, 성격이 변화무쌍하거나 변덕쟁이라는 의미로 사용한다. (필자 강의노트에서)

(표3)프로티언 커리어度

	항목	체크
1	매일 신문을 읽는다.	
2	월2권 이상 책을 읽는다.	
3	영어학습을 계속하고 있다.	
4	테크놀로지 변화에 관심이 있다.	
5	국내 사회변화에 관심이 있다.	
6	해외 사회변화에 관심이 있다.	
7	일에 국한하지 않고 새로운 것에 도전하고 있다.	
8	현상의 문제에서 눈을 돌리지 않는다.	
9	문제에 직면하면 해결하기 위해 행동한다.	
10	결정한 것을 계획대로 실행한다.	
11	어떤 일도 중도에 포기하지 않고 끝까지 해낸다.	
12	평소 복수의 프로젝트에 관련해 있다.	
13	정기적으로 참가하는 (사외) 커뮤니티가 복수 있다.	
14	건강의식이 높고 정기적으로 운동하고 있다.	
15	생활의 질을 높이며 마음의 행복을 느끼는 친구가 있다.	

패러럴 커리어가 당연해진다

패러럴이란 "병행"이라는 의미로, 패러럴 커리어는 '복수의 커리어를 병행한다.'는 것이다. 회사 수명이 단명화되고 정년까지 한 회사에서 일하는 것은 오히려 드문 세상이다. 그리고 「조직」에서 「개인」으로 커리어의 주도권이 시프트해 가면서, 커리어를 자기 책임으로 구축해 나가는 것이 당연해지고 있다. 여러 경력을 병행함으로써 단순히 수입만을 목적으로 하지 않고, 능력의 향상이나 가치관의 업데이트, 네트워크 구축 등, 경력 자원을 획득할 필요성이 증대되고 있다. 미국에서는 고용관계에 있는 주된 일을 하면서 다른 수입원을 가진 사람이 28%, 고용관계에 있는 주된 일을 하면서 아르바이트 등 부차적인 수입원을 가진 사람이 25%나 있다고 한다. [37]

경력 이모작, 삼모작

이것은 병행과는 다른 개념이다. 인생에 있어서, 2회, 3회 필드를 바꾸면서 일하는 것이 당연하다는 이론이다. 산업이나 조직이 가속적으로 단명화하고, 기술의 반감기도 짧아지는 등 거스를 수 없는 변화에 직면하고 있다. 40세가 되면 그 다음의 일, 50세가 되면 또 그 다음의 일, 그리고 60세부터의 전직 같은 이야기도 향후 일반화될 것이다. 평생 1개의 조직에서 일하는, 1개의 분야만으로 먹고 사는 커리어는 향후 위험할 뿐 아니라 가능하지도 않게 된다.

사회인의 평생학습의 중요성이 높아진다

인생 100세 시대에는 사회인이 새로운 지식과 스킬을 배우기 위해 대학·대학원에서 다시 배우는 경우도 늘어난다. '병행 커리어'와 '커리어의 이모작, 삼모작'이 일반화되면 우리도 항상 스스로의 시장 가치[38]를 의식해야 하기 때문이다. 한편, 시장가치는 기술의 진화나 노동시장의 변화에 따라 요구되는 스킬이나 지식도 점점 진보하게 된다. 시장가치가 높은 인재는 타사 및 여러 곳에서도 매력적인

....

37   사토 루미, 『仕事2.0』 幻冬舎, 2018(일서).

38   시장 가치는 자신을 상품으로 생각했을 때의 세상에서 본 가치(가격)이다.

인재다. 그러므로 시장가치를 유지하거나 높이기 위한 사회인의 '평생학습'은 필연적일 수밖에 없다.

11. 인생을 발견하기 위해서는 인생을 낭비해야 한다

대서양 단독 무착륙 비행에 처음으로 성공한 찰스 린드버그의 아내이자 그 자신도 비행사로 활동하여 훌륭한 기행 수필을 남긴 앤 모로우 린드버그가 한 명언이다. 우리는 '낭비'라는 단어에 대해 매우 부정적인 이미지를 가지고 있다. 그러나 린드버그는 이 '낭비'가 당신 자신의 삶을 찾기 위해 필요한 것이라고 말하고 있다. '삶'은 이성적으로, 미래지향적으로, 효율적으로 찾을 수 없기 때문이다.

당신은 당신이 그것을 시도하기 전에 당신이 무엇을 얻을지 모른다. 우리는 우리가 무엇에 열정을 쏟을지 미리 알 수 있는 선견지명이 없다. 칙센트 미하이[39]가 지적하듯이 많은 사람들이 '열정을 쏟을 수 있는 것'을 찾지 못한 채 생을 마감하지만, 이것이 어려운 이유는 '몰두하는 것'은 아무리 생각해도 이해할 수 없고, 여러 가지 일을 한 후에야 비로소 육체적 감각으로 파악될 수 있기 때문이다.

....

39 미하이 칙센트 미하이(Mihaly Csikszentmihalyi): 헝가리계 미국인 심리학자. 클레어몬트 대학원에 재직했다. 시카고 대학교 심리학과와 레이크 포레스트 칼리지의 인류학과 학과장을 지내기도 했다. 몰입 개념을 창시했다. 40년 동안 교수로 재직한 후 피터 드러커 경영대학 교수 및 '삶의 질 연구소' 소장으로 있었으며, 인간의 삶을 더 창의적이고 행복하게 할 수 있을지에 관한 분야를 연구해 왔다. (https://en.wikipedia.org/w/index.php?title=Mihaly_Csikszentmihalyi&action=history)

결국, 당신은 그것을 시도하기 전까지는 당신이 무엇에 열정을 가지고 있는지 모른다. '삶'은 많은 시간과 노력의 낭비를 넘어서야 찾을 수 있다는 린드버그의 지적은 커리어 연구에서 뒷받침된다.

스탠퍼드 대학의 교육심리학 교수인 故 존 크럼볼츠[40]는 이 문제에 대한 최초의 본격적인 연구를 수행했는데, 수백 명의 미국 사업가들을 대상으로 설문조사를 실시한 결과, 성공한 사람들의 경력 개발의 80%가 "우연"이었다는 것을 발견했다. 그렇다고 그들 중 80%가 경력 계획이 없었다는 것은 아니다. 그러나 당초의 커리어 계획대로 되지 않은 여러 가지 우연이 겹쳐져 결과적으로 세상으로부터 '성공한 사람'으로 인정받는 위치에 이르렀다.

크럼볼츠는 이 설문조사 결과를 토대로 "커리어는 우연히 만들어지기 때문에 중장기 목표를 세우고 열심히 일하는 것은 오히려 위험하다."며 '계획된 우연'이라고 하여 '좋은 우연의 일치'를 유도하는 계획과 습관에 노력을 기울여야 한다고 주장했다.

크럼볼츠에 따르면, 우리의 커리어는 잘 계획할 수 있는 것이 아니라 예상치 못한 우연적인 사건에 의해 결정된다. 그렇다면, 커리

40　존 크럼볼츠(John D. Krumboltz): 스탠퍼드 대학의 교육 및 심리학 석좌 교수로 계획된 우연 이론을 창안했다. 1961년 스탠퍼드 대학에 부임한 크럼볼츠는 학습에 관한 사회적 이론을 삶의 결정에 적용함으로써 행동 및 직업 상담 분야에 혁명을 일으켰다. 미국에서 가장 영향력 있는 심리학자 중 한 명으로 60년 동안 활동한 그는 스탠퍼드 교육대학원 상담심리학 프로그램의 공동 책임자였으며 가장 최근에는 Fail Fast, Fail Often: How Losing Can Help You Win(with Ryan Babineaux, PhD '04, 2014)과 같은 많은 학술 및 대중 서적의 저자로 널리 읽히고 있다. (출처: 스탠퍼드 대학원 GSE 뉴스, 2019.5.9.)

어 개발로 이어지는 "좋은 우연"을 만들기 위한 요건은 무엇일까? 크럼볼츠는 다음 5가지를 들고 있다.

호기심 = 자신의 전문 분야 이외에 다양한 분야에 대한 시야와 관심을 넓히면 커리어 기회가 늘어난다.

지속성 = 처음에는 일이 잘 풀리지 않아도 끈기가 우연한 사건이나 만남으로 이어지고, 새로운 전개 가능성이 높아진다.

유연성 = 상황은 끊임없이 변화한다. 한번 결정을 내렸더라도 상황에 따라 유연하게 대응하여 기회를 잡을 수 있다

낙관성 = 예상치 못한 이동과 역경을 성장의 기회로 긍정적으로 인식함으로써 경력을 넓힐 수 있다.

위험 감수 = 미지의 것에 도전하면 실패와 잘 안 되는 일이 생기는 것은 당연하다. 기회는 적극적으로 위험을 감수함으로써 창출할 수 있다

앞서 언급한 린드버그의 지적에 크럼볼츠의 이 요소들을 겹쳐 보면, 진정으로 자신의 삶을 찾기 위해서는 언뜻 보기에 '시간 낭비'처럼 보이는 활동에 적극적으로 참여하는 것이 중요하다는 것을 분명히 알 수 있다.

특히 '인생 100세 시대'가 다가오면 일생에 몇 번이나 직업을 바꾸지 않으면 안 되기 때문에, 다양한 시도를 한 후에 어떤 활동에 몰두할 수 있는지, 반대로 어떤 활동에 흥미를 가지고 있는지에 따라 인생의 풍요로움이 크게 달라진다는 것을 명심하자.

Ⅱ

은퇴 후 5가지 위기를
넘어서라

12. 정신적 위기

"어제 밤 꿈에서 고객의 회사를 돌아다니며 영업을 하고 있었습니다. 늘 하던 대로 명함을 교환하려고 명함지갑에서 명함을 꺼내려고 하는데 아무리 찾아도 타인 명함만 보이고 제 명함은 나오지 않았습니다. 창피함, 초조함에 등에 땀이 막 젖다가 꿈에서 깨어났습니다."[41]

명퇴 형태로 회사를 나온 영업 출신의 퇴직자의 명함이 없는 꿈 이야기이다. 그리고 보니 필자도 직장을 나온 후 유사한 꿈에 시달리고 있다. 꿈속에서 발령을 기다리거나 조직 속에서 자신의 소속이 없는 것을 알고 소스라치게 놀라는 장면, 옆에 있는 사람이 유독 내게만 말을 걸지 않거나 다들 즐겁게 일하는데 나만 혼자 배회하는 등, 깨어나면 그다지 반갑지 않은 꿈을 지금도 꾸고 있다. 그렇게 퇴직 전의 모습으로, 섭섭한 마음이 가득한 채로 깨어나곤 한다. 강산이 두 번 변한다는 긴 세월이 흐른 지금에도 그런 꿈이 계속되는 걸 보면 꽤 지독한 상처였던 것 같다.

....
41   히로카와 스스무, 실업의 커리어 카운슬링 강의 내용 중에서 인용, 2006.

흔히 퇴직한 사람에게 평상심을 회복하라고 주문하지만, 거실에서 파자마를 입고 편하게 있다가도 초인종 소리가 들리면 후다닥 방으로 뛰어 들어가는 퇴직자에게 간단하게 안정을 취하라고 할 수 없는 것이다. 또 일하고 있는 사람은 힘이 있고 자신은 미약하고 능력 없는 존재라는 자기비하감에 함몰되거나 고립과 은둔, 신념이나 희망을 상실하는 등 심각한 trauma(외상 후 스트레스 장해)를 겪기도 한다.

> 퇴직한 첫날 아침 갈 곳이 없어진 낯선 경험에서 시작한다.
> 그리고 모든 것이 달라진 일상 속에서, 존재감이 사라져 텅
> 비어 버린 시간을 보내면서 극심한 충격에 휩싸여 머리가
> 멍해지는 듯한 인지적 마비 상태를 경험한다. 이어 시간이
> 흐르면서 '그동안 고생했으니 잠시 쉬어간다.'와 같은 정당
> 화와 이 시간이 길어지면서 아무 할 일 없는 자신의 신세가
> 처량하고 창피하며 의기소침해진다. [42]

스트레스 연구에서 Holms&Rahe(1967)에 따른 사회 적재 적응 평가 척도(SSRS)에 의하면 스트레스는 생활상의 변화에 의해 생기는데 생활 변화 스트레스 단위(Life Change Unit: LCU)로 표시된 스트레스 순위를 보면 43항목 중 제일 높은 항목은 배우자의 사망이었다. 이 척도로 몇십만 명의 미국인을 대상으로 테스트하여 그 득점과 피험

....
42 구자복 트라이씨 심리경영연구소 공동대표, 매일경제 신문의 기고문, 2021. 4. 20.

자의 1~2년 내의 건강도를 조사한 결과, 평균적인 미국인이 2년간 입원할 확률이 20%인데 반해 150~300 LCU(life change unit)의 경우 50%, 300 LCU이상의 경우 90%까지 치솟는 결과가 나왔다고 한다. 퇴직은 45(해고 47)로 10위(해고 8위)에 해당하지만, 가족의 건강 변화, 경제 여건 변화, 전직, 업무상 책임의 변화, 생활 조건의 변화 등 다른 스트레스를 함께 유발할 수 있는 인생 사건이므로 경우에 따라서는 얼마든지 300을 넘어설 수도 있다. (표4 참조)

나츠메 등(1988)은 SRRS 척도를 참고해 일본의 근로자를 대상으로 조사한 결과 배우자 사망과 회사 도산이 50대의 경우 동점이었다. 다시 말해서 개인이나 가족보다도 회사를 우선시해온 멸사봉공(滅私奉公)[43]의 세대에서는 오랜 시간에 걸쳐 이루어진 친숙하고도 소중한 대상을 상실한다는 점에서 가장 스트레수 지수가 높은 배우자를 잃는 것과 같다는 것이다. 그만큼 정신적 충격이 크다는 것이다.

(표4) 사회재적응평가척도(SRRS: the Social Readjustment Rating Scale)[44] 단위: LCU(Life Change Unit)

번호	사건	LCU	번호	사건	LCU
1	배우자의 사망	100	23	자녀 별거	29
2	이혼	73	24	친척과의 트러블	29
3	부부 별거생활	65	25	개인의 성공	28
4	구류	63	26	부인의 취직이나 이직	26
5	친척의 사망	63	27	취학 졸업	26
6	개인의 사고나 병	53	28	생활조건의 변화	25
7	결혼	50	29	개인적 습관의 수정	24

....

43   멸사봉공(滅私奉公): 사전적 의미는 '사욕을 버리고 공익을 위하여 힘씀'.
44   출처: 오영훈, 『살아있는 퇴직 이야기』, 미래에셋퇴직연금연구소, 2010.

8	해고, 실업	47	30	상사와의 트러블	23
9	부부화해, 조정	45	31	노동조건의 변화	20
10	퇴직	45	32	주거의 변경	20
11	가족의 건강 변화	44	33	전학	20
12	임신	40	34	레크리에이션의 변화	19
13	성적장해	39	35	교회활동의 변화	19
14	가족구성원의 증가	39	36	사회활동의 변화	18
15	업무조정	39	37	1,000만원이하의 대출	17
16	경제상태의 큰 변화	38	38	수면 습관의 변화	16
17	친구의 사망	37	39	단란한 가족 수의 변화	15
18	전직	36	40	식습관의 변화	15
19	배우자와의 관계	35	41	휴가	13
20	1,000만원이상의 대출	31	42	크리스마스	12
21	담보 대출금의 손실	30	43	위법행위	11
22	업무상 책임의 변화	29			

전직 지원 업계에서도 퇴직자 중에서 우울증 등 정신적인 상담이 필요하다고 보이는 경우를 약 15~20%로 추정하고 있을 정도다. 필자의 동료도 상담 고객이 퇴직 후 채 한 달이 되기도 전에 갑자기 원인불명으로 사망했는데, 그 원인 중 하나가 퇴직으로 인한 스트레스를 꼽았었다.

슐로스 버그[45]는 퇴직 시에 4가지 변화로 인해 스트레스를 받는다

45 낸시 슐로스버그(Nancy K. Schlossberg): 메릴랜드 대학교 석좌교수. 성인전환, 은퇴, 경력개발, 세대간 관계의 전문가이다. 40년간 상담심리학 분야의 교육자 행정가 강사 동기부여가로 다른 사람들이 성장하고 더 나은 삶을 살 수 있도록 헌신해 왔

고 하였다. 즉 **일상생활의 변화**로 인해 주위 사람들의 시선으로 위축되며, **인간관계의 변화**로 인해 환경에 부적응을 경험하며, **역할 변화**로 인해 목표가 불명확해지고, **자기 자신에 대한 견해의 변화**로 인해 자신감이 위축되는 스트레스가 그것이다.

그녀는 이를 유연하게 극복하기 위한 방법으로 **4S 자원**을 활용할 것을 추천한다. 4S란 먼저 **상황분석(Situation)**으로 자신이 지금 처한 상황을 어떻게 평가하는가를 말한다. 변화를 긍정적으로 바라보는가, 아니면 부정적으로 바라보는가 하는 것인데 긍정적으로 바라볼수록 변화를 극복하기 쉽다. **자기 이해 (Self)**는 주로 내면적인 특성(자신의 강점, 약점)을 파악하는 것으로 그 차이에 의해 변화에의 대처가 달라질 수 있다. 또 과거의 유사한 경험을 돌아보는 것도 중요한데 왜냐하면 과거의 경험은 변화를 극복하기 위한 힌트를 제공해주기 때문이다. **지원(Support)**은 변화를 극복할 수 있는 외적 자원(가족, 인맥, 경제력, 격려 등)을 파악하는 것으로 폭넓게 외적 자원을 찾아 어떤 지원을 받을 수 있는가를 파악하여 그때그때 활용하는 것이 중요하다. 마지막으로 **전략(Strategy)**은 상황이나 자신, 지원에 대해 파악한 후 어떻게 변화에 대처할 것인가 하는 기본방침을 정하는 것을 말한다. 이러한 프로세스를 거쳐 얼마든지 극복할 수 있다고 그녀는 강조한다.

음. (출처: www.nancyschulossberg.com)

13. 전환기의 위기

　은퇴는 오랫동안 조직에서 걸치고 있던 두껍고 거추장스러운 직함을 벗어던지고 진정한 자신과 대면하여 새로운 자기를 만들어 내는 것이다. 즉 권한과 책임의 중심에서 벗어나 오랜 사회생활을 통해 취득한 지식과 경험을 타인이나 사회에 제공함으로써 과거 직책에서의 달성감과 만족감을 대체하는 시기다.

　그러나 과거의 나를 버리고 새로운 나를 받아들이는 과정은 그리 녹록지만은 않다. 특히 평생 같은 직업만 가졌던 사람들, 지위가 높거나 규모가 크고 안정된 직장에 의지해 살아온 사람들일수록 더욱 어려움을 겪는다.

　필자도 얼마 전 은퇴자를 대상으로 하는 교육프로그램에서 강의한 적이 있었는데 모두들 하나같이 짙은 색 양복을 입고 근엄한 표정으로 어디 한번 이야기해 보라는 듯이 앉아 있는 모습이 마치 단단히 갑옷으로 중무장한 장수들 같아 한순간 숨이 멎는 듯하였다.

　"나를 낮추는 일에 적응하기 어렵다." 모처럼 마음먹고 비영리단체에 들어간 사람들이 얼마 못 가 그만두는 이유다. 왜 이처럼 하나같이 자신의 갑옷을 벗는 것을 두려워할까?

임상심리학자 윌리엄 브릿지스[46]에 의하면 전환기를 맞는 경우 공통적으로 적용되는 법칙이 있는데 그것은 모든 전환기는 무언가의 종말에서부터 시작된다는 것이다. 즉 우리는 새로운 것을 손에 넣기 위해서는 옛것과 결별하지 않으면 안 되는데 이때의 대표적인 감정이 바로 **상실감(loss)**이다.

그에 의하면 전환기가 닥치면 지금까지 익숙했던 생활에서 이탈을 하게 되고 지금까지 자신을 지탱해 왔던 방식들이 통용되지 않는다는 것을 깨닫게 되면서 심각한 정체감 상실과 함께 장래가 불투명하고 행동의 방향을 종잡을 수 없는 방향감각 상실을 경험한다는 것이다. 상실감으로 혼란을 겪는 경우 앞에서 언급한 것처럼 "자기 자신을 잘 모르겠다."는 경우가 많은데 이는 새롭게 변화하려는 자신은 이미 기존의 고정관념에서 벗어나 움직이려고 하는데 그것을 과거의 개념에서 해석하려 들기 때문이다.

> 마치 건너편 강가로 가기 위해 선착장에서 배를 타고 한참 가다가 문득 바라보니 건너편 강가가 없어진 것을 발견하고는 다시 뒤를 돌아보니 출발한 선착장마저 무너져 강물에 휩쓸려 버린 것을 바라보고 있는 상황이다.[47]

....

46 윌리엄 브릿지스(William Bridges): 미국의 작가, 연사 및 조직 컨설턴트. 그는 조직이 변화를 만드는 데 성공하기 위한 열쇠로 전환을 이해하는 것이 중요하다고 강조했다. 그는 전환은 변화에 적응하는 심리적 과정이라고 말한다.
https://en.wikipedia.org/w/index.php?title=William_Bridges_(author)&acon=history
47 William Bridges, 倉光 修, 小林 哲郎 飜譯,『トランジション ―人生の転機を活かすために (フェニックスシリーズ)』, パンローリング, 2014.

누군가의 말처럼 "새로운 변화는 과거의 해석 속에서 숙성되어 절망이라는 현실을 견디어 내며 생기는 것"이다. 아울러 전환기에는 자신의 문제해결에 자신감이 없으며 상황대처 기술이나 합리적인 의사결정을 위한 일상적 판단 능력이 많이 약화되어 있어 "30년간 경리만 하던 사람이 뭘 할 수 있겠어." "교편만 잡았던 사람이 새삼 무슨…." 하는 식으로 자신의 잠재력을 과소평가하여 좁은 분야에 한정시키거나 익숙하고 덜 불안한 선택을 하기 쉽다.

이처럼 누구나 전환기를 맞아 새로운 출발을 하기 위해서는 바뀌어야 한다는 생각과 익숙했던 것들을 아쉬워하는 생각들이 교차하는 혼란과 갈등의 시기를 겪는다.

성장은 변화하는 것입니다. 애벌레가 큰 애벌레로 되는 것은 성장이라 할 수 없습니다. 왜냐하면 능력의 대차가 없기 때문이죠. 애벌레로 변하고 그리고 나비가 되어 날개를 펼치면서 하늘을 나는 것이 성장입니다. 일도 마찬가지입니다. 오늘의 당신이 아무리 표면적으로 지식이나 세세한 노하우를 늘린다 해도 그것은 큰 애벌레가 되는 것에 지나지 않을 것입니다. 중요한 것은 당신 자신이 변화하는가, 아닌가 하는 것입니다. 그러나 변화는 용기를 필요로 합니다. 왜냐하면 나비로 일단 변하면 다시 애벌레로는 돌아올 수 없기 때문이죠. 성장을 위해서는 어제까지의 자신을 버릴 필요가 있습니다. 왜냐하면 그러지 않고서는 자신을 새로이 탈바꿈할 수 없기 때문입니다. 머리만으로 나비가 되는 것

은 아니기 때문입니다.[48]

이렇듯이 새로운 시작을 하기 전에 공백기를 갖게 되는데 그 시기를 브릿지스는 뉴트럴 존이라고 하였다. 뉴트럴 존은 변화에 있어서 중요한 역할을 한다. 즉 이 시기의 공허감은 새로운 재생을 위한 과거와의 결별을 상징하는 것이므로 오히려 이러한 공허감이 있어서 비로소 새로운 자신으로 거듭난다는 말이 된다.

브릿지스는 뉴트럴 존에서 겪게 되는 공허함에 굴복해서 무언가를 서둘러 저지르려고 하지 말고 대신에 그 기간의 체험을 의의 있는 것으로 만들기 위해 다음과 같은 구체적인 대응전략을 제시하고 있다.[49]

① 혼자가 되는 특정한 시간과 장소를 만들어라.
- 고독 속에서 자신의 내면의 소리를 들어라.
② 뉴트럴 존의 체험을 기록하라.
- 마음이나 기분, 아이디어를 기록하라. 거기서 새로운 시작의 계기가 있을지 모른다.
③ 자서전을 쓰기 위해 시간을 가져라.
- 과거의 정리를 통해 과거와의 결별이 용이하다.
④ 이 기회에 정말로 하고 싶은 것을 찾아라.

48   야스다 요시오, 『채용의 프로가 가르쳐주는 가능한 사람 불가능한 사람』, 산마크, 2003(일서).
49   전게서.

- 고정관념이나 타인에 의한 영향을 배제한 채 자신의 마음속에 있는 것을 끄집어내 보자.

⑤ 만일 죽게 되면 무엇이 가슴에 남는가를 생각해 봐라.

- 자신의 사망 기사를 써 보는 것도 자기분석의 한 방법이다.

⑥ 일정 기간 통과의례를 체험하라.

- 잠시 동안이라도 혼자 여행을 떠나라. 브릿지스는 이를 공허의 여행이라고 하였다.

이러한 단계를 거쳐 낡은 안경을 벗어 던지고 새로운 세계를 접할 수 있는 것이다. 구자복 트라이씨 심리경영연구소 공동대표도 한 신문의 기고문[50]에서 "새로운 타이틀을 찾는 것보다 더 중요한 게 있다. 낯설지만 스스로 삶의 의미를 자문하고, 새로운 자극을 위한 에너지를 만드는 것이다."라고 하면서 "그동안 어떻게 살아왔는지, 인생의 전환점은 무엇이었는지, 자신이 무엇을 좋아하고 싫어하는 지 등 새로운 후반전의 길목에서 잠시 걸음을 멈추고 자기 성찰의 시간을 가져야 한다."고 강조한다. 그러한 과정을 통해 자신이 하고 싶은 또는 자신이 선택한 활동들을 탐색하면서 새로운 역할과 정체성을 만들어 가야 한다는 것이다.

---

50   구자복 트라이씨 심리경영연구소 공동대표, 매일경제 신문의 기고문, 2021. 4. 20.

14. 발달상의 위기(중년기)

　중년기는 사춘기처럼 또다시 정체성의 위기와 재구축이 중요한 테마로 등장하는 시기다. 황소 체력이 밤샘 작업에 나동그라지고 새치가 하나둘씩 늘어나면서 쉽게 피곤해하고, 단단했던 장딴지는 마치 근육이 빠진 것처럼 힘없이 흔들거리고, 노안으로 읽고 쓰는 데에 불편을 겪으면서, 정신이 번쩍 나는 신체 변화를 실감한다. 직장에서는 직업 인생의 미래가 예상이 되어 이대로 내 직업 인생이 끝나는 것인가? 아예 사회에서 퇴출되는 것은 아닌가하는 두려움이 엄습하면서도, 한편으로는 아직은 할 수 있다는 생각에 망설임과 갈등이 교차하는 시기다. 아울러 가족 관계에도 변화가 생긴다. 그동안 자식 중심으로 같이 달려왔던 부부가 자식들이 제각각 밖에서 시간을 많이 보내는 바람에 둘만의 시간이 부쩍 늘어나는 시기이기도 하다. 또 오랫동안 가정을 지켰던 주부는 지나간 날들이 아쉽고 후회스럽다. 소위 '빈 둥지 증후군'으로 자기 정체성 상실을 느끼는 심리 현상을 느끼는 것이다.

　청년기가 자신은 무엇이 되고 싶은지, 어떻게 살고 싶은지, 어떤 일을 할까 등으로 정체성을 확립하는 과정이라 한다면 중년기는 자신의 한계와 인생의 유한성을 깨닫는 시기이다. 셈이 거꾸로 변하는 것이다. 앞으로 입사 몇 년, 결혼 몇 년 등 시작 단계에서 나이를 세다가, 중년기를 지나면 앞으로 인생이 몇 년 남았다는 식으로 계산을 하게 되는 것이다. 동창들의 부고장이 날아오고 친척이나 지인들의 죽음을 통해 나도 인생의 마지막이 얼마 남지 않았다는 것을 의식하고 인생을 거꾸로 전망하는, 관점이 완전히 바뀌지는 시기이다.

> 핸드폰에 부고가 찍히면 죽음은 배달상품처럼 눈앞에 와 있다.[51]

지금까지는 회사와 가족을 위해 열심히 살았지만 남은 인생은 자기를 위해 살고 싶다는 마음이 절실해지는 시기가 중년기이기도 하다. 정말로 되고 싶은 자신, 하고 싶은 것을 하는 인생을 절절하게 바라게 된다. 정말로 내 인생에 있어 하고 싶은 것은 무엇인가? 지금까지 하지 못했던 것은 무엇인가? 이대로 죽을 수는 없다는 절박한 마음이 생기기도 한다. 이렇게 다시금 신체 변화와 자아에 눈을 뜨는 중년기를 사추기(思秋期)라 이름한다. 이 시기에 겪게 되는 퇴직은 그래서 더욱 혼란스럽다.

> "지금까지는 먹고살기 위해 '하기 싫은 일'을 억지로 하면서
> 살았다. 그러나 인생 후반기에는 하고 싶은 일을 하면서 살
> 고 싶다. 그러나 문제는 과연 내가 하고 싶은 일이 무엇인가

---
51 김훈, 『허송세월』, 나남, 2024.

딱 꼬집어 말할 수 없다는 것이다."[52]

청년기가 대외적인 자기 확립이 중심이 된 외적세계에 적응하는 시기라 한다면 **중년기는 자신의 한계와 인생의 유한성을 깨닫고 내면의 세계에 적응하는 전환의 시기다.**

지금까지의 삶이 조직의 요구에 맞추기 위해 가정을 꾸리고 자녀들을 뒷바라지하기 위해 정신없이 달려온 삶이라고 한다면 남은 인생은 "정말로 내 인생에서 하고 싶은 것은 무엇일까?" "지금까지 하지 못했던 것은 무엇인가?" 하고 그동안 돌보지 못했던 자신을 위해 살고 싶다는 마음이 절실해지는 시기다.

중년을 인생의 정오로 비유한 칼 융[53]은 오전의 인생에서는 영원해 보였던 목표와 야망들이 오후에 들어서는 그 의미를 잃게 되면서 무언가 빠진 것 같아 생기는 불안함과 우울함, 침체를 경험하게 되므로 오후의 인생을 위해서는 분명한 삶의 의미와 목적을 가지고 있어야 한다고 하였다.

즉 오전에 사회문화의 제약이나 역할, 의무 속에서 제도화되어 놓치고 있었던 자신의 내적욕구나 본래의 참모습을 추구함으로써 **자신의 개성화를 이루는 시기**가 오후라는 것이다.

....

52   전직지원 교육 참가자.

53   칼 융(Carl Gustav Jung): 스위스의 정신의학자로 분석심리학의 개척자이다. 콤플렉스와 집단무의식의 개념을 정립하고 성격을 내향형과 외향형으로 분류하였다. 한때 프로이트와 교류하며 공동연구를 하였으나, '리비도'에 대한 견해 차이를 계기로 결별하여 독자노선 걸으며 분석심리학이라는 분야를 개척하였다.
https://ko.wikipedia.org/w/index.php?title=%EC%B9%B4%EB%A5%BC_%EC%9C%B5&action=history

78

"우리는 인생의 오후를 아침 프로그램으로 살 수 없다. 왜냐하면 아침에 위대했던 것들이 밤에는 보잘것없어지고 아침에 진실이었던 것이 밤에는 거짓이 되기 때문이다."[54]

중년기에 청년기나 성인기의 가치나 목표에 매달려 새로운 의미를 찾지 못하면 절망에 빠지게 되는 것이다. 중년기 심리학자 하비가스트는 자녀가 행복한 성인이 되는 것을 원조하고, 사회의 시민, 직업생활의 유지, 여가 활동, 배우자와의 관계 개선, 신체의 노화에의 적응, 나이 든 부모에의 적응을 중년기 발달과업으로 정의한다.

중년기 위기에 대한 최근의 시각은 성장과 발달을 위해 필연적인 인생의 프로세스이다. 그동안 축적해 온 방대한 경험, 지혜, 인맥 등 풍부한 자원을 바탕으로 의미 있는 인생을 실현하기 위한 정체성의 재구축 시기로 바라보는 것이다. 아울러 이 기간의 체험을 의미 있는 것으로 만들기 위해서 다음과 같은 시트를 작성해 보는 것이 좋다. (표5 참조)

(표5)중년기 인생 재설계의 3가지 포인트

	일	생활
유지과제		
개선과제		
새로이 도전하는 과제		

....

54 칼 융, 인생정오론.

15. 경제적 위기

"여보! 어느 것부터 허물까?"

필자가 퇴직 후 3개월 만에 들은 아내의 질문이다. 수입이 없어 적금이나 보험 중 무엇을 허물까 하는 물음이었는데, 이전까지는 돈을 어디에 묻어 둘까라는 이야기는 함께 해 보았어도 적금이나 보험을 허물어 생활비로 쓰자는 말은 처음이었다. 그 순간 뒤통수를 세게 맞은 것 같은 충격이 왔다. 실제로 전직지원 고객들을 대상으로 재무 설계를 하면, 자산을 허물지 않고 생활할 수 있는 수준은 6개월 정도로, 이후는 자산을 허물어야 생활이 유지되는 고객이 상당수였다. 그 이유는 우리나라 가계자산의 구성에서 부동산 비중이 78.6%(2023)를 점하고 있어 유동성이 낮은데다가 가계대출 비중이 높은 취약한 자산구조에 있기 때문이다. 또한 높은 사교육비 지출, 자녀 결혼 등 우리나라의 독특한 소비구조도 발목을 잡는다. 누구나 경험하는 퇴직 후 가장 큰 고민은 바로 어김없이 날아드는 고지서이며, 주택 대출에 대한 이자 그리고 자동으로 공제되는 각종 생활비 명목의 지출들이다. 급여가 꼬박꼬박 나올 때는 전혀 개의

치 않았던 것들이 직장을 잃은 후에는 잔고가 푹푹 줄어 급기야는 어딘가를 허물어야 하는 위기 상황이 되는 것이다. 조기퇴직이나 심지어는 정년 퇴직자라 하더라도, 정년이 빠른 우리나라의 경우는 자녀의 대학교육 및 결혼 같은 집안 대사를 앞두고 있어, 가장이 경제력을 상실하면 심각한 경제난에 봉착한다. 게다가 조금 늦게 결혼했거나 조금 일찍 퇴직한 경우는 자녀들이 아직 한창 학교에 다녀야 하는 초·중학생인 경우도 적지 않다. 다소 여유가 있는 퇴직자의 경우도 예외는 아니다. 퇴직 후 보란 듯이 해외여행을 즐기며 골프를 치는 여유를 보이던 사람도 몇 달 만에 눈에 띄게 줄어드는 잔고에 놀라 지출을 자제하기 시작한다. 우리나라 주된 일자리를 나오는 평균연령이 49.4세[55]이므로 국민연금이 나오는 65세[56]까지 15년간 소득 크레바스가 생기는 것이다. 주된 일자리에서 퇴직 후 재취업 경험이 있는 중장년층은 66.8%였으며 그 중 67.4%는 임금이 낮아졌고 그 수준은 주된 직장 대비 62.7%에 그쳤다.[57] 길어지는 노후 자금을 위한 최후의 축적 기간이 바로 50대인데, 이 시기에 주된 일자리를 그만두게 되면 그만큼 타격이 커지는 것이다. 최성재 서울대 명예 교수는 "50대가 노동 현장에서 퇴출당하면 그들에게 주어야 할 연금과 부양비용을 그 아래 노동 세대가 부담해야 한다. 그렇게 되면 결국 가정과 국가 경제의 왜곡과 파탄을 피할 수 없다."고 일찍이 경고한 바 있다.[58]

....

55　통계청, 2023년 경제활동인구조사 고령층 부가조사.

56　1961~64년생 63세, 1965~68년생 64세, 1969년생 이후 65세.

57　2023년 중장년 구직실태조사, 한경협중장년내일센타, 2023. 11. 1.

58　'버려진 세대' 50대 절반이 실직, 조선일보, 2003. 5. 7.

레이쳇 효과

앞집 가장이 실직했다. 평소 살림살이가 풍족하여 외제차를 몰았는데 실직 후 규모를 줄여서 아주 작은 평수로 이사 갔다. 그 집에는 고3인 아들이 있었는데 그 아들이 받았을 충격을 생각하면 지금도 마음이 아파 온다. 재무설계 용어에 레이쳇 효과라는 말이 있다. 가장의 갑작스러운 퇴직이나 휴직으로 인해 갑자기 생활수준을 변경하게 될 경우 가족들이 심리적으로 받는 고통을 말한다.

> 남편은 마치 실직의 아픔을 혼자만 겪는 것처럼 생각하고
> 과격하게 행동해요. 물론 남편의 충격이 제일 크겠지요. 하
> 지만 집에 있는 아내와 아이들의 충격도 그에 못지않거든
> 요….[59]

이를 고려하여 재무 컨설턴트들은 고객들에게 생활 방위자금 즉, 자신의 생활비 2~3년 정도의 금액을 항시 준비해 놓도록 권유한다. 그러나 우리나라 중산층은 앞서 언급한 자산구조의 특징으로 인해 생활 방위자금을 제대로 확보하지 못한 상황에서 퇴직해 가족들이 고통을 겪는 경우가 많다.

평균수명이 연장되면서 당연히 노후에 필요로 하는 돈도 많아진다. 적어도 20~30년분의 생활 방위자금이 필요해지는 셈이다. 이에 대비하기 위해서는 '벌기', '모으기(저축)', '늘리기(자산운용)'의 3가지 방법이 있지만, 가장 유익하고 가치 있는 것은 벌기이다. 이유

....
[59] 김용전, 『남자는 남자를 모른다』, 바우하우스, 2008.

는 '모으기', '늘리기'는 원래 '벌기'를 전제로 하기 때문이다. 그러므로 얼마나 오래 벌 수 있는가와 시간 단가를 의식하면서 일하는 것이 중요하다. 오래 벌기를 위해서는 앞에서 언급한 대로 멀티스테이지 삶이나 2회, 3회 필드를 바꾸면서 일하는 것이 중요해진다.[60] 한편 '자신은 시간당 얼마를 받을 수 있는가?'를 의식하고 본인의 벌 수 있는 능력을 냉정하게 파악해야 한다. 그리고 시간 단가를 올리기 위해 앞으로 어떤 능력을 개발해 나가야 하는지를 고심해야 하는 것이다.

---

60   '8. 인생 100세 시대의 삶' 참조.

16. 가족의 위기(은퇴남편증후군)

회사인간이란 표현이 있다. 우리나라에서는 다소 낯선 표현일지 몰라도 일본에서는 "회사가 생활의 모든 것을 차지하여 일 중심의 생활로 취미 등이 없는 사람"으로 가정보다도 직장의 동료와 더 자주 어울리고 같이 먹고 마시는 것도 주로 직장 동료와 같이 하는 소위 공동생활체가 직장인 사람을 지칭하는 말이다. 주로 일본의 고도 성장기에 주로 나타난 생활방식이다.

경영의 대가인 피터 드럭커[61]는 그의 대표적 저서 『현대의 경영』에서 회사인간의 폐해에 대해 경고하고 있다.

> 자칫하면 회사는 경영간부에게 회사생활을 중심으로 할 것
> 을 기대하게 된다. 그러나 일 중심의 사람들은 시야가 좁고
> 회사만이 자신의 인생이라서 회사에 얽매이기 쉽다.[62]

....

61   피터 드럭커(Peter Ferdinand Drucker): 오스트리아 계 미국인 경영 컨설턴트, 교육자 및 작가로 현대 경영 이론의 철학적, 실용적 기초에 기여했다. https://en.wikipedia.org/w/index.php?title=Peter_Drucker&action=history
62   피터 드럭커, 『현대의 경영』, 다이아몬드사, 2006(일서).

그래서 드러커는 조직 이외의 세계에도 관심을 기울일 것을 장려해야 한다고 강조한다. 조직은 조직을 위해 존재하는 것이 아니라 조직 이외의 세상을 위해 존재하는 것이기 때문이라는 것이다.

그런데 회사인간은 드러커가 우려한 회사 경영에만 영향을 미치는 것이 아니라 일본에서는 가정 경영에도 엄청난 영향을 미치고 있다고 한다. 즉 회사인간이던 남편이 정년퇴직을 전후해 몸과 마음의 병을 얻고 불화를 겪으며 심지어는 이혼까지 하는 현상을 지칭하는 '**은퇴남편증후군**(RHS: Retired Husband Syndrome)'이 바로 그것이다. 고령화가 오래전부터 진행된 일본에서 직장을 위해 가정을 등한시했던 회사인간인 남편들과 살며 평생을 참아 왔던 아내 중에 특히 스트레스에 시달리는 이들이 많다고 해서 붙여진 이름인데 더 이상 남의 나라 얘기가 아니다.

필자와 같이 고도 성장기에 직장에 다닌 베이비부머 또한 전형적인 회사인간이다. 지금 돌이켜 생각해 보면 필자도 아침에 일어나면 회사 일을 생각하면서 출근하고 출근해서는 바로 일에 파묻혀 하루 종일 일과 씨름하다가 저녁에는 동료나 부하들과 시간으로 보내면서 일 이야기를 하고 밤늦게 들어가서는 그냥 뻗어 버리는 하숙생 같은 존재였다. 그러니 아이들과의 대화는 그저 건성으로 안부나 물어보는 정도로 그쳐서 아이들이 크는 모습을 거의 기억하지 못할 정도였다. 아주 전형적인 회사 인간이었던 셈이다.

이는 남성 개개인의 잘못에서 비롯된 문제라기보다는 일본 못지않게 '일 중심 문화'가 강한 한국 사회에서 남성들은 가족과 더불어 아버지와 남편으로서 즐거움을 누릴 여유를 갖지 못하고 바쁘게만 살아왔기 때문이다.

> 이제부터 좋아하는 일을 마음껏 할 수 있다!
> 그렇게 생각한 것은 첫 한 달뿐이었다.[63]

그런 전형적인 회사인간인 남편이 퇴직하고 집에만 있게 되면 어떤 일이 벌어질까? 같이 살아도 서로 잘 모르는 불편한 타인 같은 관계는 남편의 퇴직이라는 중대한 전환점에 직면하면서 새로운 상황을 맞게 된다. 밖으로 나다닐 때는 잘 느끼지 못했는데 일상을 같이 붙어살다시피 하다 보니 남편의 좋지 않은 면들이 점점 크게 다가오는 것이다. 퇴직자 아내들은 새로운 환경에 적응하느라 스트레스받는 남편이 한편으론 이해가 되면서도, 노년에 다시 찾아온 '남편 시집살이'에 고통스럽다. 우리나라 주부들은 특히 낮에 모임이 많아 사회생활 하는 남자들 못지않게 바쁘다. 이렇게 살던 아내가 하루아침에 집안에 들어앉아 남편 잔심부름에 잔소리까지 듣자니 쉬울 리가 없다. 이를 뒷받침하는 연구 결과가 있다. 강모열 서울대 의대 예방의학 교실 연구원의 분석에 따르면 은퇴한 남편을 둔 아내가 우울증에 걸릴 위험은 그렇지 않은 경우보다 70%가 높은 것으로 나타났다.[64] 이웃 나라 일본은 은퇴를 즐거움으로 받아들이는가 하는 질문에 아내의 40%가 '우울'이라고 대답했다.

....

63 기시미 이치로, 전경아 역, 『아직 긴 인생이 남았습니다』, 한국경제신문, 2022.
64 2006~2012년 4차례에 걸쳐 45세 이상 남녀 5937명을 분석한 결과. (강모열 연구원, KBS News, 2016. 3. 28.)

"전에는 남편이 출근만 하면 하루 종일 찜질방에서 살든 말든 간섭하는 사람이 없었는데 이젠 무슨 특별한 용무가 아니면 외출하기가 쉽지 않다."며 "집에서도 남편 눈치에 친구들과 전화로 수다도 못 떠니 감옥이 따로 없다."고 말한다. 한순간 자유가 사라진 것도 참기 어려운데 손가락 하나 까딱 안 하는 남편은 더 못 견딜 일이다. 백수 티 내지 않으려 낮에는 꼼짝 않고 집에만 들어앉아 전화도 안 받는 남편 때문에 속에서 열불이 터진다는 아내가 많다. 아예 남편이 없으면 모를까 집에 있으면서 집안일을 전혀 안 돕고 오히려 성가시게 하니 '꼴 보기 싫다.'고 아우성이다.

'남편은 집에 두면 근심 덩어리, 데리고 가면 짐 덩어리, 마주 앉으면 웬수 덩어리, 혼자 보내면 사고 덩어리, 며느리에게 맡기면 구박 덩어리….' 언젠가 아내가 내게 보낸 메시지 내용이다. 친구들과 밥 먹으며 들은 이야기라고 하는데 도둑이 제 발 저린다고 나는 그럼 무슨 덩어리인가 하고 걱정한 적이 있다.

그런데 지금의 실버세대와는 달리 베이비부머 세대들은 아내의 은퇴남편증후군에 대한 대비책에 더욱 신경을 써야 할 것 같다. 서울대고령사회연구소와 메트라이프 공동조사 연구에서 발표한 자료를 보면 지금의 베이비부머 세대는 부부간에 19.4년을 같이 산다고 한다.[65] 지금의 실버세대의 1.4년에 비해 무려 14배나 늘어난 수치다. 자녀 수는 적고 수명은 늘어나니 자녀 출가 이후 두 부부만이 사는 빈 둥지 기간이 엄청나게 늘어난다는 것이다. 은퇴증후군을 격

---

65 Korea Baby Boomers in Transition(서울대학교한경혜교수 및 공동연구자, MetLife Mature Market Institute, 2010).

정하는 부부의 경우 이렇게 급격히 늘어난 긴 시간을 사는 서로의 역할에 변화가 없거나 부부간의 갈등이 더욱 커지기라도 하면 어떤 문제가 일어날지는 불 보듯이 뻔하다.

일본에서 1990년대 '나리타 이혼'이 대유행이었다. '나리타 이혼'이란 자녀의 결혼식을 마치고 동경 나리타(成田)공항에서 아들 내외가 신혼여행을 떠난 후 그동안 가부장적인 남편으로부터 억압받던 여성으로서 자존감의 회복과 자아의 실현을 위하여 결혼생활을 홀홀 털어 버리고 이혼을 통해 제2의 인생을 출발한다고 해서 붙여진 이름이다. 요즘 신 나리타 이혼이라고 해서 다시 유행한다고 한다.

그래서 일본의 남편들이 은퇴를 앞두고 요리 학원을 다니고 집안 일을 배우러 다니는 통에 살림 방법을 가르치는 학원이 천 개가 넘었다느니, '야마하 음악교실'이 저출산으로 그동안 텅텅 비어 있다가 악기를 배우기 시작한 은퇴자들로 인해 다시 활기를 띠기 시작했다느니, 전문적인 공구백화점 토큐한즈(Tokyu Hands, 공구전문백화점)에서 공구가 불티나게 팔린다느니 하는 것도 다 이런 이유에서다.

우리나라도 예외가 아니다. 출산도 결혼도 이혼도 모두 코로나 시기에 매년 감소 중인데 황혼이혼은 매년 증가 중이라고 한다. 일본에서 유행하던 나리타 이혼이 우리나라에도 벌어지고 있는 것이다. 실상은 이런데도 가끔씩 나가는 정년퇴직예정자 교육에서 교육생들의 버킷리스트에 '그동안 소홀히 했던 아내에게 시간 할애'라는 취지의 꿈들이 많이 나오는 것을 보면 아직 실감 못 하고 있는 느낌이다.

이제부터 근본적인 남편의 역할의 변화가 요구되고 있다. 은퇴 후 그저 부부간의 커뮤니케이션을 잘하고 서로 같은 취미를 갖고 시간을 보내는 식의 수동적 방식으로는 이처럼 급격히 늘어난 빈 둥지 기간을 효율적으로 메꿀 방법이 없다. 근본적으로 매일 일정 시간 아내와 떨어져 보낼 시간이 필요하게 된 것이다. 즉 집과 회사만을 다람쥐 쳇바퀴처럼 왔다 갔다 하며 살아온 은퇴 남편에게 **제3의 장소**[66]가 절실하다고 하겠다.

필자가 몇 년 전 진행했던 자격 과정에 참가한 우리나라 대표그룹의 전직 CEO인 Y씨의 사례를 소개한다. 나이 어린 수강생 틈에서도 겸손한 자세로 성실하게 수업에 임하던 인상적이던 그는 자신이 대표직에서 은퇴하면 아내에게 그동안 소홀히 했던 것을 사죄하는 의미에서라도 잘해 주어야 하겠다고 마음을 먹고 그 실천 방안으로 여행을 계획해 왔다. 그래서 실제 퇴직하게 되자 그동안 계획했던 대로 3달간에 걸친 해외여행을 다녀왔다. 여행의 마지막 코스는 미국의 동부에서 서부까지 직접 렌터카를 몰아 횡단하는 코스였는데 여행을 마치고 인천공항에 도착하면서 나름대로 그동안 소홀히 했던 남편으로서의 역할에 대한 보상을 충실히 했다고 내심 뿌듯해 하면서 '나는 역시 멋진 남편이야. 이 정도면 아내도 만족했겠지.' 하면서 "여행 다니는 동안 어땠어?" 하고 물어보았다. 그런데 여행 기간 중에 너무 행복했다고 좋아할 줄 알았던 부인은 대뜸 정색

....

66   원래 제3의 장소(서드 플레이스)는 자택과도 직장과도 격리된 커뮤니티로 자신만의 시간을 보내기 위한 별도의 장소를 지칭한다. 원래 서드 플레이스는 미국의 도시사회학자 레이 올덴버그(Ray Oldenburg)씨가 1989년에 발표한 저서 『The Great Good Place』에서 처음 주장한 말로 자택(1st place)도 아니고 직장(2nd plce)도 아닌 자신에게 마음의 평온을 가져오는 제3의 장소, 즉 어디에든 속박받지 않고 자유롭게 보낼 수 있는 장소라는 의미다.

하고는 심각한 얼굴로 "여보, 나 그동안 당신하고 여행 다니느라 여러 모임에 못 나갔더니 탈퇴시킨다고 난리가 났네. 그러니 지금부터는 당신이 알아서 시간 보내."라고 하더란다.

  자신은 기껏 아내를 위해 최선을 다했다고 생각했는데 정작 아내는 자신을 위해 어쩔 수 없이 자신의 모든 일정과 모임을 희생해 준 것이다. 여기에 크게 충격을 받은 Y씨는 그 후 시내에 오피스텔을 얻어 일어나면 일단 오피스텔로 출근하여 거기에서 일도 보고 친구들도 만나면서 새로운 일자리도 알아보는 등 자신만의 새로운 인생 계획을 준비하고 있다고 했다. 그 후 인천에 있는 중소기업의 CEO로 자리를 잡고 출근하게 되셨다고 들었는데 신문에서 원자재 선물 계약을 통해 기대 이상의 수익을 올린 대표적인 성공사례로 신문에 보도된 것을 보니 당시 기억이 새삼스럽다. 이제 은퇴 남편의 버킷 리스트는 소홀히 한 아내에 대한 시간 할애가 아니라 제3의 장소를 찾는 것으로 바뀌어야 한다.

III

목적 있는 삶

17. 인생의 목적에 대하여

　필자가 진행하는 생애 설계 과정에 은퇴 후 1주간의 시간표를 작성하는 시간이 있다. 그러나 참가자들 대부분 쉽게 작성하지 못한다. 기껏해야 식사, 집안 청소, 목욕, 등산, 텔레비전 보기 등 매일 같은 되풀이되는 일정으로 요일 감각이 없기 일쑤다. 지금이야 잠깐 몇 분 동안만 고민하면 되지만 막상 은퇴하면 인생 100세 시대에 그 긴 시간을 도대체 어떻게 메꿔 나갈 것인가를 반문하면 말문이 막혀 답을 내놓지 못했다.

　인생 전반기에 성공을 위해 정신없이 살았다면 후반기에는 '이것을 위해 살자!' 하는 그 무엇이 있어야 하는데 어느 날 갑자기 은퇴하고 나니 갑자기 추구해야 할 대상을 잃어버리게 되니 갈피를 못 잡는 것이다. 은퇴전문가들은 그러니까 소일거리를 찾으라는 어드바이스를 자주 한다. 과연 그들 조언대로 소일거리가 있으면 문제가 해소될까?

　세계적인 명상가이자 뇌교육자, 평화운동가 이승헌 총장은 최근 화제가 된 그의 저서 『나는 120살까지 살기로 했다』[67]의 서문에서

....

67　一指 이승헌, 『나는 120살까지 살기로 했다』, 한문화멀티미디어, 2017.

"성공적인 노년을 위한 조언들이 책과 인터넷, TV에서 쏟아지고 있지만, 정작 그런 조언들은 정신과 같은 무언가가 부족하다."고 하면서 대부분의 사람들이 70세, 80세 이후의 삶에 대한 구체적인 그림이 부족하다고 개탄한다. 그는 이러한 현상은 은퇴 후에 소극적이고 고립적인 생활을 하는 사람들뿐 아니라 여행, 취미생활, 자원봉사 등으로 바쁘게 보내는 사람도 마찬가지라고 하면서 "그저 일과를 가득 채우는 업무 목록만 있을 뿐이다. 당신이 건강과 행복, 기쁨이 넘치는 인생 후반기를 설계하려면 반드시 **후반기를 통해 이루고자 하는 인생의 큰 그림이나 삶의 의미를 부여하는 목적이 필요하다.**"고 강조한다.

그의 이러한 견해는 심리학 교수 캐럴 리프[68]가 도파민을 생성하는 일시적인 행복이 아니라 삶의 의미를 부여하는 장기적인 목표를 추구하는 데에서 오는 행복, 즉 에우다이모니아[69]를 강조한 것과 일맥상통하는 면이 있다. 인생의 깊은 목적을 추구하는 것이 뜻밖의 보너스, 건강하고 활력 넘치는 사람이 되는 첩경이라는 것이다. 한마디로 아침에 일어날 이유가 있는 사람이 더 오래 살고, 더 행복한 노년을 보내며, 기억력도 좋아지고, 심각한 질병에 걸릴 가능성이 줄어들 뿐 아니라 더 충만한 삶을 살게 된다는 것이다. 인생 후반기

....

68 캐럴 리프(Carol Diane Ryff): 미국의 학자이자 심리학자. 그녀는 심리적 안녕감과 심리적 회복력을 연구하는 것으로 유명. 현재 위스콘신-매디슨 대학교의 힐데일 심리학 교수(Hilldale Professor)로, 노화 연구소(Institute on Aging)를 이끌고 있다. 리프는 심리적 안녕감의 6가지 요인 모델(자기 수용, 긍정적인 대인 관계, 환경 통제, 자율성, 삶의 목적, 그리고 개인적인 성장)을 개발했다.
https://en.wikipedia.org/w/index.php?title=Carol_Ryff&action=history
69 각자에게 주어진 재능과 능력을 가지고 의미 있는 삶을 추구하는 것.

의 목적을 찾는 것은 결코 사치스런 생각이 아니고 가장 기초적이고 필수적인 것이라는 생각의 전환이 필요하다.

> 미국 우주비행사를 치료하는 젊은 의사가 나에게 질문을 했다. "생의 전반기에 달 위를 걸었던 사람이라면 생의 후반에는 무엇을 하라고 해야 합니까?" 나는 답했다. '우주 비행사든 부자든 관계없이 자신의 정체성과 목적을 찾는 것이 중요합니다."[70]

어차피 인생 후반기는 아무 것도 쓰여 있지 않은 석판에 지나지 않기 때문에 그곳에 무엇을 쓰는가에 따라 인생의 차이를 만든다. 그렇다고 단순히 살아갈 목표를 갖자는 것이 아니라 그것 때문에 살아야 한다는 그 무엇 말이다. 인생 전반기가 일과 경제적 성공을 위해서 살았다면 인생 후반기에는 무엇을 목표로 하여 살아야 할까. 이승헌 총장은 그의 저서에서 **전반기가 배우고 소유하고 축적하는 성공기였다면 후반기는 나누고 베푸는 인생의 완성기**[71]라고 했다. 우리 몸에 비유하자면 주먹을 꽉 쥐고 숨을 계속 들이마시는 상태이다. 하지만 그 누구도 그 상태로 있을 수는 없다. 주먹을 펴고 숨을 내쉬어야 한다. 이것이 완성기의 삶의 자세이다. 전반기에 얻고 받은 것들을 나누고 베풀어야 한다. 이렇게 해야 인생의 전 사이클이 완성된다고 그는 강조한다.

....

70 리처드 J 라이더, 앙코르 50플러스 포럼.
71 전게서.

우리들의 인생의 목적은 현재,

그리고 미래의 세대를 위해 새로운 공헌을 하는 것이다.[72]

72   Richard Buckminster Fuller, 미국의 건축가, 작가, 디자이너, 시인.

18. 욕망 위주에서 의미 위주로

우리는 통상 인생의 목적을, 욕망을 달성하는 것에 두고 있는 경우가 많다. 인간의 욕망은 한이 없다. 더 높은 지위, 더 높은 명성, 더 좋은 집 등에 두고 쫓아오다가 어느 날 갑자기 정년이 되어 추구해야 할 대상을 갑자기 잃어버리게 되는 것이다. 즉 지금까지의 노동 의욕의 영양제는 인생의 목적이었는데 그것을 갑자기 잃어버리니 갈피를 잡지 못하고 방황하는 것이다.

통상 우리는 인생의 목적을 "내가 진정으로 하고픈 것은 무엇인가?", "나의 인생 목표는 무엇일까?", "어떤 희망과 소망을 실현시켜야 하는 것일까?" 하는 행복 획득 목적을 중시하여 왔다. 이러한 행복 획득을 목적으로 하는 물음은 점차 자신을 욕망의 함정에 빠뜨리게 한다고 빅터 프랭클[73]은 말한다.

....

73　빅터 프랭클(Viktor Emil Frankl): 오스트리아 빈에서 태어난 유대인으로 신경학자이며 심리학자이다. 홀로코스트의 생존자였으며, 테레지엔슈타트, 아우슈비츠, 카우퍼링과 투르크맨 수용소에서 살아남았다. 빅터 프랭클은 로고테라피의 창시자이며, 오스트리아 정신요법 제3학파인 로고테라피 학파를 창시했다. https://ko.wikipedia.org/w/index.php?title=%EB%B9%85%ED%86%A0%EB%A5%B4_%ED%94%84%EB%9E%91%ED%81%B4&action=history

그는 『역경의 심리학』[74]에서 이러한 자신에 대한 물음을 완전히 뒤집어서 자문하는 형식으로 바꾸어 설명한다. "나는 내 인생이 무엇을 하기를 바라고 있는 것일까?", "나를 진정으로 필요로 하는 사람은 누구일까? 그 사람은 어디에 있는 것일까?", "내게 바라고 있는 해야 할 그 무엇과 나를 필요로 하는 사람을 위해서 내가 할 수 있는 것은 무엇일까?" 이러한 자문을 통해 우리가 바라는 것을 **"욕망 위주의 생활방식"에서 "의미와 사명 중심"으로 전환할 것을 강조**한다. 그는 하고 싶은 것을 하는 생활방식에서 벗어나 하지 않으면 안 되는 일을 하는 생활방식으로의 전환이 훌륭하고 멋진 인생을 만들어 갈 수 있다고 가르치고 있다.

그는 유명한 『죽음의 수용소』에서 "수많은 사람들이 수용소에 들어오는 순간, 강제노역과 가스실 외에는 어떠한 선택의 방법도 없었던 상황 속에서 인간은 과연 존재할 수 있을까? 어떤 이유로? 살아남아야 한다면 무엇 때문에? 그리고 그들을 지탱하는 남겨진 내면의 지지대는 또 무엇인가?"라고 술회하고 있다.[75]

그는 수용소에서 목격한 인간들의 행태를 관찰하면서 진정 중요한 것은 그럼에도 불구하고 인간이 자신의 존엄성을 지키는 것은 열악한 환경이 아니라, 주어진 환경을 어떻게 받아들이고 '선택'하느냐 하는 점에 있다고 강조한다. 가스실로 보내어진 사람들을 제외하고, 마지막까지 살아남았던 사람들의 대부분이 생의 분명한 목

74   정인석, 『역경의 심리학』, 나노미디어, 2003.

75   빅터 프랭클, 이시형 옮김, 『죽음의 수용소에서』, 청아출판사, 2005. (내용 중에서 필자 정리)

적과 살아야 할 나름의 '의미'를 마음 한편에 품고 있었다. 우리는 의미 없이 살아갈 수 없다. 인생의 의미는 성공이냐 행복이냐 하는 문제에서 그치는 것이 아니라 인간의 생존과 직결된 문제이며 그것은 아주 개인적인 것이므로 스스로 탐구하고 발견해야 하는 것이라고 프랭클은 강조한다.

욕망 위주의 생활방식에서는 인생의 문제를 대하는 태도도 달라지게 한다. 하고 싶은 것만을 하는 생활방식 즉 욕망 위주의 생활방식에서는 어떤 문제를 해결해야 할 대상, 즉 가능한 한 빨리 벗어나야 할 문제로 인식한다.

이나모리 가즈오의 『왜 사는가』[76]에는 퇴직 후에도 그 전과 같이 같은 시간에 출근할 채비를 하고 나와 공원이나 도서관에서 시간을 보내고 저녁이 되어 집에 돌아가는 은퇴자 이야기가 나온다. 이처럼 정년이 되어 할 일이 없어지면 무언가 할 일을 찾아 빨리 해결해야 한다고 초조함을 보이고 급기야는 지금 사례처럼 같은 시간에 출근하는 형태를 취함으로써 그 고뇌에서 벗어나고자 하는 생각에 이르게 되는 것이다. 할 일이 없으니 일자리를 달라는 것도 같은 의미에서 생각할 수 있다.

세계적인 도보여행가 베르나르 올리비에(Bernard Ollivier). 세계 최초로 1만 2,000km에 가까운 실크로드를 4년여에 걸쳐 혼자서 걸어 횡단했다. 세계적인 베스트셀러 『나는 걷는다』의 저자인 그는 예순하나에 기자 생활을 마치고 극심한 우울증과 아노미에 가까운 혼란 상태에 빠졌다.

....

76 이나모리 가즈오, 김윤경 번역, 다산북스, 2021.

결혼 뒤 25년간 같이 여행 계획을 세웠던 아내와의 사별, 그리고 은퇴 뒤 찾아오는 공허함, 아들들의 독립 등은 그의 존재 자체를 뒤흔들었다. 삶의 의미가 없었던 그는 자살이라는 극단적 선택을 했으나 불행 중 다행으로 미수에 그쳤다. 실제로 그가 할 일은 없었다. 선택할 수 있는 일이라곤 고작 걷는 것뿐이었다. 그래서 은퇴 첫해에 역사적 의미가 있는 스페인 산티아고 순례길을 완주하였는데 더 걷고 싶을 정도로 아쉬움을 느꼈다고 한다. 더 걸을 만한 길이 없을까 고민하던 차에 인류 역사상 가장 긴 길인 실크로드를 도보여행 하는 것을 통해 역사적 관심과 걷는 즐거움을 동시에 해결하기로 마음먹고 계획을 세웠다. 터키 이스탄불에서 중국의 시안(西安)까지 1만 2,000km를 4년에 걸쳐 걸었다.

그에게는 은퇴가 새로운 인생의 시작이 된 셈이다. 4년 동안 1만 5,000명에 가까운 사람을 만났다. 엄청난 기록이 남겨졌다. 그는 3권에 걸쳐 여행기를 발간했다. 프랑스에서도 여행기는 보통 4,000~5,000권 정도 팔리면 성공적으로 평가받는다. 그런데 프랑스에서만 40만 권 이상 팔리고 세계 9개 언어로 번역돼 나가는 대성공을 거뒀다. 이 책은 국내서도 2012년 11월 현재까지 1권 16쇄, 2권 14쇄, 3권 12쇄 등 총 5만 부가량 판매된 것으로 추정된다. 사진과 그림 한 장 없이 텍스트로만 발간된 기행 에세이치고는 상당히 높은 인기를 얻고 있는 셈이다. 그는 "돈도 많이 벌었다. 그 돈은 전부 비행 청소년을 지원하는 쇠이유 협회 후원금으로 사용됐다."고 말했다.

이처럼 은퇴를 통해 자신의 의미와 사명을 다시금 생각함으로써 인생의 목적을 재정립하는 기회로 생각하는 것이 바람직하다. 모든 일에는 바로 이러한 동기가 플러스알파의 역할을 하여 큰 성과를 내게 된다. 정년이라는 전기를 어떻게 어떤 관점에 받아들이는가 하는 것은 어떻게 나머지 인생을 살아갈 것인가를 결정짓는 일이기도 하기 때문이다.

어떤 때에도 인생에는 의미가 있다
자신을 필요로 하는 그 무언가가 있고
자신을 필요로 하는 그 누군가가 있어
자신에게 발견되어
실현되기를 기다리고 있습니다.
그리고 자신에게도
그 무언가와 그 누군가를 위해
할 수 있는 일이 있습니다.[77]

....
77 빅터 프랭클.

19. 생각하는 대로 살아가기
- 인문적 사유-

프랑스 소설가 폴 부르제[78]는 『정오의 악마』[79]의 에필로그에서 '생각하는 대로 살지 않으면 사는 대로 생각하게 된다.'고 갈파하였다.

수도사 '돈 베일'이 '사비냥'이 자신이 유혹받은 것을 알면서도 모른 체하여 벌을 받게 된 것을 하나의 교훈으로 하기 위해 서두에 꺼낸 말이다. 행동은 사고를 따른다는 것을 예리하게 지적하고 있다. 그는 현대인들은 더 많이 일하고 더 배부르게 먹고 더 풍족한 생활을 즐기는 것 같지만 점점 쳇바퀴 돌듯이 멈출 수 없는 무한 반복의 삶에 갇혀 내려오지도 못하면서 그것만이 유일하게 사는 길이라고 믿게 되어 버렸다고 탄식한다. 그는 지금부터 100여 년 전 산업화 과정 속에서 주어진 상황에 따라가기에 급급한 당시 인간들의 모습을 마치 햄스터들이 쳇바퀴를 돌면 멈출 수 없는 것에 비유하면서 자신이 스스로 생각한 대로 살아가지 못하고 시류에 따라 자신의 정체성과 가치를 잃어버리는 위험을 경고하고 있다.

....

78   폴 부르제(Paul Charles Joseph Bourget): 프랑스의 시인, 소설, 비평가. 그는 노벨 문학상 후보에 다섯 번이나 올랐다.

79   폴 부르제, 『眞晝の悪魔』(上·下), 広瀬哲士 역, 東京堂, 1941(일번역서).

그런데 심각한 것은 폴 부르제가 우려한 100년 전의 사람들의 모습과 지금 우리들의 일상이 하등 다를 것이 없다는 것이다. '생각하는 대로 살 것인가?' 아니면 '사는 대로 생각할 것인가?' 순번은 반대이지만 그 내용은 엄청나게 다른 삶이다. '사는 대로 생각한다는 것'은 '자신의 의지가 아닌 타인의 생각이나 의지에 따라 살아온 것'이라는 의미가 담겨 있다. 그저 일상생활에 치이면서 생각 없이 살다가 막상 여유가 생기면 생각할 시간이 없다는 이유로 이미 살아온 과거의 삶을 그대로 되풀이하는 삶이다.

타인의 눈에 어떻게 비칠까, 타인이 어떻게 생각할까에 치중해서 '재능이 없어서', '가족들 때문에 어쩔 수 없어서', '돈을 벌어야 하니까', '부모에게 누를 끼칠까 봐', '30년을 이 일만 했는데 이제 와서' 등의 이유를 대면서 자기합리화하면서 자신의 의지와는 관계없는 행동을 하곤 한다.

이처럼 가족이나 자녀, 일이나 회사, 돈이나 운, 사회나 시대적 환경 등 유형무형의 것들에게 휘둘려 자신의 인생의 주도권을 빼앗겨 살아가는 것이다. 그리고는 자기가 살아온 삶을 부정하기 어려우니 변화시킬 엄두도 내지 못한 채 자신이 살아온 대로 자신에게 주어진 역할을 아무런 생각 없이 수행하면서 누군가의 인생을 대신 살고 있는 것이다.

누군가를 위해 무언가를 위해 살아가는 것이 나쁘다는 이야기는 아니지만 각자 자신만의 삶의 방식이나 살아가고자 하는 의지가 있음에도 불구하고 그것을 억누르고 누군가를 위해 무언가를 위해 살아가는 상태는 결코 바람직하지 못하다. 예를 들어 가족을 위해 열심히 자신을 억누르고 살아온 가장이 점점 힘들어지자 '너희들을 위해 이렇게 열심히 살아왔는데!' 하고 폭발하면 '누가 그렇게 힘들게 일하라고 부탁했나요?' 하는 대답이 돌아올 뿐이다. 그 결과 '무엇 때문에 이렇게 살고 있는가?', '내 인생의 의미는 무엇인가?' 하는 후회가 돌아올 뿐이다.

> 자신의 일도 삶을 살았던 방식도 가족도 그리고 사교계와 직장에서 친분을 쌓은 사람들까지도, 어쩌면 그 모든 것들이 다 거짓일 수 있는 노릇이었다. 그는 눈앞의 이 모든 것들을 지키고 변호하려 했다. 하지만 돌연 자신이 변호하는 이것들이 헛되고 무력한 존재에 불과하다는 사실이 똑똑히 느껴지는 것이었다. 지키고 변호해야 할 것은 아무 것도 없었다. [80]

'생각하는 대로 산다는 것'은 자신의 감정이나 생각을 중시하면서 살아가는 삶이다. 누구에게든 무엇이든 간에 제한받지 않고 자신의 신념대로, 자신이 하고 싶은 것은 하고, 말하고 싶은 것은 말하고, 도전하고 싶은 것은 도전하는, 자기주도적으로 선택하여 살아가는 주체적인 삶이다. 그러기 위해서는 인문적 사유 능력을 키워야 한다고 안하림 작가는 '인문적 사유-안하림 작가의 아침 사색'이라는 글에서 강조한다.

....
80 톨스토이, 박은정 옮김 『이반 일리치의 죽음』, 펭귄클래식 코리아, 2015.

인문적 사유란 우리가 살아 있다는 것이고 살아 있다는 것
은 생각을 통해 존재성이 보장됨을 의미한다. 인간이 근본
적으로 동물과는 다른 존재이고 그 다르다는 특징이 바로
인문적 사유이다. 사유라는 것은 개념 구성 추리 따위들을
행하는 인간적 이성 작용이다.[81]

인문적 사유 능력이 있는 사람은 세상 돌아가는 원리를 이해할
수 있으며 전반적인 지혜를 경험한다. 그러므로 인문적 사유 능력
이 있는 사람은 누구보다 현명하게 인생을 살아갈 수 있다. 아울러
모름지기 인간은 사유에서 멈추지 않고 세상을 이롭게 해야 한다.
그러기 위해서는 좀 더 자신이 무엇을 원하고 있는지 어떤 사람이
되고 싶은지 무슨 일을 하고 싶은지 자신의 사명이 무엇인지에 대
해 명확하게 아는 것이 전제가 되어야 한다.

은퇴한 이들도 마찬가지다. 과거 자식을 부양하고 회사를 키우고
승진과 출세를 하는 등 일과 경제적 성공을 목표로 여겼던 전반기
의 고정관념에서 벗어나 '생명 그 자체가 빛나고 고결함을 지닌 자
신만의 목적을 추구하는 의미 있는 인생'을 개척해야 한다. 새로운
인생의 의미를 발견하여 자신의 마음의 북소리에 맞추어 진군하는
사람과 그렇지 않은 사람의 인생의 명암은 달라질 수밖에 없다.

....

81 https://m.blog.naver.com/thestarlight/221554212272 이야기공동체

목적이 없는 자는 목적이 있는 자에게 죽음을 당한다.[82]

인생의 의미가 무엇인지 모르고 살고 있다면 그 사람은 인생이라는 영화에 출연한 배우가 자신의 배역이 무엇인지 모르고 있는 것과 하등 다를 것이 없다.

오늘, 누군가 남긴 흔적으로 시작한다.

그대는 어떤 흔적으로 다른 이들의 하루를 시작하게 할 것인가?

'神이 그대에게 무엇이 되라고 명하였는지,

그리고 그대가 인간세계에서 어떤 위치를 차지하고 있는지를

배워야 한다.'[83]

---

82 마루야마 겐지, 김난주 옮김, 『나는 길들지 않는다』, 바다출판사, 2014.

83 루소, 『불평등론』, 국서간행회, 2001.

20. 네오테니를 키워라

슐리만은 어떤 인물인가?

- 가난한 목사의 아들로 태어나 실업중학교를 겨우 마쳤지만, 오로지 독학으로 15개 국어에 능통했다.
- 몇 번의 위기와 죽을 고비를 넘기고도 살아나, 상인으로서 대성공을 거두어 엄청난 부를 축적했다.
- 단지 전설일 뿐이라며 정통 고고학자들이 비웃었지만, 호메로스의 서사시 『일리아스』와 『오디세이아』를 바탕으로 하여 마침내 트로이를 발굴했다.

하인리히 슐리만[84]의 삶은 이렇게 세 문장으로 간단히 요약할 수 있다. 그렇지만 무엇보다도 그는 어린 시절의 꿈을 간직하고는 그것을 불굴의 의지로 실현시킨 사람으로 널리 알려져 있다.

하인리히 슐리만은 독일 노이부코프에서 가난한 목사의 아들로

....

84 하인리히 슐리만(Heinrich Schliemann): 독일 출신의 사업가 및 고고학자로 트로이와 미케네 유적을 발굴한 것으로 잘 알려져 있다.
https://en.wikipedia.org/w/index.php?title=Heinrich_Schliemann&action=history

태어났다. 그는 어린 시절 트로이 목마 이야기를 듣고는 '이 이야기는 옛날이야기나 만들어 낸 이야기가 아니라 실제로 있었던 이야기다.'라고 믿고 그 증거를 스스로 밝혀낼 것을 꿈꾸었다. 그러나 가난한 집에서 자란 그로서는 그야말로 꿈같은 이야기에 지나지 않기 때문에 꿈을 키워 가면서 일찍 일에 뛰어들었다.

그는 실업중학교만 마치고 상점의 점원과 사환으로 어린 시절을 보냈다. 탁월한 어학 능력과 노력으로 15개 국어에 능통했으며 상인으로 대성공을 거두어 富를 축적한 뒤 42세에 사업을 은퇴하고는 트로이 유적 발굴에 평생을 바쳤다. 그는 아나톨리아 히사를리크 언덕의 대규모 발굴 작업을 통해 그것이 트로이 유적이라는 것을 증명함으로써 전 세계에 충격을 주었다. 50세가 되기 직전 발굴의 성공으로 많은 명성을 얻었으며 만년에는 아테네에 정착해 꾸준히 연구를 계속했다. 나폴리 여행 도중 갑자기 숨진 그는 그리스 아테네에 묻혔다.

슐리만이 정통 고고학자 출신이 아니어서 학계에서는 그를 학자로 인정하지 않는 분위기가 지배적이었다. 또한 트로이에 집착한 나머지 그 밖의 다른 유적층을 파괴하기도 했고, 지나치게 자기 상상에 의존해 잘못된 결론을 내리기도 했다. 그럼에도 그는 야외 고고학의 선구자로 평가받고 있으며, 그가 발굴한 유적지는 기원전의 지중해 일대의 역사를 밝히는, 매우 큰 기여를 했다. 언론의 관심을 끌어내는 데 탁월했으며, 이를 통해 考古學을 대중적인 관심의 영역으로 만들었다.

슐리만 같지는 않더라도 보물찾기나 모험 등 가슴을 두근거리게 하는 꿈을 누구나 어렸을 적에 가졌던 기억이 있을 거다.

일찍이 세계에서 제일 가혹한 자동차 경주라고 일컫는 '다카르 랠리(Paris-Dakar Rally)[85]에 참가한 作家가 있었다. 그는 참가 이유를 어렸을 적의 꿈을 잃지 않기 위해 참가했다고 한다. 이 랠리는 세계에서 최고라고 일컬어지는 드라이버들이 모이는 경기이므로 그는 참가에 의미를 두었다. 참가한다고 작가의 약력에 도움이 되는 것도 아닌 것을 감안하면 아마 사람들에게 감성을 전달하기 위해서는 소년과 같이 생생한 감성이 필요했기 때문이리라.

'은퇴 후 어떻게 살 것인가?', '무엇을 하면 좋을까?' 잘 모를 때에는 이처럼 어린 시절의 꿈을 기억에서 꺼내 보자. 가슴이 두근거리는 인생의 목표를 간단히 찾아낼 수 있을지도 모른다. 어린 시절의 꿈에는 그 사람의 가치관이나 하고 싶은 것의 原型이 들어 있다. 여러 가지 사정으로 인해 손을 대지 못했을 뿐이다.

이 순수한 꿈을 나이 들어 다시 한번 자신의 꿈으로 만들어 가는 것이다. 어린 시절의 꿈을 계속 유지하는 것은 자신의 마음을 언제까지나 젊게 유지하는 비결이라 할 수 있다.

인간이 죽는 순간까지 재미있고 젊게 살기 위해서는 어른이 되어

....
85 다카르를 종착점으로 하는 오프로드 랠리. 1978년부터 시작한 경기이며 지금은 개최지가 바뀌었지만 대회 개최 초기만 해도 다카르 랠리는 프랑스 파리에서 출발해 지브롤터 해협과 사하라를 넘어 세네갈의 수도인 다카르를 반환점으로 돌아 다시 파리까지 되돌아오는 연례 횡단 랠리를 뜻했다. 파리와 다카르는 편도 거리만 5,000 km가 넘고 왕복 거리는 1만 km가 넘는다. 지금도 그에 가까운 수천 킬로미터의 거리를 달리고 있다. (나무위키).
https://namu.wiki/history/%EB%8B%A4%EC%B9%B4%EB%A5%B4%20%EB%9E%A0%EB%A6%AC

서도 젊은 태도와 행동을 가지는 것, 즉 **자기 안의 '어린아이'를 되살리는 것**이다. 의사이자 영국 뉴캐슬대 심리학과 교수인 브루스 찰턴[86]은 이를 **'정신적 네오테니'**라고 부른다. 그 특징은 궁금증·장난기·유머·기쁨·사랑·낙천성·경이감·노래와 춤 등이다.

우리 안에는 항상 기쁨과 호기심에 가득 차 있고 자신을 가능성의 존재로 바라보며 무엇이든 해보려는 생기 가득한 젊은 유전자가 있다. 우리가 앞으로 나아가기 위한 동력을 잃지 않으려면 우리 안에 있는 '네오테니'라는 젊음과 창조의 속성을 키워 나가야 한다.

> 나는 늘 내 안에 있는 아이를 알고 있다. 그 가운데 으뜸인 유머는 정말이지 유치하다. 유머는 세상에 이롭고 현명하며 철학적으로도 가치가 있다.
> 하지만 인간의 가장 경이로운 점 가운데 하나는 바로 유치함이다.[87]

사람들은 나이가 들수록 호기심이 줄어든다. 일상이 지루해지기 쉽다.

그 원인 중 하나가 익숙함 때문이다. 무엇을 해도 감흥이 없고 어떤 것에도 관심이 없다면 어린 시절의 추억을 떠올려 보는 것이 좋다.

---

86 브루스 그레이엄 찰튼(Bruce Graham Charlton): 버킹엄 대학교의 이론 의학 객원 교수로 은퇴한 영국 의사. 2019년 4월까지 그는 뉴캐슬 대학교에서 진화정신의학과 교수로 재직했다.
https://en.wikipedia.org/w/index.php?title=Bruce_Charlton&action=history
87 미국의 코미디언 스티브 앨런.

하늘에 쏟아지는 은하수를 보면서 논길을 걷던 기억, 봄에 돋아나는 새싹을 보고 생명의 신비로움에 감탄했던 기억, 여름날 비를 흠뻑 맞으면서도 개울에서 불거지를 잡던 기억, 제방에서 잠자리채로 잠자리를 잡던 기억, 허허벌판에서 밤새 내리는 눈 속을 걷던 추억을 떠올려 보자.

매 순간 호기심을 즐기면서 노년을 준비하자. 그리고 그동안 잊었던 자신의 어릴 적 꿈에서 힌트를 얻어 그것을 추진하는 것을 은퇴 후 인생의 목적으로 하는 것은 어떨까?

21. 무엇을 남길 것인가

생애 발달심리학에 의하면 인생에는 인생주기(life stage)가 있으며 주기마다 그에 걸맞는 발달과업이 있다. 이를 잘 이행하면 성장과 발달을 지속하지만 그렇지 않으면 퇴행이나 정체감을 맛본다고 한다. 예를 들어 장년기의 발달과업은 generativity(생식성, 생산성)이다. 자신이 갖고 있는 능력, 지식, 기술, 창조성 등을 자기 자신만이 아니라 자녀, 사회에 대해 전달하는 것을 의미한다.

최근에는 경제적 생산성보다 사회적 생산성을 강조하는 추세다. 경제적 생산성이란 노동 시간당 산출량을 의미하는 데 반해 **사회적 생산성은 가치 있는 것을 전달하여 사회를 풍요롭게 하는 것**을 말한다. 당신은 사회를 위해 후세를 위해 무엇을 남길지 생각해 본 적이 있는가. 반드시 거창한 것을 가지고 있어야 하는 것만은 아니다. 누구나 50을 넘으면 후세에 전달할 지식이나 기술을 가지고 있다. 또 내가 그럴 만한 기술을 갖고 있는지 생각하는 과정에서 미처 깨닫지 못한 자신의 재능이나 장점 노하우를 발견할 수 있다. 그리고 그러한 과정을 겪으면서 아직 내가 사회에 쓸모가 있는 사람이라고 느낄 수도 있는 것이다.

18세기 실학 사상을 집대성한 조선 최대의 실학자이며 개혁가인 다산 정약용은 그의 18년 동안의 강진에서 유배 생활을 통해 방대한 저서(499권)을 완성하였다. 『목민심서』, 『경세유표』, 『흠흠신서』 등은 근대적 국가 개혁과 부국강병의 구체적인 실천 방안이었다. 그가 후세에 남기겠다는 생각이 없었다면 오늘날 우리는 『목민심서』를 보지 못했을 것이다. 그의 형 정약전의 『자산어보』는 우리나라 최초의 해양생물학 전문 서적이라 할 정도로 치밀한 고증 끝에 나온 역작으로, 흑산도에서 유배 생활 중 기록한 근해의 155종 수산동식물에 대한 명칭, 분포, 형태, 습성, 이용에 대한 집대성이다.

　일본의 에도시대 검술의 명인으로 이름 높았던 미야모토 무사시(宮本武蔵)가 진정한 승부를 펼친 것은 28, 29세 무렵까지였다. 그리고 그의 검술이 보편적인 병법으로 인정받은 것은 50세가 넘어서였다. 무사시는 60세 때 『손자병법』 『전쟁론』과 함께 세계 3대 병법서로 불리는 『오륜서』를 쓰기 시작해 2년 동안 집필에 몰두했고 책을 완성한 뒤 세상을 떠났다. 적을 베는 검법의 비결이 오늘날에도 읽히는 이유는 무슨 일을 하든 그 길에서 숙련된 상태를 목표로 할 때 어떤 마음가짐으로 지녀야 하는가를 알려 주기 때문이다

　『파우스트』는 요한 볼프강 폰 괴테(1749~1832)가 스물두 살 때 집필을 시작해 죽기 직전에 완성한 필생의 대작이다. '비극'이라고 부르는 제1부의 초연은 1808년에 열렸는데 이는 파우스트의 도입부에 지나지 않고, 제1부 초연 후 26년이 지나서 1831년에 발표한 제2부야말로 괴테의 인생 목표에 걸맞는 이야기이다.

　그는 제2부를 완성하고 얼마 되지 않아 마치 자신의 입문 의식을

통과했다는 듯이 이 세상을 떠났다. 작품을 완성하기까지 무려 60년의 세월이 걸린 셈인데, 그런 공력이 들어간 만큼 『파우스트』에는 청년기부터 노년기까지 괴테의 모든 사상이 집약되어 있다.

당신이 서예를 잘한다면 아이들에게 가르치는 것도 좋은 방법이다. 좋은 말을 매체에 기고하거나 명언을 알고 있다면 정기적 블로그에 기고하는 것도 한 방법이다. 필자의 블로그 이웃은 숲해설가인 경력을 활용하여 100대 명산을 돌면서 만나게 되는 식물들을 소개하고 있다. 여행 중에 만나는 알려지지 않은 명소만을 찾아 지도에 기록하여 창직의 대표적 사례로 꼽히는 지인도 있다. 어디 그뿐이랴. 지역 방언, 향토 요리, 향토 역사 등 무엇이든 좋다.

누군가에게 가르친다는 의식을 갖고 있으면 지식을 습득하는 단계에서부터 굉장히 능동적인 자세를 취하게 된다. 단순히 보고 넘어가는 것이 아니라 몇 번이고 다시 곱씹어 가며 생각하고 부족한 부분을 채우기 위해 의문을 가져가면서 정보를 찾는 과정을 되풀이한다.

이렇게 점검하고 연습하는 과정에서 차츰 숙달되고 무언가를 잘하게 되면서 재미를 느끼게 되는 법이다. 타인을 가르치는 일은 자기 긍정감과 자신감을 심어준다. 동시에 타인을 돕고 세상에 공헌하고 있다는 기쁨도 가져다준다.

또 다양한 사람들과 교류하며 예상치 못한 조언을 얻기도 하고 전혀 생각치도 못한 시각을 접하면서 신선한 자극을 통해 스스로 더 발전하게 된다. 사람들에게 무언가를 전달하고 가르친다는 일을 보람으로 삼는 사람은 나이가 들어도 활기차게 열정적으로 살아갈 수 있다. 가르치고 전달하는 일이 기력과 의욕의 순환을 도와주어 사회생활을 원활하게 하는 데 일조하기 때문이다. 이제부터라도 나는 무엇을 가르칠 것인지 무엇을 남길 것인지 생각해 보자.

22. 광속구 투수가 낙도를 찾은 사연

필자가 강의 중 겪은 경험담이다. 성공에 대해 강의하는 도중에 나폴레온 힐[88]의 성공의 Golden Rule을 소개할 때이다. **골든 룰이란 "자신이 했으면 하는 것을 무엇보다도 다른 사람에게 해 주는 것"** 이라고 정의한 것을 알려 주자, 수강생 한 분이 '강사님이 말하는 그런 사람은 아마 우리나라에 한 명도 없을 거예요.' 라고 부정적인 의견을 보였다. 전직을 앞두고 있는 수강생들이라 마음의 여유가 없어서라고 이해는 했지만 그 이후로도 성공을 타인에 대한 기쁨이나 공헌의 의미로 이야기할 때마다 자신의 가치관으로는 납득이 안 된다는 사람들이 있어 오해를 살까 봐 무척 조심스러웠다.

베르나노스[89]는 '타인의 기쁨 속에서 자신의 기쁨을 찾는 데 행복의 비밀이 있다.'고 하였는데 이 말은 나폴레온 힐의 골든 룰과 같은 의미다. 기쁨을 그 자신에게 묶어 두는 사람은 날개 달린 인생을 파괴한다고도 베르나노스는 말했는데, 인생의 중요한 시점에서 자신이 상상할 수 있는 이상의 힘을 발휘하려면 자기 이외의 타인을 기

....
88   나폴레온 힐(Napoleon Hill): 미국의 세계적인 성공학 연구자.
89   Georges Bernanos (조르주 베르나노스) 프랑스 소설가이자 정치비평가.

쁘게 하고 있는 모습을 상상하도록 하는 것이 중요하다고 그는 강조한다. 왜냐하면 자신만의 행복을 꿈꾸는 것보다 주위 사람이 기뻐하는 모습을 생각하는 순간 우리는 자신의 잠재 능력을 최대화할 수 있기 때문이다.

재작년에 작고한 일본의 故 무라타 조지(村田兆治) 투수의 사례다. 호쾌한 '마사카리 투법'(도끼 투법)으로 우리나라에도 잘 알려진 한 시대를 풍미한 대투수 무라타 조지(村田兆治) 씨는 3년 전 71세 나이로 그동안 현역 은퇴 후의 사회공헌 활동을 평가받아 일본재단에서 'HEROs AWARD 2021'을 받았다. 그는 전국의 낙도에 사는 중학생 야구선수가 한자리에 모이는 「낙도 고시엔(甲子園)」을 제창. 2008년 도쿄 이즈오시마에서 열린 제1회 대회를 시작으로 지금까지 12회 개최하고 있는 것을 높게 평가받아 수상한 것이다.

그가 이러한 대회를 개최하게 된 경위는 낙도의 야구 소년은 섬 밖과의 교류 기회가 적고, 대외 경기를 하기도 어렵기 때문이다. 이에 자신의 볼은 은퇴 후 160km에 달하던 구속이 140km대로 현저하게 떨어져 프로 선수로서의 가치는 떨어졌지만 낙도 소년들에게는 충분한 구속이며, 또 한때 일본 최고의 광속구 투수의 볼을 받아보았다는 기쁨을 섬마을 학생들에게 주는 것만으로도 충분한 가치가 있다고 생각하였다고 한다. 그래서 전국에 있는 낙도 중에서 사람이 살고 있는 낙도를 자기 현역 시대의 승수(215회)만큼 다니는 것을 목표로 시작했다. 방문을 거듭하면서 「낙도의 아이들끼리의 교류」를 염두에 두고 낙도 고시엔 대회를 결성하여 현재 출전팀 수도 당초 10에서 26으로 늘었다.

그는 프로야구 선수가 되는 것만이 성공이 아니라고 일갈한다. 과거 함께한 선수로부터 "야구는 그만두었습니다만, 교사가 되었습니다." 혹은 "기업의 영업직으로 노력하고 있습니다." 등의 연락을 받는 경우도 있었지만, 대회를 계기로 낙도 소년들이 사람으로서 성장해 가는 기쁨이 그 무엇보다도 기뻤다고 한다.

나이 드는 기술이란

뒤를 잇는 세대의 눈에 장애가 아니라

도움을 주는 존재로 비치게 하는 기술,

경쟁상대가 아니라 상담 상대로 생각하게 하는 기술이다.[90]

90   앙드레 모루아, 정소성 역『나이 드는 기술』, 나무생각, 2002.

23. 후반전은 giver로 살아라

give-and-take.

'기브 앤 테이크'는 흔히 내가 상대방에게 준 만큼 나도 상대방에게 받는다는 것으로 상대방에게 이익을 주고, 자신도 상대방으로부터 물건 등을 주고받는 '상호 교환'이라는 의미로 사용된다. 결국 '기브 앤 테이크'는 하나를 주고 하나를 받는다. 또는 내가 준 만큼 반드시 그 대가를 받는다는 '타산적인' 뉘앙스를 지닌 의미로 쓰이고 있다.

하지만 정작 영어 give-and-take에는 우리가 사용하는 '기브 앤 테이크'와 같은 '타산적'인 뉘앙스는 전혀 찾아볼 수 없다고 한다. **give-and-take는 '쌍방의 양보나 타협', 혹은 '상호 양보와 타협이나 그 행동'을 의미하는 말이다.** 그것은 '대가를 바라지 않고 상대방에게 주는 행위'이며, 일시적으로 손해를 보더라도 장기적인 이익을 중시하는 것이다. 이외에도 '의견 교환'이란 뜻도 있다.

give-and-take의 관계는 비즈니스에도 도움이 될까? 이 테마에 대해 연구한 사람이 펜실베니아 대학 워튼 스쿨의 조직 심리학자

애덤 그랜트[91]이다. 그는 방대한 연구 성과를 베이스로 저서『Give and Take: A Revolutionary Approach to Success』(번역서: 『기브 앤 테이크[92]』)를 출간했는데 그의 저서에서 give-and-take의 새로운 진실에 대해 다음과 같이 정리하고 있다.

그랜트는 직장에서 사람의 행동을 세 가지 유형으로 나누어 생각한다. 가장 먼저 자신의 이익을 우선시키는 사람을 테이커, 사람에게 아낌없이 주는 사람을 기버, 이 중간에서 손익의 균형을 생각하는 사람을 매처로 나누고 있다. 그리고 그는 기업의 계층 구조에서 이 세 가지 유형의 사람들이 어떤 포지션을 얻는지 조사했다. 그러자 기버의 특성을 가진 많은 사람들은 다른 사람들을 위해 자신의 시간과 공적을 희생시켜 버리기 때문에 회사에서의 포지션이 낮고 평균 급여액도 낮다는 결과가 나왔다. 매처는 평균적인 포지션과 급여, 상대보다 먼저 이익을 얻으려고 움직이는 테이커는 평균보다 조금 더 높은 결과를 얻었다. 그러나 한편으로 재미있는 결과도 나타났다. 조사에서 가장 포지션과 급여가 높았던 것은, 실은 기버의 경향을 가진 사람들이었다. 평균으로 보면 포지션은 낮지만, 뚫고 나오는 인재도 또 기버였다는 것. 소셜 미디어에서 개인의 생각이나 행동이 가시화되는 시대에 있어서는, 기버가 점점 성공하는 시대가 될 것이라고 그는 주장하고 있으며 이는 단순한 정신론이 아

....

91   애덤 그랜트(Adam M. Grant): 펜실베니아 와튼 스쿨의 교수이자『기브 앤 테이크』의 저자이다. 그랜트는 최연소 종신 교수이자, 학생평가점수가 미국에서 가장 높은 교수 중에 한명이다.
https://ko.wikipedia.org/w/index.php?title=%EC%95%A0%EB%8D%A4_%EA%B7%B8%EB%9E%9C%ED%8A%B8&action=history
92   애덤 그랜트, 윤대중 역,『기브 앤 테이크』, 생각연구소, 2013.

니라, 행동 과학과 데이터로 뒷받침되고 있다는 것이다.

비즈니스 SNS로서 대성공을 거둔 LinkedIn의 창업자 리드 호프 먼도 성공한 기버 중 한 명. 그는 한 인터뷰에서 이렇게 말했다.

조금 믿을 수 없을지도 모르지만, 이타적으로 행동하면 행 동할수록 인간관계로부터 더욱 혜택을 얻을 수 있다. 사람 을 돕기 시작하면 평판이 점점 높아지고 자신의 가능성의 세계가 퍼지기 때문이다.

은퇴 후 새로운 인생을 시작하는 데 있어서 중요한 것은 '무엇을 할 것인가?' 가 아니고 '어떻게 살 것인가?'가 중요하다고 할 수 있다. 현역 시대처럼 테이커 중심으로 살고자 한다면 나이 먹을수록 불리 해질 것임은 자명하다. 발상을 바꿔 자기중심의 테이커에서 탈피, 기버로서 마음가짐을 가지면 새로운 세계가 펼쳐질 것이다. 세상을 위해 타인을 위해 그리고 자기를 위해 기버로서 살아갈 수 있으면 나이를 먹어 가면서 인간력이 고양될 것이기 때문이다.

고령자는 실상 일하고 싶어도 일할 곳이 없다. 당연한 일이다. 학 교를 나온 젊은이들도 취직을 하지 못하는 현실에 퇴직한 이들을 맞아 주는 곳이 있을 리 없기 때문이다. 맞이할 곳이 없으면 스스로 만드는 것이다. 그것은 지금까지 자기중심의 테이커로 살아왔던 것 에서 탈피, 세상을 위해 타인을 위해 기버로서 살아갈 때 새로운 길 이 보이기 시작한다. 나를 위한 테이커로서는 고령자에게 일이 주 어질 리가 없다. 전반전에는 충분하지 않더라도 사회로부터 많은 것을 받아오면서 살아왔다. 후반전은 대가를 주는 법을 익혀야 한다. 인간의 본질 등. 주는 것에서 삶의 보람을 느끼게 되므로 결국은 자신을 위한 길이 되는 것이다.

> 주는 법을 배워야 합니다. 그렇지만, 주는 것을 의무라고 생각하는 것이 아니라, 주고 싶다고 하는 소원으로 하는 것이 중요합니다. [93]

....
93   마더 테레사.

24. 당신은 무엇으로 기억되고 싶은가

대학 신입생 시절에 접한 영화 「스팅」은 지금도 장면 하나하나가 눈에 선할 정도로 기억에 생생하다. 아카데미 7개 부문을 휩쓸고 주제가로도 우리에게 잘 알려진 영화 「스팅」의 주연은 폴 뉴먼이다. 로버트 레드포드와 함께 주연으로 출연한 「내일을 향해 쏴라」로도 우리에게 너무도 익숙한 그는 실상은 성공한 사업가다. 영화로도 성공을 거둔 그가 사업에서도 성공했다면 과연 얼마나 벌었을까? 우선 우리는 그게 궁금할 것 같지 않은가.

그러나 10년 전 서거한 그가 얼마나 벌었는지에 대해서는 세간은 그다지 관심이 없는 것 같다. 어떻게 알았냐고? 폴 뉴먼에 대해 검색하면 온통 기부에 관한 기사만 검색되기 때문이다. 그가 설립한 '뉴먼스 오운'이라는 파스타 소스나 피자 등을 생산하는 회사는 애당초 자선단체에 기부하는 것을 전제로 설립한 회사였다. 그렇기에 크게 성공을 거두어 얻은 모든 이익을 경영자나 투자가가 아닌 자선단체에 기부하였다. 생전에 그 회사를 통해 그가 기부한 금액은 3억 5천만 달러에 이른다고 하니 입이 다물어지지 않을 정도다.

폴 뉴먼의 사례처럼 우리가 일생을 마친 다음에 세간에서는 우리가 생전 얼마나 벌었는지는 그다지 관심이 없고 번 돈으로 무엇을 했는지만 기억하고 있는 것이다.

일생을 마친 뒤에 남는 것은 우리가 모은 것이 아니라
우리가 남에게 준 것이다.[94]

경력불명의 제라르 샹드리(Gérard Chaudry)라는 인물이 말한 이 명 언은 우리나라에서도 많이 소개되고 있는데 대부분 명언의 출처를 미우라 아야코(三浦綾子)의 『(속)빙점』에서 인용한 것으로 소개하고 있다.[95] 『(속)빙점』에서 주인공 요오꼬(陽子)는 내과의사인 외할아버 지가 자신에게 하는 말 중에서 "일생을 마친 다음에 남는 것은 우리 가 모은 것이 아니라 우리가 남에게 준 것이다, 라는 제라르 샹드리 라는 사람이 한 말이 왠지 자꾸만 머리에 떠오르는구나. 나는 자신의 공적이나 명성만을 얻기 위해 살아온 셈이다. 너희들에게 대체 무엇 을 준 것이 있겠니?"라고 하신 말씀이 자꾸 생각난다고 아빠에게 말 하고 있다. 이 말을 듣고 요오꼬(陽子)는 "어떻게 살아야 하는가?" 하 는 의문에 대해 한 가닥의 해답이 되었다고 편지를 이어 간다. 그녀 는 그 전까지는 아직 살아가는 목적도 모르고 인생이 무엇인지도 잘 몰랐는데 제라르 샹드리의 말을 듣고 한 줄기 빛이 가슴 속으로 스며 들어 오는 것 같았다고 하면서 "남에게 아무것도 주지 못하는 생활 태도와 그렇지 않은 생활 태도, 그런 것도 생각하게 되었어요. 하여

....
94   Gérard Chaudry.
95   미우라 아야코, 최호 옮김, 『(속)빙점』, 홍신문화사, 2015.

간 제가 가는 길이 어떻게 바뀔지 알 수 없지만 저는 이제야 겨우 자각적인 한 걸음을 내디디려 하고 있어요."라고 쓰고 있다.

차면 넘치는데도 자꾸 채우려만 하는 것이 어쩔 수 없는 우리 인간의 생리이다. 그렇지만 어차피 언젠가는 세상을 마무리해야 한다면 생전에 자신이 모은 것을 자신 이외의 사람에게 나누어 줄 줄 아는 마음이 필요할 것 같다.

빙점의 작가 미우라 아야코가 젊었을 때 이야기다. 그녀의 이름이 아직 알려지기 전, 남편의 수입만으로 생활을 이어 나가기에 어려움이 있었다. 그래서 생활에 도움이 되고자 자그마한 가게를 차리게 되었다. 욕심 없이 시작한 가게였지만, 장사가 너무나도 잘됐다. 가게에서 파는 물건들을 트럭으로 공급할 정도였다. 그만큼 매출도 상당했다. 하지만 그녀의 가게가 잘 될수록 옆집의 가게는 장사가 안 되었다. 그런 상황을 지켜보던 남편이 그녀에게 말했다. "우리 가게가 매우 잘돼 이웃 가게들이 문을 닫을 지경이에요. 이건 우리가 생각했던 거와 어긋나는 것 같아요."

아내는 남편의 배려 어린 이야기에 감동했다. 이후 그녀는 가게 규모를 축소해 팔지 않을 물건을 정하고, 그 물건은 가게에 아예 들여놓지 않았다. 그리고 그 물건들을 찾는 손님이 오면 이웃 가게로 안내하곤 했다. 그러다 보니 그녀에게 없던 시간이 생기기 시작했다. 평소 문학에 관심이 많았고, 글쓰기를 좋아했던 그녀는 본격적으로 소설 집필을 시작했다. 그렇게 탄생한 소설이 바로 『빙점』이다

언젠가 책에서 "우리가 세상에 태어난 이상에는 어떤 형태로든 다른 사람이나 사회로부터의 도움을 받았을 것이다. 그러니 자신이

살아온 기적에 대한 감사의 마음이든 자신의 흔적을 남기기 위해서이든 나머지 인생만큼은 자신이 살아오면서 추구해온 것을 필요로 하는 사람들에게 나누어 주거나 사회에 공헌하는 것이 바람직하다."는 글을 읽은 적이 있는데 지금의 시점에서 퍽 와 닿는다.

"우리들은 세상으로부터 얻은 것으로 살아가므로 당연히 세상에 공헌하는 것으로 인생을 살아가야 한다."는 윈스턴 처칠의 말처럼 자신이 모은 것은 다른 사람들에게 나누어 주면 필시 누군가에게 도움이 될 것이다.

필자도 그동안 관심 분야에 몰두하면서 얻은 모처럼의 지식도 실생활에 활용되지 못한다면 서가에 꽂혀 있는 백과사전처럼 자기만족에 그칠 수 있는 만큼 앞으로는 지식을 모으기보다는 전달하는 것, 읽기보다는 쓰기, 생각하기보다는 행동하기에 더욱 주력해야겠다고 다짐해 본다.

자신이 모은 것이나 습득한 지식을 필요로 하는 사람들에게 나누어 줄 수 있다면 자신만이 갖고 있던 것 이상으로 잘 활용할 수 있을지도 모른다. 거기에 덧붙여 내용만 좋다면 훨씬 더 많은 사람들에게 널리 퍼질지도 모르는 일이다.

자칫 나만 손해 본 것은 아닌가 하는 생각이 들지 모르겠지만 바꾸어 생각하면 자신을 위해 모으는 것이 아니라 다른 사람에게 나누어 주기 위해 모으는 것이 인생을 충실하게 사는 삶이라고 치부해 버리면 마음 편하다. 충실하게 살지 않고서야 다른 사람에게 나누어 줄 수 있는 것을 갖추지 못하는 것이니까, 남을 위한다는 게 결국은 자신을 위한 일이 되는 법이기 때문이다.

"내가 이 인생의 희극에서 내 역할을 마지막까지 훌륭하게 해냈다고 생각하지 않소? 이 연극이 조금이라도 마음에 드셨다면, 부디 박수갈채를!!!"라고 아우구스투스가 임종 시 했던 말처럼 나 자신도 같이 살았던 사람들에게 행동이든 말이든 격려든 지식이든 사랑이든 그들에게 격려가 되는 흔적을 남길 수만 있다면 그런대로 성공한 삶이 되지 않을까 하는 생각을 해 보았다.

인생 후반을 맞아 '어떤 인생을 살아갈 것인가? 하고 고민하는 사람들에게 제라르 샹드리의 조언을 전해 주고 싶다.

은퇴 이후 가장 위험한 삶은 사회나 다른 사람의 삶에 기여한다는 생각 없이 그냥 무료하게 살아가는 것이다.[96]

---

96 헤럴드 코닉, 듀크대 정신의학박사.

IV

나이 듦에 대한
편견에 맞서라

25. 노화는 노쇠와 다르다

노화(aging)는 나이가 들어 감에 따라 신체적, 인지적 기능이 점차 저하되는 과정이다. 누구나 겪게 되는 정상적인 과정으로 이를 막을 수는 없다. 하지만 노화의 속도를 늦추고 건강하게 오래 살기 위한 방법들이 다양하게 제시되고 있다.

노쇠(frailty)는 노화 축적에 의한 결과로, 신체 기능이 떨어져 작은 스트레스와 신체 변화에 매우 취약해지면서 질병이 쉽게 생기는 상태를 말한다. 거동이 어려워지는 경우가 많고, 사망률과 장애 발생률도 매우 높아진다. 나이가 들면서 생기는 정상적인 노화 과정이 아닌 비정상적인 노화 과정인 것이다.

서울아산병원 노년내과 정희원 교수는 "노화는 생물학적 과정이고 생명체의 구조와 기능이 시간에 따라 변화되는 속도를 의미한다. 노화되는 속도는 사람마다 차이가 있는데, 이 노화 과정이 누적된 정도가 사람에게 결과적으로 드러나는 것이 노쇠."라고 설명했다.

과거 인생 60일 때는 노화=노쇠가 통념이었다. 누구나 인생의 정점을 지나면 병들고 쇠약해진다고 생각한 것이다. 그러나 지금 같은 100세 시대의 경우 60대, 70대에도 40대, 50대와 다름없이 건강을 유지하는 사람들이 크게 늘어났다. 오히려 젊은이들보다 더 좋은 근력을 자랑하는 시니어도 얼마든지 있다. 더 이상 노화는 노쇠를 뜻하지 않게 되었다.

6년 전 94세를 일기로 세상을 떠난 조지 H. W. 부시 전 미국 대통령은 72세 때인 1997년 3월 서부 애리조나주 유마 강하장 상공에서 미 육군 특전사령부 소속 스카이다이빙 시범팀 '골든 나이츠'(Golden Knights)의 도움으로 첫 스카이다이빙에 성공했다.

75세이던 1999년 6월 유마 강하장 상공에서 셸튼, 전직 골든 나이츠 대원 등 다른 5명과 함께 창공으로 몸을 날렸다가 목숨을 잃을 뻔했다고 한다. 부시가 회전을 너무 심하게 하다가 5천 피트(1천 524m) 상공에서야 낙하산을 개방한 것으로 추정됐다. 그러나 아찔했던 경험에도 불구하고 부시는 이후에도 스카이다이빙을 계속 즐겼다.

1998년 세계 최초의 우주 비행사 존 글렌 전 상원의원은 정계를 은퇴하고서는 77세의 나이에 우주 왕복선 디스커버리호에 올라 최고령 우주인으로 등극했다. 그는 하루에 16바퀴 도는 우주선 안에서 임무를 완수하고 건강한 몸으로 귀환했다. 어떻게 젊은 사람 이상으로 건강하냐고 묻는 기자에게 그는 이렇게 답하였다.

인생을 즐겁게 살았고 기쁘게 살았으며 운동도 열심히 했지요. 그 때문에 20대 체력을 그대로 유지하고 있어요. 여러분도 나처럼 될 것을 보증합니다.

물론 장수 시대도 노화는 피할 수 없으며 노화는 20대부터 서서히 진행된다. 근력은 20대에 절정에 달했다가 서서히 저하되며 장기 기능도 20대~30대에 절정에 달한다. 인체 기능의 저하 속도는 사람들마다 천차만별이며 훈련을 통해 역전되는 경우도 있다.

노화와 노쇠는 엄연히 다르다. 노쇠는 노화에 사회문화적 고정관념이 덧칠된 경우가 많다. 정상적인 노화는 나이를 많이 먹어도 일상생활에 별지장을 느끼지 못한다. 젊었을 때처럼 과격한 운동이나 격심한 스트레스를 받는 일이 아니라면 70대 80대도 무난히 직장생활을 할 수 있다.

9·11 테러가 일어나기 무려 7개월 전인 2001년 2월. 미국 본토에 대한 대대적인 테러 공습을 예견하는 보고서를 올린 것으로 유명한 미국의 미래학자 피터 슈워츠(Peter Schwartz[97])는 그의 저서 『이미 시작된 20년 후』[98]에서 "노인 인구의 급증에 따라 가장 먼저 영향을 받게 될 제도는 직장, 즉 일터다. 조직에선 앞으로 노인을 따돌리기보다는 점점 더 많이 수용할 것이다. 이는 고용 차별 시비 등에 의한 소송을 피하기 위해서가 아니라 각 조직의 입장에서 보다 유능한 직원들을 확보하기 위해서다. 이런 변화는 불과 몇 년 전과 비교할 때 직원 고용관행의 180도 전환이며 이런 전환은 이미 일어나기 시작했다."고 쓰고 있다.

....

97   피터 슈워츠(Peter Schwartz): 미국의 경영자, 미래학자, 작가, 그리고 미래 사고 및 시나리오 계획을 전문으로 하는 기업 전략 회사인 글로벌 비즈니스 네트워크(GBN)의 공동 설립자이다. 2011년에 Schwartz는 Salesforce.com 의 임원이 되었으며, 전략 기획 담당 수석 부사장 및 최고 미래 책임자 등의 직책을 맡고 있다.
https://en.wikipedia.org/w/index.php?title=Peter_Schwartz_(futurist)&action=history
98   피터 슈워츠, 우태정, 이주명 공역, 『이미 시작된 20년 후』, 필맥, 2005.

핀란드 산업보건연구원에 의하면 노인의 경쟁력은 판단력, 통찰력, 의사소통 능력. 책임감, 성실성, 풍부한 업무 경험, 배움에 대한 열의 등에 있다고 한다. 아울러 노인들은 젊은 사람들에 비해 교육이 덜 필요하고 가정사로 인해 결근하는 빈도가 낮고 복지비용도 상대적으로 적게 드는 이점이 있다.

맥도날드는 미국 은퇴자 모임인 AARP와 협력해서 50대 이상의 퇴직자들을 아침이나 점심 바쁜 시간 파트타임으로 채용하는 것을 목표로 한다[99]. 젊은 직원들은 오전에 학교 가기 때문에 일을 못 하거나 혹은 아침에 일찍 일어나는 것을 싫어하는 경우가 있어서 장년층 이상으로 메꾸려는 계획이다.

국내 연구 결과에 따르면 노동자의 평균 연령이 높아지더라도 평균 근속 년수가 길다면 사업체의 평균생산성이 떨어지지 않는다는 분석이 나왔다. 즉 '노쇠'와 '숙련' 중 생산성에 보다 많은 영향을 미치는 요소는 숙련이라는 것이다.

한국노동연구원이 발간한 패널 브리프에 따르면, 근속년수와 생산성, 숙련과 생산성은 정(+)의 관계를 보이며, 고숙련 노동자의 생산성은 고령에 이르러서도 떨어지지 않았다. 우리나라가 2018년 당시 고령사회 진입을 앞두고 나온 분석 결과여서 의미가 크다. 고령 노동자들이 숙련도를 높일 수 있도록 직장 내 교육훈련을 강화하고, 이직 시에도 직업훈련 기회를 보장한다면 기업에 긍정적인 효과가 나타날 것이라고 내다봤다.

그럼에도 불구하고 많은 사람들이 과거 고정관념에 사로잡혀 나

....

99 우리나라 맥도날드도 시니어 크루를 채용하고 있다. (현재 650명)

이를 먹으면 정상 생활이 힘들어지고 병드는 것으로 착각한다. 이는 대중매체가 끊임없이 젊음을 우상화하고 나이가 많으면 직무를 잘 수행할 수 없다는 왜곡된 이미지를 대대적으로 전파했기 때문이다. 그래서 나이가 들면 정신적 사회적으로 적응력이 떨어진다고 두뇌에 강하게 인식되어 있다. 그 결과 한참 도전과 발전을 추구할 나이의 사람들이 '이제 늙었는데 내가 더 이상 뭘해.'라고 스스로 포기하는 경우가 많다.

윌리엄 새들러 교수는 『서드 에이지 마흔 이후 30년』[100]이라는 저서에서 흥미로운 경험담을 소개했다. 그가 동아프리카에서 지도교수로 있었을 때 만난 현지 남자들의 나이가 공통적으로 자신의 생각보다 20세 정도 낮았으며 미국인들이 그들보다 훨씬 빨리 늙는 경향이 있는 것을 깨달았다고 한다. 그 이유에 대해 아프리카 문화에는 노쇠라는 개념 자체가 없기 때문이라고 그는 설명했다.

그는 과거 노화는 5개의 치명적인 D와 연결되어 왔다고 지적했다. 쇠퇴(Decline), 질병(Disease), 의존(Dependency), 우울(Depression), 노망(Decrep-itude)이 그것이다. 장수 시대에는 'D'를 'R'로 대체할 것을 제안했다.

5개의 R, 갱신(Renewal), 갱생(Rebirth), 쇄신(Regeneration), 원기회복(Revitalization), 회춘(Rejuvenation) 등이 그것이다. 5D의 저주에 떨고 있는 한국의 베이비부머들에게 꼭 필요한 비타민 같은 단어들이다.

베르나르 베르베르의 『나무』에 게재된 단편 「황혼의 반란」은 고령화 시대의 여러 문제점이 심화되자 노인배척운동이 시작되고 이

....

100　윌리엄 새들러, 김경숙 번역, 『서드 에이지 마흔 이후 30년』, 사이, 2006.

로 인해 노인들이 CDPD(휴식, 평화, 안락 센터)[101]에 강제로 끌려가는 이야기를 담고 있다. 이에 대항하여 프레드와 뤼세트 부부를 시작으로 힘을 모으게 된 노인들이 〈흰 여우들〉을 조직하여 CDPD와 맞서 싸운다. 그들은 국민들을 상대로 호소문을 전달하여 선전활동을 하는데 다음은 호소문의 내용이다. 우리가 은연중에 노인에 대해 어떤 고정관념을 갖고 있지 않은가 생각해 보게 하는 내용이다.

우리를 존중해 주십시오. 우리를 사랑해 주십시오.

노인들은 아기들을 돌볼 수 있고 뜨개질을 할 수 있습니다.

다리미질이나 요리도 할 수 있습니다.

(중략)

인간은 서로 연대할 줄 알고, 함께 어울려 살 줄 압니다.

만일 인간이 가장 약한 자들을 죽인다면,

인간의 모듬살이는 아무 쓸모가 없습니다.

노인을 배척하는 법률을 폐지합시다.

우리를 제거하기보다 활용할 생각을 하십시오.[102]

프레드가 죽기 직전에 자신에게 주사를 놓은 자의 눈을 차갑게 쏘아보면서 했다는 마지막 말 "너도 언젠가는 늙은이가 될 게다."라는 말이 퍽 인상적이다.

....

101   노년의 부모를 자식이 더 이상 부양하지 않을 때 맡기는 노인 수용소로 노인들을 독극물로 안락사시키는 곳.

102   베르나르 베르베르, 이세우 역, 「황혼의 반란」(단편), 92-93p, 『나무』, 열린책들, 2013.

26. 노화에 대한 새로운 시각

지구상에서 가장 오래 사는 생물은 브리슬콘 소나무이다. 이 나무는 미국 유타주를 포함한 6개주에서만 발견된다. 가장 오래된 살아있는 나무는 화이트 마운틴 산맥에 있는 "므두셀라"라고 불리는 나무로 4,765년 되었다. 이 나무는 미 서부지역 에 주로 2,500~3,600m에 걸쳐 자라며 높이는 15m 정도인데 오랜 시간 동안 천천히 자란다. "프로메테우스"라고 불리는 가장 오래된 나무는 1964년에 한 박사과정 학생이 연구 목적으로 이 나무를 베어 보았더니 확인된 나이테 숫자가 자그마치 4,844개로 거의 4,900년 된 나무임을 밝혀 주는 것이다. 이 나무는 사후에도 7,000년 동안 원형에 가까운 모습으로 남아 있었다고 한다.[103]

그런데 이 나무는 척박한 환경에서는 오천 년 이상을 사는데 기후가 온화하고 습도가 좋은 지역에서는 삼백 년 이상 살지 못한다. 이처럼 노화는 생명체의 생존을 위한 진지한 노력에 의한 현상이다. 따라서 **노화란 생명체가 죽어 가는 과정에서의 숙명적인 변화**

....

103   National Park Service(https://www.nps.gov/grba/planyourvisit/identifying-bristlecone-pines.htm)

가 아니라 살아남으려는 진지한 노력에 따른 환경적 자극과 스트레스에 반응하여 적응해 나가는 것이라고 보는 것이 타당하다는 것이다. 그러므로 늙었다는 이유로 버리거나 포기하는 행위는 있을 수 없으며 또한 늙었다는 이유로 교체해야 한다는 바꾸기 원리에 의한 대응은 적절하지 못하다는 것이 최근의 주장이다.[104]

백세노인을 연구한 박상철 교수에 의하면 백세 장수란 여러 가지 어려운 사회적·문화적·환경적·의학적 역경에서 살아남은 결과이며 따라서 백세인들은 '언제나 적응하여 중용을 지킨다.(隨時處中)'는 옛 진리를 체득한 사례라는 것이다. 그러므로 연령의 증가라는 이유로 개체 기능의 회복이 불가능하게 저하되었으리라는 통념을 배제하고 진정한 기능적 장수 시대가 도래하고 있음을 받아들여야 한다고 그는 주장한다.

1970~80년대 미국에서 노인학을 연구한 로버트 버틀러는 생산적 노화라는 말을 제안했다. 당시 심리학과 사회학에서는 고령자에 대한 두 가지 의견이 팽팽하게 나왔다고 한다. 하나는 '이탈이론'으로 고령자는 심신, 활동 능력이 떨어져 사회에서 물러나는 것이 행복하다는 것이고, 다른 하나는 '활동이론'으로 나이가 들어도 가능한 범위 내에서 활동을 유지하는 것이 행복하다는 것인데 로버트 버틀러는 '활동이론'을 지지하였다. 그는 **고령자를 자신의 존엄을 유지하면서 생활과 장수에서 삶의 질 개선을 목표로 적극적으로 사회에 참가하여 지속적으로 공헌하는 존재**로 보자고 주장하였다.[105]

....
104   박상철, 『웰에이징』, 생각의 나무, 2009.
105   잘즈부르크 세미나, Butler, 1982.

처음에는 경제적 생산성에 한정하였지만 점차 금전적 수입 유무와 상관없이 사회적으로 가치와 서비스를 창출하는 활동으로 넓어지게 되었다. 예를 들어 봉사, 육아, 가사 등이 그것이다. 즉 단지 신체적으로 활동적인 것에 그치지 않고 지속적 참가를 통해 가족, 친구, 지역, 사회에 공헌하여 돌봄에서 권리의 주체로 고령자를 바라보자는 것이다.[106] 이를 액티브 인생이라고 한다.

중요한 것은 노화라는 것이 무엇이냐라는 그 사실보다도 그것을 어떻게 생각하고 느끼고 알고 있느냐에 따라 태도와 감정이 정해지는 것이므로 필자는 가능한 한 노화에 대해 긍정적인 마인드를 갖는 것을 추천한다.

---

106   WHO 발표자료 (2002), UN 제2回 세계 고령화 회의, 스페인.

27. Ageism

　래디컬(Radical)은 한국어에서 '급진적인' 혹은 '근본적인'으로 번역된다. 래디컬이라는 단어의 어원은 뿌리(root)다. 줄기나 이파리나 열매가 아니라 뿌리 그 자체를 문제 삼는 것이 래디컬이라는 개념이 가지고 있는 본래의 뜻이다. 뿌리는 대체로 땅속에 숨어 있기 때문에 보이지 않는다. 하지만 그것이 존재하지 않으면 그 위에 있는 모든 것들이 성립 불가능하다. 게다가 뿌리가 상하거나 뽑히게 되면 모든 것이 무너지게 된다. 그렇기에 많은 경우 뿌리는 당연한 것으로, 또 함부로 건드려서는 안 되는 것으로 여겨지며 성역화되기 마련이다.

　그런데 가끔 그 뿌리에 의문을 제기하는 이들이 등장한다. 왜 같은 인간임에도 태어날 때부터 정해진 신분 속에서 살아야 하는지, 왜 누군가는 한없이 부유해지고 누군가는 계속해서 굶주리는지, 왜 나이 듦에 대한 편견이 있는지 오랫동안 당연하다고 여겨졌던 수많은 것들에 대하여 '왜?'라고 묻기 시작했다. 래디컬은 이 의문에 대한 답변하려는 시도다.

사람들은 엉덩이 털고 일어나야 합니다.

떨쳐 일어나야 합니다!

여러분 내 말이 너무 래디컬하게 들리세요? 그러나 명심하세요.

래디컬하다는 것은 바로 문제의 뿌리를 파악한다는 것입니다.

그리고 그 뿌리가 바로 우리입니다.[107]

이 세상의 real한 사실(fact)를 보지 않고 자기 주위에서나 통용되는 사회 상식으로 세상에서 일어나는 일들을 판단하는 경우가 적지 않다. 이러한 편견이나 사회 상식을 배제하면 세상사가 확실하게 보이게 되는 법이다. 우리에게 래디컬이 필요한 이유다.

그러면 어떻게 해야 이런 편견이나 사회 상식에서 벗어나 올바르게 판단할 수 있을까. 그것은 전제를 의심하는 것이다.

매사를 눈앞에 두고 우리는 이건 이렇게 되어야 한다는 등 무언가 전제를 베이스로 사고하거나 판단하거나 한다. 그러나 그 전제가 잘못된 경우가 비일비재하다. 그러므로 아예 정말 그럴까 하고 전제를 의심하고 제로베이스에서 생각하는 것이다. 즉 원점에서 새롭게 생각하는 것이다.

연령에 대해서도 전제가 있다.

과거 인기 개그 프로에 노인 부부가 나오는 장면이 있었다. 늘 노인은 시력이 약하고 등은 굽었으며 성격은 괴팍하고 옹고집으로 묘사한다. 젊은이가 일을 마치고 나가면서 모자를 두고 나가면 그걸로 끝나지만 고령자가 같은 부주의로 모자를 두고 나가면 기억력이

107   하워드 진, 『마르크스 뉴욕에 가다』, 당대, 2005.

감퇴해서 그런 거라고 단정 짓는다. 연령차별 즉 Ageism의 한 예다.

Ageism이라는 말을 최초로 쓴 사람은 앞에서 언급한 바 있는 1969년 당시 국립노화연구소장인 로버트 버틀러[108]이다. 그는 이를 인종차별이나 성차별과 유사하나 별도의 편견이라면서 **'고령자를 고령이라는 이유로 계통적으로 유형화하고 차별하는 과정'**이라고 정의하고 있다.

나이를 이유로 행해지는 명예퇴직, 정년퇴직 모두 사실상의 강제퇴직인 면에서는 차이가 없다. 나이가 들어도 개인차에 따라 유능함이 없어지는 사람이 있는가 하면 더욱더 자신의 유능함을 발휘하는 사람도 있게 마련인데 유독 고령자라는 이유로 일률적으로 은퇴시키는 현재의 제도는 당사자로서는 억울하게 생각할 수도 있다. 물론 제2 인생을 출발하는 계기로 좋게 말할 수도 있지만 그건 어디까지나 개인의 문제이지 제도적으로 규정하는 것은 일종의 편견이요 Ageism이라 할 수 있다.

미국에서는 1967년 65세로 일률적으로 정년을 정하였다가 이를 일종의 연령차별로 규정, 1986년에 폐지하였는데 이러한 사회정책의 변화의 기조에는 심리학의 연구가 바탕이 되어 있음은 되새겨 볼 만하다. 즉 고령자라 하더라도 건강 상태가 좋고 사회문화적 환경에 의해 충분히 서포트받을 경우 높은 지적 기능을 유지하면서

....

108   Robert Butler 박사는 1968년 '노인차별'(ageism)이란 용어를 처음 창안했으며, 1974년 미국국립노화연구소(National Institute on Aging)를 창립한 데 이어 1990년에는 뉴욕 국제장수센터(International Longevity Center)를 세워 별세 직전까지 회장을 역임하는 등 노인문제 연구에 평생을 바쳐 힘써온 노인학자. (출처: 백세시대(http://www.100ssd.co.kr).

이를 더욱더 증대시킬 수 있다는 입장이 반영된 것이라 하겠다.

신체적 발달은 청년기 이후에 쇠퇴하지만 중년 이후에는 심리적 기능의 발달이 확인되고 있다. 성인까지의 습득이 지식이라 하면 성인기 이후의 습득되는 것은 지혜다. 지혜는 지식에 의해 습득된 것이라는 의미에서 발전해서 요즈음은 '세상사의 도리를 분별하여 적절하게 행동하는 능력'으로 해석한다. 발테스는 '불확실한 인생상의 문제에 대해서 올바른 판단을 할 수 있는 능력'이라고 규정한다. 사회에서 활약하는 리더는 장치가, 최고경영자 모두 이러한 판단 능력이나 경험의 축적에 의해 갖춘 능력을 활용하는 것이다. 특히 자신이 경험을 축적한 분야에서는 더욱 그 유능함을 발휘하여 사회에 공헌할 수 있는 존재가 고령자다.

> "차의 보닛을 열고 여기 좀 보세요. 저기 저 실린더 옆에 부풀어 올라 있는 것이 보이시죠? 그게 두 번째 캬브레터라고 말하는 수리공이 있는가? 또 자동차를 몇 년 몰았다고 해서 기아가 5단 변속으로 성장하는 일이 일어날 수 있는가?"
> "기계의 생산은 제품을 생산하여 사용할 수 있게 되면 공정이 끝나고 나머지는 수리하는 것만이 남을 뿐이다. 만일 사람을 기계처럼 생각한다면 자동차처럼 생산하는 시기, 활동하는 시기, 해체되는 시기로 나누는 수밖에 없는데 이런 생각은 시대착오적이다. 사람은 변화하고 성장한다."[109]

....

109 윌리엄 브릿지스, 『Transition -Making Sense of Life's Changes』, Pan Rolling, 2014.

뇌 연구에 의하면 뇌세포는 하루 10만 개씩 감소하는데 특히 위축이 많은 곳은 고도의 사고나 판단을 하는 전두엽, 기억에 관한 측두엽이다. 그런데 나이를 먹어도 뇌에 대량의 새로운 정보 입력을 하면 해마에 있는 세포가 자극받아 분열해서 새로운 세포를 만들어 낸다는 것이 밝혀졌다. 적극적으로 도전하는 것은 뇌의 위축을 막을 수 있다는 것이다.

산업화 시대의 산물인 고령자에 대한 선입견을 버리고 고령자의 경험과 혜안도 미래를 준비하는 소중한 자산임을 기억하자.

28. 나이 든 이를 바라보는 시점(視点)

지금부터 20년 전의 일이다. 이름만 대면 누구나 알 법한 유명한 글로벌컨설팅업체가 어느 금융기관을 컨설팅하였다. 당시 동사에 의뢰한 업체는 특히 저금리 등 변화하는 경영환경에 맞추어 방대한 영업조직을 어떻게 하면 효율화를 할 수 있을 것인가를 부탁했다.

한 달가량의 리서치를 통하여 파악한 결론은 영업조직에 있는 20%나 되는 저효율 조직의 퇴출이었다. 나머지 80%의 조직만으로 영업활동을 하는 것이 생산성을 올리는 길이라고 판단한 동사는 저효율 조직의 판매사원들을 퇴출시켜 별도 판매채널로 분리하도록 권유했다.

갑자기 20년 전 사례가 떠오른 것은 얼마 전에 읽은 『중년 수업』[110]에서 개미에 관한 내용, 즉 서툰 개미 20%가 집단에 꼭 필요한 존재라는 내용을 접하고 나서다. 가와키타 씨는 그의 저서에서 부지런하다고 알려진 개미 사회에서도 전체의 약 20%는 좀처럼 일할 생각을 하지 않고 그냥 바쁜 척 서성대고 있을 뿐이라면서 그들은 언뜻 필요 없는 존재처럼 보이지만 실제로는 어떠한 방법으로든 집

---

110   川北義則(카와키타 요시노리), 장은주 옮김, 『중년 수업』, 위즈덤하우스, 2012.

단에 공헌하고 있다고 한다. 그 결과 개미 사회에서는 먹이를 모을 때 우수한 개미만 모인 집단보다는 다소 서툰 개미가 혼재되어 있는 집단이 보다 많은 먹이를 모으는 결과를 가져온다고 쓰고 있다.

우수한 개미는 동료가 표시한 목표물을 충실히 쫓기 때문에 효율적으로 모이를 모으지만, 목표물에 너무 충실한 나머지 새로운 먹이를 발견하기는 어렵다. 반면에 서툰 개미들은 목표물을 제대로 쫓지 못하고 주변을 서성이게 되므로 결과적으론 새로운 먹이를 발견할 기회가 많아지기 때문이다. 즉 영리한 개미뿐만 아니라 조금 뒤처지는 개미가 함께 있는 집단의 생산성이 높다는 뜻이다.

그렇게 보면 일하지 않는 약 20%의 개미는 결코 쓸모없는 존재가 아니라 오히려 집단의 이익에 공헌하는 '필요한 존재'다.

無用之物. '아무 소용이 없는 물건이나 쓸 만한 능력이 없는 사람'을 가리키는 말이다. 존재만 할 뿐 용도가 없는, 값어치를 못하는 물건을 뜻하는 말로 애초의 목적이 상실되어 다시 이용할 수 없는 대상에 대하여 부정적인 의미로 쓰이는 말이다.

장자의 인간세편에는 이런 이야기가 등장한다.

장석이라는 목수가 사당 앞에 서 있는 상수리나무를 보게 되었는데 크기는 소 수천 마리를 가릴 정도였고 굵기는 백 뼘, 높이는 산을 굽어볼 정도였다. 또 배를 만들 정도의 가지만 해도 여남은 개가 되었다. 그러나 장석은 그 나무를 거들떠보지도 않고 지나쳤다. 제자가 그에게 달려가서 물었다.

"이만큼 훌륭한 나무는 처음입니다. 그런데 선생님은 그냥 지나치시니 어찌 된 일인지요?"

그러자 장석은 대답했다.

"됐다. 그건 쓸모없는 나무다. 배를 만들면 가라앉고, 관을 짜면 썩고, 그릇을 만들면 쉽게 부서지고, 문을 만들면 수액이 흐르고, 기둥을 만들면 좀이 슬 것이니 재목으로는 쓸 수 없다. 아무 데에도 쓸모가 없기 때문에 저렇게 오래 살 수 있었던 것이다."

그러나 쓸모없이 보여도 어딘가에는 유용하게 쓸 곳이 있는 법이다. 자동차 핸들의 유격이 있어야 자동차가 똑바로 달릴 수 있는 것처럼 세상에는 무용지물로 생각했는데 보물 같은 역할을 하고 있는 것이 얼마나 많은가.

『오십에 읽는 장자』(김범준)에서 저자는 상수리나무의 쓰임에 대한 장자의 이야기를 다음과 같이 전하고 있다.

"그냥 저기 저 막막한 들판에 심어 두고 그 곁에서 하는 일 없이 한가로이 쉬면 어떻겠습니까? 그 주변에서 슬슬 산책하는 것도 괜찮고요. 그러다가 나무 그늘 아래에 누워 자는 건 또 어떨까요. 아무 곳에 심어 놓아도 누군가의 도끼에 찍힐 일 없고 누군가에게 해를 주지도 않는 당신의 커다란 나무가 쓸모없다고 괴로워할 이유가 없지 않습니까."[111]

나이 든 이들은 장자가 말했듯이 있는 그대로 충분히 괜찮은 나무라는 점을 잊지 말자. 누군가의 그늘이 되어 주기도 하고 누군가에게 해를 끼치지도 않는 모습 그대로 당당하게 서 있지 않은가. 그

111   김범준, 『오십에 읽는 장자』, 유노북스, 2002, p31.

리고는 스스로에게 말합시다. "그래. 여기까지 잘 왔다."라고. 이제 無用(쓸모없음)에 대해 적극적으로 긍정할 필요가 있다. 無用을 무작정 인정하란 말은 아니다. 쓸모와 책임에서 벗어나 있는 그대로의 자신의 모습을 바라보는 시간이 우리에게 필요하다는 것이다. 유용 무용의 여부는 자신이 결정하는 것이지 세상의 허튼 말에 정해지는 것이 아니라는 것을 잊지 말자.

> 장자가 말했다. "광야가 아무리 넓어도 그곳을 걷는 자에게는 두 발 둘 곳만 있으면 되오. 그렇다고 발 둘 곳만 남기고 주위를 천길 낭떠러지로 파 버린다면 사람이 그 길을 갈 수 있겠소?" 혜자가 답했다. "그건 안 되지요." 장자가 속뜻을 꺼냈다. "그렇소. 주변의 쓸모없는 땅이 있기에 발 둘 땅이 쓸모 있게 되는 것이오."[112]

생산성을 중시하는 우리 사회에서는 나이 든 연배들에 대해 無用의 시각으로 바라보는 것은 사실이다. 그러나 장자의 말처럼 주변에 쓸데없는 땅이 있기에 발 둘 땅이 쓸모 있게 되는 것처럼 값진 지식과 경험을 가진 우리 연배들의 존재가 있기에 사회가 돌아가고 있다는 것을 알았으면 좋겠다.

그런 의미에서 당시 퇴출된 저효율 조직의 대다수가 나이 많은 사원이었다는 점은 아이러니하게도 지금처럼 나이 든 이를 생산성이 없는 사람으로 치부하는 현실과 대비되면서 이들도 조직에 꼭

....

112 신동열의 고사성어 읽기 무용지용, 한국경제신문, 2019.10.21.

'있어야 하는 존재'가 아니었을까 하는 생각이 들었다.

　사실 늙고 젊은 것은 밥그릇 숫자로 따지는 것이 아니다. 젊어도 희망과 용기가 없으면 늙은 것이고, 늙고서도 희망과 열정이 살아 있으면 젊은 것이라 할 수 있다. 어느 저명한 학자는 기고문에서 "젊은이의 魂에 불을 지르는 노인이 있는 민족에게는 미래가 있다."고 하지 않았는가.

29. 노인의 날에 즈음하여

우리 세대는 어릴 때부터 나이 드신 분들을 소중하게 대하지 않으면 안 된다고 배워 온 세대다. 국군의 날 다음 날인 10월 2일은 노인의 날이다. 노인에 대한 사회적 관심과 공경 의식을 높이기 위하여 만든 기념일이다. 우리나라의 전통적 풍속인 경로효친 사상(敬老孝親 思想)을 고취시키고, 전통 문화를 계승·발전시켜 온 노인들의 노고를 치하하며, 근래 주요 사회 문제로 떠오른 노인 문제에 대해 돌아보는 날인 것이다.

이웃 일본에서는 매년 9월 3째 주 월요일을 경로의 날[113]로 하여 공휴일로 지정하고 있다. '오랜 세월에 걸쳐 사회에 힘쓴 노인을 敬愛하고, 장수를 바라는' 것을 취지로 제정했다고 한다.

그런데 3년 전에 필자의 눈에 띈 아래 기사는 敬老에 대해 곰곰이 생각하는 계기가 되었다.

기사 내용은 편의점 아르바이트생과 반말 시비 끝에 욕설을 한

---

113   1947年9月15日 兵庫県(효고현)의 野間谷(노마다니)村에서, 「노인을 경애하고 노인의 지혜를 빌리는 마을을 만들자」는 취지로 敬老会(경로회)를 개최하고 이날을 '노인의 날'로 한 것이 계기임. 이후 1966년에 국민 축일로 제정.
https://skywardplus.jal.co.jp/plus_one/calendar/respect_for_the_agedday/

60대가 벌금형을 선고받았는데 법원에서는 "존중받으려면 남을 먼저 존중하라."며 질타했다고 한다는 내용이었다.[114] 그래서 좀 더 자세히 알아보고자 판결문을 입수해서 보니 사건 내용은 다음과 같았다.[115]

재작년 11월 서울 강남구의 한 편의점에서 담배를 사며 직원 B(25)에게 반말로 말을 건네자 B씨도 "2만 원."이라며 짧게 맞받아쳤고, 격분한 A씨는 "어디다 대고 반말이냐."며 역정을 냈다고 한다. 이에 B씨가 "네가 먼저 반말했잖아."라고 대답하자 A씨는 크게 욕설을 했고, 모욕 혐의로 재판에 넘겨졌다는 것이다. (중략)

이에 재판부는 A씨에게 벌금형을 선고하며 "피고인이 피해자로부터 존중받기 위해서는 피고인도 피해자를 존중하는 태도를 가져야 한다."고 질타하면서 "나이가 훨씬 많다는 이유로 피해자에게 반말한다거나, 피고인의 반말에 피해자가 반말로 응대했다고 해 피해자에게 폭언하는 것은 건전한 사회 통념상 당연히 허용될 수 있는 표현이 아니다."라고 덧붙였다.

이 사건을 본 여러분은 어떤 느낌을 받았는가. 노인의 날을 기념하는 이유처럼 노인들은 경애받을 권리가 있다고 할 수 있다. 그러나 山崎武也(야마자키 타케야) 씨가 그의 저서 『60세 인생에서 버려야 할 것 버리면 안 되는 것』[116]에서 주장하는 것처럼 '노인을 존중하고

---

114   먼저 반말해놓고… 대꾸한 편의점 알바에 욕설한 60대 벌금형, 신진호 기자, 서울신문, 2021.7.2.

115   서울중앙지방법원 판결, 사건 2021 고정 408 모욕, 2021.6.29.

116   山崎武也(야마자키 타케야), 『60세 인생에서 버려야 할 것 버리면 안 되는 것,

소중하게 대하는 마음'을 먹도록 하기 위해서는 일본 경로의 날의 법제정 취지처럼 '오랜 세월에 걸쳐 사회에 힘쓴 노인이라는 실적이 있어야 한다. 경애받을 만한 훌륭한 노인이 되어 있어야 한다는 말이다.'라고 한 말에 수긍이 간다.

경로 사상은 바람직하다. 그러나 그렇다고 그것을 상대에게 일방적으로 요구하는 것은 아닌 것 같다. 또 경로라는 생각을 갖고 타인에게 함부로 대하는 것은 더더욱 그렇다. 경로는 노인이 아니라 젊은이들이 갖고 있어야 하는 생각이다.

노인이 할 수 있는 것은 젊은이들이 호의를 갖고 대해 주고 존경받을 수 있도록 노력하는 것뿐이다. 그 결과가 경애받는 것으로 나타나는 것이 바람직하다고 생각한다. 山崎武也(야마자키 타케야) 씨의 말에 공감이 가는 이유다.

인간관계는 서로 간의 상호작용이다. 자신이 해 주었으면 하는 것을 다른 사람에게 해 주는 것이다. 재판부가 말한 "피고인이 피해자로부터 존중받기 위해서는 피고인도 피해자를 존중하는 태도를 가져야 한다." 말 그대로다. 그럼에도 불구하고 위의 사건처럼 나이 든 이들이 상대가 자기보다 어리면 아래로 내려다보고 말하는 광경을 접하는 경우가 적지 않다. 잘 아는 사이라면 몰라도 모르는 사람이라면 제대로 예의를 갖추어 말하는 것이 맞다고 생각된다. 길을 묻거나 부탁을 하거나 할 때 마치 아랫사람 대하듯이 언행을 하는 것은 잘못된 행동이다.

사건에서처럼 편의점 점원이라 하더라도 물건을 파는 입장에 있

코우쇼보, 2012(일서).

거나 종업원이라고 깔보고 반말을 하는 것은 좋지 않다. 상대방이 팔고 싶은 것을 사 주는 것이 아니라 내가 사고 싶은 것을 팔아 주는 것이라고 생각하는 것이 상책이다.

'고객이 왕'이라고 해서 종업원을 함부로 깔보는 경우가 있는데 고객이 왕이라는 것은 판매자 측에서 노력할 일이지 이쪽에서 당연히 요구할 것은 아닌 것 같다. 또 종업원이라도 그 점주의 입장에서 종업원이지 자신의 종업원은 아니다. 그러니 명령하고 지시할 권한은 없다.

山崎武也(야마자키 타케야) 씨는 "차라리 나이를 먹으면 敬老라는 단어 자체를 잊고 사는 것이 차라리 편하다. 거꾸로 앞으로 오랜 세월에 걸쳐 사회에 힘쓸 젊은이를 경애하고 아예 생각을 바꾸는 것이 낫다."고 말하고 있다.

필자도 직장을 나와 프리랜서로 활동하면서 많은 젊은이들을 접하고 같이 공부도 하고 또 가르치기도 했다. 수시로 회의도 하고 식사도 하는 등 많이 어울렸다. 그때마다 호칭에 애를 먹었는데 직함이 있으면 당연히 그다음에 님을 붙였고 없을 때는 호칭을 '선생님'이라고 했다. 가끔 상대방이 더 난처해한 적은 있었지만 차라리 그게 마음이 더 편했던 기억이 난다. 호칭을 그렇게 하니 행동도 자연스럽게 겸허하게 되는 것을 경험했다.

'벼는 익을수록 고개를 숙인다.'고 했듯이 나이를 먹을수록 내실이 충실하려면 어떤 사람에게든 겸허한 마음으로 대하고 행동하는 것이 바람직하고 생각한다. 앞에서 사례로 든 판결은 그런 엄연한 현실을 가르쳐 주고 있는 것이라 하겠다.

30. 노년에 대한 6가지 오해

고속도로변 어느 휴게소나 똑같은 풍경이 있다. 단체 관광버스에서 지긋하게 나이 드신 아주머니, 아저씨들이 내리면 조용하던 휴게소는 갑자기 시끄러워진다. 옛날 같았으면 자녀들의 보살핌 속에 손주들 재롱을 보며 지냈을 연세인데, 여느 젊은이들 못지않은 활기찬 모습에 주변도 환해진다. 그리고 보니 요즈음은 나이 든 분들의 단체모임을 휴게소에서 자주 목격한다. 휴일에만 볼 수 있는 젊은 등산객들과는 사뭇 다르다. 한 조사에 의하면 고령화 시대를 맞아 당신은 개인적으로 어떤 마음가짐이 필요하다고 보는가에 대한 물음에 대해 1위 건강, 2위 가족 관계, 3위 친구 동료, 4위 취미, 5위 지역사회와의 교류, 6위 경제적 기반, 7위 전문적 기술 습득이라고 응답했다.

그리고 삶의 보람을 느낄 때는 여행, 취미생활을 할 때라는 답이 가장 많이 나왔다. 이렇듯 노후에는 남아도는 시간, 다시 말해 여가를 어떻게 보내느냐가 의외로 중요한 문제가 된다.

우리는 '노후 준비의 5대 요소'로 건강·돈·일(직업)·취미·가족(친구)을 꼽는다. 이는 삶의 밑천인 건강은 젊어서부터 관리하고, 노후에는 일거리가 있어야 궁색하지 않은 생활을 하고, 취미나 여가 활동을 통해 삶의 질을 향상시키며, 인생을 함께 즐길 수 있는 가족과 친구가 있어야 한다는 결론이다.

그런데 이러한 접근은 발전된 개념이긴 하지만 아직 인생 50년 시대, 즉 여생의 개념에서 벗어나지 못하고 있다. 인생 100세 시대가 코앞에 다가온 지금도, 이전 같은 여생의 개념으로 이해하고 있는 것이다. 다시 말하면 아직도 일거리를 찾거나 봉사하거나 하는 접근 자체를 시간 보내는 방법이라는 관점에서 생각하고 있다는 뜻이다. 그리고 이러한 접근의 저변에는 나이를 먹을수록 인간의 능력은 저하된다는 고정관념이 있다.

> "손자와 같이 지내는 것도 좋지만 그것만으로는 행복하지 않다.
> 일을 통한 자기 발견에서 매일의 충실감을 느낀다."[117]

미국 사회는 1970년대부터 급속하게 진전되는 인구 고령화와 이로 인한 사회적 영향에 대한 관심이 크게 높아졌다. 그러나 당시는 사회적으로 연령이 높아짐에 따라 두드러지는 노화 현상과 질병이나 장애는 불가피하다는 시각이 지배적이었기 때문에 노인 복지에 당사자들이 겪는 심리적 사회적 변화와 사고 등을 충분히 반영하지 못했다.

'맥아더 재단'은 미국 노인들의 신체적 및 정신적 능력을 증진시키는 데 필요한 새로운 지식(신노년학·new gerontology)을 수립하기 위

....
117 덴마크의 한 고령자.

해 1988년부터 1996년까지 8년간 16명의 다양한 학문 분야 연구진을 구성해 70~79세의 미국 노인 1,189명을 선정해 추적 조사 연구를 수행했다.[118]

맥아더 재단이 연구하여 밝힌 성공적 노후의 보고서 내용은 지금까지 노화에 대한 6가지 통념이 거짓임을 밝히고 있다.

① 고령자는 병에 잘 걸린다. → 나이가 들면 허약해진다는 것은 거짓.

② 새로운 기술은 젊을 때 배워야 한다. → 고령자도 배울 수 있다.

③ 지금에 와서 시작하면 늦다. → 지금 시작해도 늦지 않다.

④ 양친은 선택할 수 없으니 포기하는 것이 좋다. → 유전자의 영향은 약하다. 노후의 능력 개발은 유전자 이외의 요인이다.

⑤ 밝지만 전압은 없다. → 성적 관심은 인간의 기본적 욕구이며 죽을 때까지 절대로 빠뜨릴 수 없다.

⑥ 고령자는 사회적 부담이다. → 일할 수 있는 의욕도, 능력도 있다.

보고서에 의하면 **성공하는 노후**는 **'무엇인가를 강하게 바라고, 계획하고, 노력하는 것이다.'**이다.

그것은 결국 각자의 선택과 관심의 영역에 있는 것으로, 동 재단이 만나 본 성공적인 노후를 보내는 사람들은 모두 전향적으로 뚜

---

118   존 로우 John w. Rowe, 로버트 루이스 칸 Robert L. Kahn, Successful Aging(성공적 노화).

벅뚜벅 자신이 갈 길을 걸어가면서 사회와 관련된 활동으로 활력을 유지하고 있었다. 그리하여 맥아더 재단의 보고서는 고령을 이유로 노력을 포기해서는 안 된다는 결론을 내렸다.

> 습관적으로 살아서는 안 돼요. 습관적으로 살면 자극이 없고 의식적으로 노력할 일도 없을 테니까요.[119]

---

119   Denise C. Park, Aging Mind Lab의 소장/University of Texas at Dallas 행동 및 뇌과학 교수.

31. 영화「인턴」에서 찾은 시니어의 경쟁력

10년 전에 외국영화「인턴」이 개봉되었다. 이 영화를 본 젊은이들은 한결같이 나이 든 연장자에 대한 기존의 부정적 사고가 바뀌게 되었다는 의견을 내놓아 화제가 된 영화이다.

줄거리는 이렇다. 패션몰 창업 1년 반 만에 직원 220명의 성공신화를 이룬 30세의 열정적인 인터넷 쇼핑몰 CEO 줄스(앤 해서웨이 粉). 한편, 은퇴한 후 아내를 여의고 나서 현재의 삶에 만족하지 않고 꾸준히 무언가를 하고 싶어 하는 수십 년 직장경력의 70세의 벤(로버트 드 니로 粉). 우연한 기회에 벤이 인턴으로 응모하여 CEO 줄스를 보좌하는 역을 맡게 된다. 그러나 기성세대를 그다지 달가워하지 않던 줄스는 40세나 차이가 나는 연상의 부하인 그에게 아무 일도 주지 않는다. 벤은 스스로 자신이 할 수 있는 일을 찾아가며 친화력을 발휘한다. 수십 년 직장생활에서 비롯된 노하우와 풍부한 인생 경험을 바탕으로 주변에 도움을 주며 젊은 동료들로부터 호응을 얻는다. 고객을 위해 박스 포장을 직접하고 CEO로서 엄마로서 그리고 딸로서 모든 것을 만족시켜야 한다는 강박감에 서서히 지쳐가던 차에 벤의 세심하고 적극적인 도움을 받으며 서서히 마음을 열어 간다는 내용이다.

어린 직원들이 인턴이라고 무례하게 일을 시키고 자신의 업무 능력을 의심하는데도 꼬박꼬박 경어를 사용하며 묵묵히 어떤 일이든 도우려고 하는 인간력, 여러 가지 사안이 생길 때마다 경험에서 나오는 순간순간의 기지를 발휘하는 등 시니어가 갖고 있는 매력적이고 이상적인 '숙련력 발휘'가 돋보였다. 그리고 영화 속에서 벤의 "경험은 바래지지 않는다.(Experience never gets old.)"라는 명대사는 지금껏 잊혀지지 않고 있다.

영화 속에서 벤의 **숙련력 발휘**를 열거하면

① 새로운 것에 도전
② 의뢰받은 것은 무엇이든 받아들임
③ 스스로 일을 찾아 일한다
④ 주제넘게 나서지 않음(조언 역)
⑤ 조언은 짧고 조심스럽고 타이밍 맞게
⑥ 과거 이야기는 묻지 않는 한 이야기하지 않기
⑦ 자신의 스타일을 중시
⑧ 청결하고 몸가짐을 바르게
⑨ 상사와 사원 간의 가교 역할
⑩ 커뮤니케이션(경청 능력) 등

흔히 시니어의 경쟁력이라고 하면 즉시 전력화할 수 있는 전문성을 떠올리기 쉽다. 그래서 자신의 경력과 송곳처럼 매치되는 일을 찾는다. 그러나 전문성은 쉽게 진부화되어 오히려 선택의 폭을 제한시키거나 불필요한 자기 과신에 빠져 조직 내 불협화음을 낳는 폐단이 있을 수 있다. 게다가 나이가 들수록 점차 현장에서 멀어지는 우리나라 특유의 조직문화로 인해 시니어일수록 실무와 거리가 있어 대기업 출신이 중소기업으로 이동하는 것을 어렵게 한다.

예를 들어 인사관리 영역이라면 채용부터 평가, 이동, 급여를 아우르는 실무 능력, 인사기획 영역이라면 제도 기획은 물론, 취업 규칙 및 조문 작성, 조합 설명, 근로 기준 감독관청 보고 등의 실무 능력이 필요하다는 것이다. 이웃 일본에서도 시니어의 전문성을 중소기업에서 활용하기 위해 많은 시도를 했지만 최종적인 결론은 실패였다.

비가 온 뒤에 물이 땅속에 스며들어 지하수가 되는 비율은 1%에 불과하다. 나머지 99%는 땅속에 스며들어 간다. 시니어의 경쟁력도 마찬가지다. 1%는 업무 경험을 통해 나온다면 99%는 그 부서 내에서 일을 수행하면서 겪게 되는 성공과 실패의 경험을 통해 나오며, 이 또한 자신의 능력이다. 시니어의 경쟁력을 위해서는 땅속에 스며든 99%의 자신의 경험의 재편성이 필요하다.

영화 속에서도 '벤'의 전화회사에서의 실무 경력보다는 숙련력 발휘가 도움이 되었던 것처럼 오랫동안의 직업 경험을 통해 축적해 온 응용력, 암묵지, 그리고 높은 수준의 대인관계 능력이 경쟁력이라 할 수 있다. **암묵지란 직관, 통찰력, 스킬, 센스, 테크닉 등 소위 심층지식이나 학습을 통해서가 아닌 일이나 직장 경험을 통해 얻을 수밖에 없는 직업적 지혜**를 말한다.

예를 들면 변호사의 전문지식이 육법전서 내용 이해, 판례와 사례 이해, 강의 연수회 참가를 통한 지식 습득이라 한다면 베테랑 변호사의 심층 지식은 상담 능력, 문제의 본질 파악 능력, 언어의 센스와 대인관계 스킬, 상대 변호사 교섭 능력, 재판 프로세스의 이해, 직관력, 통찰력 같은 것이다. 나이 든 변호사를 선호하는 이유는 바로 심층 지식이요, 직업적 지혜 때문이다.

높은 수준의 대인관계 능력 또한 시니어를 차별화할 수 있는 강점이다. 영화 속에서 '벤'은 그저 많이 안다고 조언하는 것이 아니라 CEO와 젊은 동료들과의 가교 역할, 즉 경험이 풍부한 인생 선배로 쌍방의 고민을 진지하게 마주하되 결코 강제하지 않는 어드바이스를 타이밍 맞게 해 주는 장면들은 고도의 대인관계 능력을 잘 나타내 주고 있다. 즉 높은 수준의 상담 능력, 조정 능력, 그리고 '벤'이 젊은 동료들에게 호감을 가져온 지식이나 기술을 가르치는 육성력 등도 이에 해당한다.

아울러 재직 중에 이룩해 놓은 방대한 인맥 네트워크는 비교할 수 없는 시니어의 경쟁력이다. 끊임없이 자신의 주변의 인적 호송 군단을 보강하고 관리할 필요가 있다.

32. 공자에게서 배우는 노년기의 삶

중장년부터 노년을 살아갈 때 공자는 좋은 참고가 된다.

공자는 56세에 제자들과 함께 유랑 생활을 시작한다. 이 유랑의 목표는 자신을 고용해 줄 국가를 찾기 위해서이다. 여기서 학자의 태도에 대한 공자의 신념을 확인할 수 있다. 공자에게 학문이란 탁상공론식의 학문, 즉 학문을 위한 학문이 아니라 실제 세상에 유익함을 더하기 위해서 노력해야 하고, 또 학자는 현실 세상으로부터 분리되어선 안 된다는 가치관을 엿볼 수 있다. 당시 공자의 명성은 천하에 알려져 있었지만 자신의 이상대로 정치 실현을 할 군주를 찾지 못한 채 나이가 들어 갔다. 여느 사람이라면 깊은 절망에 빠져 포기했겠지만 공자는 달랐다. 그에게는 뛰어난 제자들이 있었다. 제자 중 한 명이 공자에게 관직에 오를 의사가 있는지 궁금하여 물었다고 한다. "여기 귀하디귀한 옥구슬이 있다고 칩시다. 상자에 넣어 놓는 것이 좋을까요, 아니면 좋은 값으로 사줄 사람을 찾아 파는 것이 좋을까요." 그러자 공자는 이렇게 대답한다. "팔자, 팔아. 나는 좋은 값으로 나를 사 줄 사람을 기다리는 중이다."

여기서 귀하디귀한 구슬이란 당연히 공자를 가리킨다. 멋진 인품과 능력을 갖추었어도 상자에 넣어 두기만 해서야 의미가 없다. 사줄 사람이 있다면 파는 편이 낫다는 이야기다. 즉 공자는 자신을 원하는 곳이 있다면 어디든 가겠다고 대답한 셈이다. 공자는 노년기에 접어들었어도 그럴 만한 의지가 있었다. 그런 공자에게 어느 날 사관 자리에 오라는 제안이 들어온다. 다만 그 말을 꺼낸 사람이 세간의 평판이 형편없는 탓에 "선생께서 가실 만한 자리가 아닙니다." 라고 제자들이 만류하지만 공자는 그 제안을 받아들인다. 평판이 나쁜 사람이 불렀더라도 '자신을 좋게 보아 써 주겠다는 사람이 있다면 그 사람을 위해 일하고 싶다.'고 생각한 것이다. 세상과 단절되지 않은 채 살아가고 싶다는 의지는 이처럼 공자에게 중요한 소망이었다. 인생 고래희(古来稀)라고 하는 칠순을 지나 74세까지 살았던 공자는 필연적으로 아들[120]이나 제자의 죽음을 목격해야 했다. 그로 인해 괴로움이 많았다. 공자가 노나라에 귀국한 후 몇 년 되지 않아 아끼던 제자 안회가 사망했다. 공자가 71세 때였다. 공자는 '하늘이 나를 버리시는구나.'라는 말을 하며 안회의 죽음을 슬퍼했다. 제자들은 자신의 몸을 돌보지 않을 정도로 심하게 애통해하는 스승을 보고 걱정했다. 공자는 제자들을 향해 "내가 안회를 위해 상심하지 않으면 누구를 위해 그렇게 하겠느냐?"라고 되물었다. 공자는 위인이면서도 결코 득도한 사람이 아니라 우리처럼 매사에 열중하고 즐거워하고 슬퍼하고 비탄에 빠지기도 하며 어느덧 찾아온 늙음조차 알아채지 못한 것을 생각하면 공자는 때때로 친근하게 느껴지기도

....

120　공자의 아들은 이(鯉)이다. 그의 자는 백어(伯魚)이다. 백어는 나이 50세에 공자보다 먼저 죽었다.

한다.

『논어』 위정편에 나오는 내용이다.

> 육십 세가 되어서는 이순(귀로 그 말을 들으면 그 은미(隱微)한
> 뜻을 알게 됨.) 했고, 귀가 순해졌으며 칠십 세가 되어서는 종
> 심(마음이 바라는 것을 따라 행함.) 하여도 법도를 넘지 않았다.
> 마음 가는 대로 자유롭게 살아도 법도에 어긋나지 않았다.[121]

60세에 귀가 순해진다는 말은 '남의 말을 순순히 들을 줄 안다.'
라는 뜻이다. 공자는 옛날부터 남의 말을 귀담아듣는 인물이었다고
한다. 나이를 먹어도 꼬장꼬장해지는 일이 없이 너그러운 마음을
지녔다는 것도 공자의 장점 중 하나다. 공자는 『논어』 자한편에 '사
절(四絶)'이라는 가르침을 남겼다. 공자는 아래 네 가지를 절대 행하
지 않았다.

> 자기 멋대로 행하지 않았고 무슨 일이든 한번 정한 대로만
> 밀고 나가지 않았으며
> 고집을 부리지 않았고 이기적으로 자기만 내세우지 않았다.[122]

한마디로 완고해져서는 안 된다는 뜻을 담고 있다. 특히 남의 말
이 귀에 안 들어온다면 인간관계를 논하기 전에 자신의 듣는 자세

....

121   『논어』, 위정편, 4절.
122   『논어』, 자한편 4장.

를 먼저 점검해 보아야 한다. 나이를 먹고 남의 말을 귀담아듣지 않으면 '성격 나쁘고 고집 센 노인'이라는 외로운 길을 걸을 수밖에 없음을 주의하자. 칠십 세가 되어서는 '마음가는 대로 자유롭게 살아도 법도에 어긋나지 않았다.'의 법도라 함은 규칙이나 규정을 뜻하므로 '법도에 어긋나지 않는다.' 함은 도덕이나 규율에 따라 살아가는 것을 말한다. 사람 마음에는 늘 소망이나 욕망이 존재한다. 다만 그 소망과 욕망을 추구하고 집착하는 사이 대부분 정도를 벗어나 사회의 도덕과 규율을 위반하고 만다. 하지만 70이 되면 남들 눈치 보지 않고 마음이 향하는 대로 살아도 세상의 규칙을 어기지 않게 된다. 자유롭게 살아도 자연스레 세상의 상식 범위 안에 들어맞는다. '상식력'이 붙었다고 할 수 있다. 어떤 일을 하든지 테두리를 벗어나지 않는 것이 중요하다. 나이를 먹었다는 것은 남들 눈치를 보지 않고 편히 살 수 있다는 장점이 된다.

33. 노년의 품격

슬리퍼를 신은 수척한 노인, 콧잔등에 안경을 걸치고 허리
에는 돈주머니를 찼는데, 젊었을 때 아껴둔 바지는 가늘어
진 정강이에 비해 볼품없이 크며, 남자다운 우렁찬 목소리
는 높고 가는 아이 목소리로 다시 돌아가서 피리 소리같이
새된 소릴 내지요. 이 파란만장한 인생사를 끝내는 마지막
역할은 제2의 유년기에 단지 망각일 뿐이지요, 이도 없고,
눈도 없고, 맛도 없고, 모든 것을 다 잃지요.[123]

　　셰익스피어 작품 중『당신 좋으실 대로』에 나오는 가장 유명한 대
사 중 하나이다. 인생을 7개의 단계로 나누어 연령별로 묘사하고 있
는데 위의 대사는 노인에 해당되는 대사다. 여기서 셰익스피어는
완전히 객관화된 노인의 모습을 묘사하고 있다. 그는『로미오와 줄
리엣』에서도 '많은 노인들이 이미 죽은 듯한 모습이다. 행동이 둔하

....

123　셰익스피어,『당신 뜻대로』As you like it (1) 이 세상은 연극 무대 All the world's
a stage, 2막 7장 |작성자 차일피일 https://blog.naver.com/PostView.nhn?blogId=yoo
nphy&logNo=222238906424

고 느리며 활기가 없다.'고 서술한다.

시몬 드 부보아르는 저서 『노년』[124]에서 "사람들은 퇴직 생활이란 자유와 여가의 시간이라고 이야기한다. 시인들은 항해 다 끝마치고 도착한 항구의 감미로운 즐거움을 더 벌려 예찬한다. 그러나 이것은 염치없는 거짓말이다. 대부분의 수많은 노인들에게 사회가 부과하는 생활수준은 너무나도 비참해서 '늙고 가난한'이란 표현은 이제 중복 표현에 불과하다."라고 하면서 "한 인간이 인생의 마지막 15년, 20년 동안 인수를 거절당한 불량품으로 살아야 한다는 사실은 우리 서양 문명의 실패를 나타낸다. 우리가 노인들을 거리를 돌아다니는 시체로 볼 것이 아니라 인생을 살아온 과거를 지닌 인간으로 본다면 이런 자명한 사실은 우리의 목을 메이게 할 것이다."고 힐난한다.

옛날에는 사회적으로 고령자를 존경하는 기풍이 있었다. 나이가 든 사람의 발언권은 강하고, 어리석음을 중재하거나, 고민을 해결하거나, 장로로서 군림하고 있었다. "노인 한 명이 숨을 거두는 것은 도서관 하나가 불타 버린 것과 같다."는 말리 출신 민속학자의 말은 기록문화가 발달하지 않은 아프리카의 이야기지만 수긍할 만했다.

그러나 지금은 젊은이로부터 공경도 예전만 못 하고, 노인들 스스로도 사회에서 위축되는 모습을 보이기도 하며, 스스로 나이 듦을 한탄하고 자식들의 눈치를 보며 살아가기도 한다. 정신적 신체

....
124   시몬 드 부보아르, 홍상희, 박혜영 옮김, 『노년』, 책세상, 2002.

적 자각 나이는 여전히 젊은데 가정과 사회에서 '노인 취급'은 받으면서 '노인 대접'은 못 받으니 '불평불만'이 쌓이는 노인들이 늘어 간다. 지혜와 분별력으로 젊은이들을 바른 길로 이끈다는 노인들이 스스로 질풍노도의 길을 걷고 있는 셈이다. 얼핏 생각하면 혈기왕성한 젊은 세대에 비해 인생의 연륜이 오래된 만큼 자신의 감정을 통제하는 힘이 높아야 할 것 같지만, 실제로는 노년층의 분노조절 능력은 높지 않은 것으로 나타난다. 사람들은 사회 경제적 지위를 상실하면 스스로 쓸모없는 인간이 됐다는 자괴감과 상실감을 느낀다. 이런 정서 상태에서 무시받는 듯한 기분을 느낄 때 순간적인 분노가 폭발해 사고로 이어질 가능성이 커진다.

『폭주노인』의 저자 후지와라 토모미(藤原知美) 씨는 노인이 폭력적으로 변해 가는 원인의 하나로 사회의 정보화에 적응하지 못한 점을 꼽고 있다. 빠른 기술 변화의 속도에 적응하지 못한 노인의 불안이 분노로 표출된다는 것이다.[125]

겨우 컴퓨터를 익혔는데 이제 모바일로 옮겨 갔다. 키오스크에서 우물쭈물하는 노인을 젊은이는 구석기 시대인을 보듯 한다. 노인은 철저하게 사회로부터 소외된다. 모바일의 SNS는 사회적 네트워크가 되었으므로 여기에서 소외되는 것은 사회에서 소외되는 것이다. 게다가 현역시대의 커뮤니케이션 인맥이 없어져 만족스런 대화를 못해 폭발 직전인데 이런 소외까지 겪으면서 분노가 폭발하는 것이다. 김경록 미래에셋 자산운용 고문은 한 기고문에서[126] "노년의 나

125   藤原知美,『暴走老人』, 文藝春秋, 2007(일서).
126   「노년의 품격은 왜 필요한가」, 김경록 미래에셋 자산운용 고문, 경제사회연구

를 제어해 줄 타자(他者)가 없어진다. 험한 말을 하거나 몸이 깨끗하지 못해도 누가 말해 주지 않는다. 나이가 들수록 피드백을 주는 사람들이 하나둘 없어진다. 이런 상태에서 세월이 흐르다 보면 자신도 모르게 옆길로 벗어나서 폭주하고 있는 자신을 발견하게 된다."고 하면서 "세월이 흐를수록 나를 일탈하게 할 요인은 많아지는 데 반해, 이런 나를 제어해 줄 메커니즘은 사라지는 게 노년의 특징이다. 노년에 품격이 강조되는 이유다."고 쓰고 있다.

'품격'이라는 말의 사전적 의미는 사람 된 바탕과 타고난 성품 또는 사물 따위에서 느껴지는 품위이다. 품격을 뜻하는 영어 단어 dignity의 라틴어 어원은 dignitas이다. "높은 정치적·사회적 지위 및 그에 따른 도적적 품성의 소유를 가리킨다." 고대 로마의 철학자이자 정치인인 키케로는 동물과 인간을 구별할 때 이 dignitas라는 말을 적용했다. 즉, 참다운 사람됨이야말로 품격의 기본이다. [127]

다산 정약용의『목민심서』에는 이런 구절이 있다.

"나이가 들면서 눈이 침침한 것은 필요 없는 작은 것은 보지 말고 필요한 큰 것만 보라는 것이며, 귀가 잘 안 들리는 것은 필요 없는 작은 말은 듣지 말고, 필요한 큰 말만 들으라는 것이고, 이가 시린 것은 연한 음식만 먹고 소화불량 없게 하려 함이고, 걸음걸이가 부자연스러운 것은 매사에 조심하고 멀리 가지 말라는 것이요, 머리가 하얗게 되는 것은 멀리 있어도 나이 든 사람인 것을 알아보게 하기 위한 조물주의 배려요, 정신이 깜박거리는 것은 살아온 세월을

원, 2020.8.12.
127　이시형,『품격』중앙북스, 2011.

다 기억하지 말라는 것이니, 좋은 기억, 아름다운 추억만 간직할 터이고, 바람처럼 다가오는 시간을 선물처럼 받아들여 가끔 힘들면, 한숨 쉬고 하늘 한번 볼 것이라. 멈추면 보이는 것이 참 많소이다."

품격은 너그럽고, 진중하며, 절제하여, 화내는 것을 더디게 하는 데서 비롯된다. 이를 위해서는, 내가 나를 제어해야 하며 반성과 성찰이 필요하다고 하겠다.

> "노인 같은 구석이 있는 젊은이를 좋아하듯이,
> 젊은이 같은 구석이 있는 노인을 좋아한다."[128]

....
128   키케로.

V

생각을 바꾸면
인생이 바뀐다

34. 일이 아니라 역할이다

*"내가 나이가 85세인데 일자리를 찾는데 좀처럼 찾을 수 없으니
어떻게 하면 되는가?"*

서울시에서 노인 일자리 관련 교육에서 강의를 하고 있을 때였다. 강의가 끝날 때쯤 되었을 때 참석자 중 나이가 지긋하신 한 분이 물어 오신 질문이다. 당신이라면 80이 넘은 분이 일자리를 찾는 모습에 대해 어떤 생각이 드는가? 지금 상황에서 그 정도의 연세인 분이 하실 만한 일이 있을까 하는 생각이 들지 않는가? 아마 마땅한 일거리가 없어 집에서 쉬거나 나이 든 사람에게 해당하는 허드렛일을 생각할 수밖에 없을 것이다. 이처럼 우리는 오랫동안 일을 직업이라는 협의의 의미로만 생각해 왔다. 그렇다면 어떻게 해야 하는가?

이제 일(커리어)을 단순히 협의로 해석하는 것에서 벗어나, 인생의 다양한 역할을 포괄하는 광의의 개념으로 받아들여야 한다. 직업심리학의 대가 도날드 슈퍼[129]는 **"커리어**는 그 사람이 살아 있는

---

129   슈퍼(D. E. Super) 미국의 경영학자, 직업 연구자, 심리학자이자 콜롬비아 대학교의 명예 교수. 1950년대에 그는 커리어 구축과 직업 선택을 정의한 자신만의 커리어 개발 이론을 수립한 커리어 연구의 선도적인 전문가였다. (Yahoo Japan에서 인용)

한 인생과 깊은 관련성을 가지면서 다양하게 변화하며 발전하는 것"으로 **"개인이 일생 동안 달성한 모든 역할 및 그 조합"**으로 정의한다. "직업인 이외에도 자녀, 학생, 여가인, 시민, 배우자, 가사인, 부모 등과 같이 대부분이 사람들이 일생 동안 경험하는 역할을 포함하는 것"이라고 폭넓게 규정했다. 즉, 커리어는 다양한 요인들과 깊게 연관되어 개인의 일생에 걸쳐 변화하고 발달하는 것으로 직업인에만 그 개념을 국한하지 않고 자원봉사, 가사, 지역 활동, 취미활동 등을 포함하게 된 것이다. 직업의 역할은 그중 하나에 불과하므로 커리어를 직무나 직업과 동일시하는 것은 낡은 사고라고 주장한다. 예를 들어 어느 40대의 여성의 예를 들면 유통 업종에서의 파트 서비스직, 고교생 2인의 모친, 자원봉사자, 도시 근교의 농가의 차녀 등의 역할을 동시에 수행하면서 그때그때 역할의 조합을 바꾸면서 생활하고 있는 것이다. 아마 많은 은퇴한 이들의 고민은 직업인으로서의 역할에만 몰두해 온 나머지 배우자, 가정인, 부모 등의 역할을 소홀히 한 것에서 비롯된 것이 아닌가 생각한다. 따라서 유한한 인생에서 서로 영향을 주는 각 역할에 어떻게 시간이나 열정을 배분하여 전체적으로 충실한 삶을 구가할 것인가 하는 것이 중요하다. 아울러 인생에 있어 만족감과 스트레스는 자신의 역할의 수와 조합과 밀접한 관계가 있다. 새로운 역할이 추가되면 그동안 다른 역할에 쏟았던 시간과 에너지를 줄여야 하며, 반대로 어떤 역할이 중단되면 나머지 역할에 시간과 에너지를 더욱 늘려야 한다. 앞서 소개한 85세 노인의 질문은 일(커리어)을 직업인의 역할로만 의식했던 데에서 나온 것이다. 필자는 그 자리에서 역으로 이렇게 질문을 드렸다. "어르신께서는 요즘 배우시는 것이 없으십니까? 취미로 즐기시는 것은요. 또 자녀나 손주와는 어떻게 지내시는지요. 지역사회에서는 어떤 역할을 하시는가요?"

인생 100세 시대에는 그런 협의의 커리어 개념으로는 대응할 수 없다. 역할이 지나치게 작으면 무료하고 충실감을 얻을 수 없다. 그러므로 효과적인 인생의 역할 참가가 인생의 만족도를 높인다고 할 수 있다. 퇴직 전에는 대다수가 조직 내에서의 일에 역할에 비중이 있었다면 퇴직 후에는 직업인으로서의 역할을 줄이고 대신에 가정인, 여가인, 지역인으로서의 역할을 좀 더 확대하는 쪽으로 바꾸거나, 영리조직이 아닌 비영리조직에서의 역할을 확대하는 것이다. 아울러 현직에서 직업생활을 유지하면서 지역사회에서의 역할을 병행할 수도 있고 동호회를 조직하여 그곳에서의 역할을 생각할 수도 있다. 직장에 다니면서 대학원에 등록하여 학생의 역할을 병행할 수 있다. 퇴직 후에는 풀타임을 찾기보다는 그동안 소홀히 했던 가정인으로서의 역할이나 부모, 자녀의 역할을 중시하는 삶을 살수도 있다. 취미에 몰두하면서 제2 인생을 준비하고자 하는 사람은 그 분야의 달인이 되어 타인을 가르치면서 다시 직업인으로서 역할을 할 수 있다. 전직을 계기로 교회 일에 보다 전념하게 되다 보니 결국은 교회의 살림을 꾸려가는 사무국장으로 살아가는 사람이 있고 다시 자격이나 학위 취득을 통해 새로운 직업의 세계에 뛰어들기도 한다. 부부가 같이 선교사 자격을 취득한 후 같이 해외에서 선교활동을 하는 사람도 있고 강단에서 후학을 가르치는 노익장을 과시하는 정년 퇴직자도 있다. 여기서 주목해야 할 점은 일, 여가, 지역 활동, 가정생활 등이 역할이 분절되지 않는다는 것이다. 여가 같은 일, 일 같은 여가, 봉사 같은 여가, 학습 같은 일처럼 서로 유기적으로 통합된다.

한편 역할은 상호 간에 영향을 주고 있음을 주의해야 한다. 부친의 입장에서는 지금 자신의 직장보다 급여는 낮지만 자신의 미래를 위해 나은 직장을 옮기려고 하는데 가족들의 생활과 자녀교육비를 고려해서 간단하게 전직을 결정할 수 없다든지, 그동안 일을 통한 기쁨이 유일했는데 결혼하고 가정을 이루면서 새로운 기쁨을 발견하게 되었다든지 하는 등 인생의 주기별 혹은 환경에 의해 영향을 받으며 그에 따라 수시로 수정해 나가는 것이 커리어 인생이라 할 수 있다. 이러한 역할들을 어디에 중점을 두는지 어떻게 역할을 연출할 것인지는 자신이 정하는 것이다. 인생에 있어 다양한 무대에서 자신이 보여 주는 연기야말로 바로 자기다움의 발휘요 정체성이다. 이처럼 전 인생에 걸쳐 자신이 처한 환경과 변화에 대해 어떻게 자신의 정체성을 유지하면서 역할을 수행해 나갈 것인가? 또 인생의 복수의 역할과 직업을 어떻게 잘 조합할 것인가를 중시해야 한다, 그러기 위해서는 인생에 대한 명확한 인식과 자기에 대한 인식이 있어야 한다. 많은 중년의 전직을 도와준 경험에 비추어 볼 때, 본인이 만족할 만한 일을 바로 찾은 사람들은 그 사람의 경험 직종도 아니고 능력도 아니었다. 자신을 이해하고 인생의 방향성을 확실히 정하고 있던 사람이 힘들이지 않게 자신의 역할을 찾았다. 결론적으로 커리어는 단순한 직업 인생만을 의미하는 것이 아니라 그 사람의 인생 그 자체이여 인생의 각 주기별로 주어진 무대에서의 역할을 개성 있게 수행해 나가는 것을 의미한다. 커리어에 대해 어떤 의식을 갖고 있는가에 따라 인생은 달라진다. 정말 열심히 일하고 업무를 성공적으로 수행해 많은 업적을 쌓은 분들이 퇴직 후에 지난 시간이 허무하다고 하는 것도 바로 이런 이유 때문이다.

35. 실행력이 답이다

인생을 정력적으로 살아온 사람들은 생각이 나면 즉각 실행에 옮기는 타입의 사람들이 많다. 하고 싶은 것을 계속하는 사람은, 하고 싶다고 생각하면 망설일 겨를도 없이 바로 행동에 옮겨서 하지 않으면 안 될 상황으로 자신을 밀어 넣는 것이다. 그래야 의욕이 식지 않는다. 만약 바로 실행에 옮기지 않았더라면 어떻게 될지 몰랐다.

'실패하면 웃음거리가 될 거야.' 혹은 '죽으면 어쩌지.'라는 실패를 걱정해서 가급적 회피하려는 생각이 앞섰을 것이다. 생각나면 바로 행동하는 것은 이와 같은 실패 회피 동기가 생겨날 틈을 주지 않는 것이다. 인생 계획도 마찬가지다. 이것저것 생각하다 보면 망설임이 생겨서 손을 대지 못한다. 그러므로 생각이 나면 우선 시도해 보는 것이 중요하다.

필자도 비슷한 경험을 했다. 30년 전 금연을 시도할 때 '내일부터 끊겠다.'든가 '하루 10개비만 피우겠다.'든가 하는 식으로 하는 금연은 오히려 담배에 대한 갈증만 키우는 것이었다. 결국 회사 산악회에서 산행하는 날 그날 금연을 결심하고 그날로 바로 끊었다. 그 후로 30년 동안 금연을 지속하고 있다. 이러한 경험은 인생 계획에서도 적용할 수 있다. '내일부터 해 보자.'가 아니라 '바로 지금 시도해 보자.'로 계획을 세우는 것이 중요하다.

일본에는 '아스나로'라는 나무가 있다. 히노끼과 아스나로 属의 상록수인데 일본에만 자생한다. 큰 종자는 높이 30m, 직경 1m 정도 된다. 그런데 재미있는 것은 같은 히노끼과의 히노끼(檜)보다는 아스나로가 작아서 '히노끼가 될 거야.' '내일이야말로 히노끼가 될 거야.' 하고 계속 생각하는 나무라고 해서 明日檜(아스히)라는 별명을 갖고 있다. 즉 '아스(나로)히 (明日なろ檜)' 즉 히노끼(檜)처럼 「明日(아스: 내일)なろう(나로오: 되자)라는 성장의 의사를 갖고 있다는 의미에서 아스나로라고 부른다는 속설이 있다

물론 아스나로가 일생 히노끼가 될 수 없는 것은 주지의 사실이다.[130] 우리들도 '내일이야말로 반드시'라는 생각만 하는 '아스나로 인간'이 되어서는 계획만 세우다가 마는 사람이 될 것이다.

전국시대 무장 武田信玄(다케다 신겐)의 경우를 예로 들겠다. 당시 무장들은 교토로 입성해 천황으로부터 征夷大将軍의 지위를 차지해 천하를 호령하려고 했는데 그도 그러한 무장들 중 한 사람이었다. 그러나 武田信玄(다케다 신겐)은 너무 신중했다. 그는 주변을 전부 정복하고 준비에 만전을 기한 다음에 교토로 향하려고 했는데 결국 교토로 가는 도중에 병사하고 말았다. 만일 그가 자신의 휘호대로 「疾如風」(달릴 때는 바람과 같고)처럼 달렸더라면 역사는 바뀌었을 것이다.

....
130   일본에서는 내일에 대한 희망을 갖는다는 밝은 이미지를 갖고 있다고 해서 점포나 회사명에 많이 사용한다고 한다.

疾如風은 武田信玄(다케다 신겐)의 군기에 써 있는 「疾如風、徐如林、侵掠如火、不動如山」의 하나로 여기에 등장하는 4가지 어귀의 한자를 뽑아내어서 만든 말이 「風林火山」이다.[131]

즉 달릴 땐 바람과 같고, 멈출 땐 숲과 같으며, 공격할 땐 불과 같고, 움직이지 않을 땐 산과 같다는 의미다.

인생 계획도 마찬가지다. 일단 행동에 옮기면 할 수 있는 데에서부터 바로 시작하는 거다. 아무리 작은 것이라도 좋으니 반 발자국이라도 앞으로 내밀어 보는 거다. 그러한 행동이 인생 계획을 펼쳐가는 계기가 되는 것이다. 소원했던 친구가 있다면 지금 바로 전화해 보는 것이다. 그 친구도 당신의 전화를 기다렸을지도 모른다. 사진을 배우고 싶었다면 당장 근처에 있는 문화센터에 연락해서 과정을 등록부터 하라.

사람은 나이를 먹으면 먹을수록 점점 안락한 생활에 안주하기 쉽다. 매일 정해진 생활 패턴에 익숙해져 일상과 다른 행동을 하기가 좀처럼 어렵다. 그러나 그렇게 해서는 충실한 인생을 보내기 어렵다. 적극적인 인생을 살기 위해서라도 지금 할 수 있는 곳에서부터 바로 시도해 보는 습관을 들이는 것이 중요하다고 하겠다.

실행력이 답이다.

---

131 『손자병법』軍爭篇에 나오는 고사성어.

36. 일점 집중

故 가토 히토시(加藤 仁) 씨는 일본의 대표적인 정년 작가이다. 25년간 약 3,000명의 정년 퇴직자들을 인터뷰하였다. 그는『정년 후』라는 그의 저서 서문에서 집단 엑스터시가 자아내는 조직에서 벗어나 홀로 고군분투하면서 '안주의 자리'를 추구하는 정년 퇴직자들에게 나쓰메 소세키의 말을 빌려 이렇게 조언한다.

'만약 어떤 일을 파고들 때까지 몰입하다 보면 각자 가지고 태어난 다양한 개성이 서로 부딪치면서 단단해지기 시작한다. 이때 마음을 다잡고 조금씩 전진하면 점점 그 개성은 윤이 나며 발전을 거듭하고 비로소 행복과 안정감을 얻게 된다. 당신의 일과 당신의 개성이 정확히 만날 때 바로 거기에 자신이 안주할 수 있는 자리가 있다고 깨달을 것이다.'[132]

그는 한 잡지 인터뷰에서 정년 퇴직자들에게 한 가지 힌트를 준다면 어떤 것을 줄 수 있는가 하고 묻자, 「일점 집중」입니다. 즉, 자

132 가토 히토시,『정년 후』, 이와나미 신서, 2007(일서).

신이 고집하고 싶은 테마에 철저하게 고집하는 것으로, 거기에서 모든 것이 해결된다고 생각합니다."라고 대답했다. 그는 정년 퇴직자에 대해, 다른 사람들은 여러 퇴직자의 사례나, 연금 등을 포함한 수입, 취미 등을 강의하는 분들이 많지만, 자신은 우선은 자신이 고집하고 싶은 일점을 철저히 하는 것으로, 다른 모든 것이 따라온다고 강조하고 싶다고 한다. 그것이 지금까지의 취재를 통해 안 것이며 그것은 무엇이든 좋다. 건강을 고집해서 야간학교에서 중국 의학을 배우고, 최종적으로는 침구사가 된 경우도 있다고 하면서 '건강'이라는 일점에 집중한 결과라고 일갈한다. 여기저기 문화 스쿨에 다니고 있는 동안, 스쿨에 다니는 일 자체가 취미가 된 분도 있었다고 소개한다.

그는 다음과 같은 한 지방방송국 아나운서의 일점 집중의 사례를 저서에서 소개하고 있다.

그는 어린 시절부터 그림을 그리고 감상하는 것을 좋아했다. 방송국 안에서도 그림 서클을 결성해 활동할 정도였다. 방송국에 있을 때도 유럽 일주 회화감상 투어에 참가했다. 그러나 파리 루브르 박물관을 반나절밖에 보지 못하고 계속 이동만 하는 여행에 불만이 쌓였다. 그는 노령연금을 타는 범위 안에서 세계 유명 박물관을 천천히 돌아보는 꿈을 이루기 위해서는 어떻게 해야 하나 곰곰이 생각했다. 그런데 그 길이 열렸다.

일본에 있는 집을 5년 임대하고 포르투갈에 아파트를 빌려 그곳을 거점으로 프랑스나 스페인을 여행하면 경비를 줄일 수 있었다. 일본에서 오는 임대료 수입으로 포르투갈의 집세를 내고도 현지 말을 가르치는 가정교사 겸 온갖 일을 도와주는 '컨설턴트' 역을 하는 여대생을 고용할 수 있었다.

이렇게 그는 유럽뿐 아니라 미국, 러시아, 이집트, 터키, 모로코, 브라질로 여행을 떠나 세계 27개국, 71개 도시 127개 미술관을 방문했다. 프랑스 남부에 있는 니스에는 '샤갈 미술관', '마티스 미술관', '쥐 셀레 미술관' 등이 있다. 거기서 지중해를 따라 전철을 타고 조금 가면 '레제 미술관', '피카소 미술관'이 있다. 그는 아무런 제약도 받지 않고 이런 곳들을 누비며 유명 명화를 마음껏 즐기고 있다.

> "세상의 모든 명화가 내 것이라 생각해요. 단지 그 그림들을 세계 각지의 미술관에 맡겨 둔 거죠. 맡겨 두기만 하면 미안하니까 한 번씩 들러 보는 거죠. 언젠가 저세상으로 가겠죠. 나는 그때 머릿속에 새겨 둔 명화를 감상하면서 편하게 잠들고 싶어요."[133]

그는 수집가가 아닌 감상가의 자세를 유지한다. 이는 자신이 세상을 떠날 때 떠올릴 마지막 이미지를 만들기 위한 그만의 노력이다.

> 나이를 먹는 것은 자신의 가능성을 좁히는 것입니다. 남자도 여자도 가능성을 좁히는 것은 가능성의 한계를 아는 것이 아닙니다. 집중해야 할 목표를 좁히는 것입니다.[134]

....

133 전게서.
134 시오노 나나미.

37. 너는 늙어 봤냐, 나는 젊어 봤단다

한 경제지에『잘못된 심리학 이야기: 50가지 속설의 정체를 밝힌 다』는 책을 소개하는 기사가 있어 흥미롭게 보았다. 이 책은 방대한 조사를 바탕으로 우리가 통속적으로 알고 있는 심리학의 속설의 정체를 과학적 방법으로 밝힌 책인데 중년의 위기에 대해서도 새로운 시각으로 접근하고 있었다.

"중년의 위기라고 하지만 실제로 경험한 사람은 10~26%에 불과하며, 오히려 '중년기는 심리적 기능의 피크를 맞는 시기'이고 '활기에 넘치는 성장의 시기'이며 인생 전반기의 자신에 대해 잘 이해하고 그 지식을 활용한다면 인생 후반기는 최고의 풍요로운 시기가 될 것"[135]

특히 인생 전반기에 확보한 지식을 잘 활용하라는 부분이 필자의 가슴에 와닿았다. 그도 그럴 것이 필자의 경우 젊은 시절을 돌이켜

....

135   『50 Great Myths of Popular Psychology Shattering Widespread Misconceptions about Human Behavior』, Scott O. Lilienfeld 외 3人, 2009.

보면 사소한 일에도 힘들어했던 기억이 많다. 지금에 와서 생각하면 '그런 일로 그렇게 고민했나?'하는 정도의 별것 아닌 일도 버겁고 무겁게만 느껴졌다. 왜냐하면 필자가 경험하지 못한 분야에 대한 불안이나 두려움 때문이다. 사람이란 모름지기 자신이 경험하지 않은 것에 대해서는 두려움이나 불안감을 갖기 마련이다. 그것은 사람은 경험으로 미래를 예측할 수밖에 없기 때문에 자기방어 본능에서 나오는 것이라고 한다. 그러니 가능하면 젊은 시절에 여러 가지 경험을 쌓아 그만큼 미래 예측할 수 있는 경험치를 축적하는 것이 인생 후반기를 최고의 풍요로운 시기로 만드는 첩경이다.

젊었을 때의 인생 경험은 두려움과 불안을 가져오는 사건이긴 하지만 그런 경험이 축적되어 자신을 만드는 데에 큰 도움이 된다. 개인적으로는 단 한 가지도 버릴 경험이 없다는 것이 솔직한 심정이다. 그래서인지 젊은 시절보다 두려움이나 불안이 덜 한 것은 미래 예측할 수 있는 경험치를 축적한 것 때문이 아닌가 생각한다.

이 세상에서 경험만큼 소중한 재산은 없는 것 같다. 영어 단어 experience의 사전적 정의를 보면 'the knowledge and skill that you have gained through doing something for a period of time; the process of gaining this'[136]로 되어 있다.

즉 '무언가를 해서 얻은 지식이나 기술, 그리고 그것을 얻는 과정이 경험'이라는 거다. 우리에게 일어나고 있는 것에 대해 능동적으로 대하지 않으면 지식과 기술을 얻을 수 없다. 실제로 보거나 듣거나 행하지 않고는 얻을 수 없다는 것이다. 수동적인 자세로 다가가

....

136   Oxford advanced Learner's Dictionary.

서는 경험은 단순한 happening에 그치고 만다. 직접 행동을 통해 얻는 경험은 다른 사람의 무용담을 듣는 것에 비할 수 없는 것임은 물론이다. '자신의 경험은 아무리 작은 것이라도 백만 명이 한 타인의 경험보다 가치 있는 재산이다.'라고 말한 레싱의 명언이 실감 난다.

> 얻어먹는 빵이 얼마나 딱딱하고 남의집살이가 얼마나 고된 것인가를 스스로 경험해 보라. 추위에서 떨어 본 사람이 태양의 소중함을 알듯이, 인생의 힘겨움을 통과한 사람만이 삶의 존귀함을 안다. 인간은 모두 경험을 통해서 조금씩 성장해 간다.[137]

모든 경험들은 좋던 싫던 우리가 직접 경험한 것만이 자신에게 의미가 있다. 언젠가 은퇴전문가가 '젊은 시절에 일하는 것은 재무적 성과, 즉 돈 이외에는 그다지 성과가 없다.'고 기고한 글을 읽은 적이 있는데 젊은 시절의 경험의 중요성을 강조하고 있는 심리학 이론에서 보면 동의하기 어려운 의견이다.

역경의 심리학의 주창자인 빅터 프랭클은 "고뇌로부터 도망치지 않고 살아남았을 때 과거는 그 삶의 일생을 풍요롭게 하는 재산이 된다. 체험한 모든 것, 사랑했던 모든 것, 견디어 낸 모든 것, 맛보았던 모든 고통 이것들은 모두 잊어버릴 수 없다. 과거가 된 것은 모두 사라진다는 것은 잘못된 생각이다. 거꾸로다. 과거란 모든 것을 영원하게 만들어 버리는 금고(金庫)와도 같은 존재다. 추억을 영원히

....
137　단테 알리기에리.

보관시켜 주는 금고다."라고 이야기한다.

빅터 프랭클은 사람들은 그루터기만 남은 일회성이라는 밭만 보고 자기 인생의 수확물을 쌓아 놓은 과거라는 충만한 곡물창고를 간과하고 잃어버리는 경향이 있다고 안타까워한다. 그 수확물 속에는 그가 해 놓은 일, 사랑했던 사람, 그리고 용기와 품위를 가지고 견뎌 냈던 시련들이 포함되어 있다. 이런 견지에서 본다면 나이 든 사람을 불쌍하게 여길 이유가 전혀 없을 것이다. 오히려 젊은 사람들은 나이 든 사람들을 부러워해야 한다고 강조한다. 물론 나이 든 사람에게는 젊은 사람들에 비해 미래도 없고 기회도 없는 것은 사실이다. 하지만 그들은 그 이상의 것을 가지고 있다. 미래에 대한 가능성 대신 과거 속에 실체, 즉 그들이 실현시켰던 잠재적 가능성들, 그들이 성취했던 의미들, 그들이 깨달았던 가치들을 가지고 있다. 그리고 세상의 그 어떤 것도 그 어느 누구도 과거가 지니고 있는 이 자산들을 가져갈 수 없다. '나이를 먹는다는 것은 경험한다는 것'이므로 그렇게 두려워할 것이 아니라 오히려 빅터 프랭클처럼 자신의 금고에 소중한 경험들을 가득 채워 나가는 것이라고 생각한다면 풍성한 경험이 축적된 중년기를 두려워할 필요가 없을 것이다.

그런 면에서 보면 **인생은 '꺾은 선 그래프'가 아니라 '적산(積算) 그래프'다. '나이를 먹는 것'이 아니라 '나이를 쌓아 나가는 것'**는 말이 더욱 맞는 표현인 것 같다. 사회적으로 명성을 얻지는 못했다 하더라도 자신의 분야에서 최선을 다했다면 그가 맞이하는 중년기는 '성숙하고 열매를 맺는 풍요로운 가을'이 될 것이다. 물론 스스로 인정할 수 있는 실패나 성공 경험 하나 없이 그저 허송세월로 보냈다고 한다면 말 그대로 '텅 빈 헛간' 같은 곳으로 느껴질 것이다. 그러므로 평온한 마음으로 젊은 시절에 경험한 것을 바탕으로 인생 후반기에 풍성한 열매를 맺은 가을을 맞기 위해서라도 젊었을 때의 경험의 소중함은 몇 번이고 강조해도 지나침이 없을 것 같다.

'너는 늙어 봤냐. 나는 젊어 봤단다.'[138]

---

138 70년대 통기타 가수 서유석씨가 2015년 2월 25년 만에 내놓은 신곡의 제목으로 중장년층의 고된 현실을 노래하고 있음.

38. 개미와 베짱이

이솝우화『개미와 베짱이』는 여러 가지 버전이 있다.

'무더운 여름 동안에 개미는 땀을 뻘뻘 흘리며 일을 하고,
베짱이는 나무 그늘에서 노래만 부르고 놀기만 하며 하루를
보내고 있었다. 그러다가 여름·가을이 끝나고 추운 겨울에
굶어 죽게 된 베짱이가 양식을 얻기 위해 개미에게 도움을
청했다.'

이러한 베짱이에게 보이는 개미의 반응은 문화권에 따라 차이가
크다.

위에 소개한 것처럼 우리가 아는 우화는 개미들이 베짱이를 불
쌍히 여겨 집안으로 들여 도와주고 베짱이는 그런 개미들의 따뜻한
배려에 눈물을 흘리고 반성과 후회를 하는 내용이다. 그리고 베짱
이들의 행동 양식까지 달라진 것으로 암시하여 권선징악적인 결말
을 내리고 있다. 그런데 이는 20세기에 들어서 아동용으로 내용이
순화되어 바뀐 것이다. 본래의 오리지날은 "여름에는 노래를 했으

니 겨울에는 춤이나 추렴." 하면서 개미들은 베짱이들의 애원을 차갑게 거절했다는 내용이다.

세계적으로도 우리나라처럼 먹이를 나누어 주는 버전은 드물고 심지어는 죽은 베짱이를 개미가 먹었다는 버전도 있다. 아마도 우리나라 고유의 '홍익인간'의 사상이 이 우화를 변형시켰으리라 짐작해 본다.

기원전 그리스에서의 원형은 개미와 매미였다. 여름에 노래만 부르는 매미와 겨울을 대비해서 일하는 개미의 이야기였던 것이다.

김경일 교수는 개미와 베짱이 우리나라 버전을 외국 대학생들에게 소개하면 모두 의아해한다고 한다. 즉 개미는 도대체 인생의 목적이 무엇인지 모르겠다거나, 베짱이가 재능이 있는데 왜 불행해졌는지 이해가 가지 않는다는 반응이 대부분이었다는 것이다.

잃어버린 10년으로 불황을 겪었던 일본에서 유행하는 개미와 베짱이의 일본어판 버전이 있다.

'베짱이가 구걸하기 위해 개미집 문을 두드리는데 아무런 응답이 없어서 안으로 들어가 보니 개미들이 너무 일만 한 탓에 먹이들은 곳간에 쌓아 둔 채 모두 다 쓰러져 과로사로 숨을 거두었다. 베짱이는 신이 나서 배부르게 먹고 노래하고 춤추면서 편안한 겨울을 났다고 한다.' [139]

현대판 미국 버전은 이렇다. 문을 두드린 베짱이는 개미에게 욕

139   이어령,『젊음의 탄생』마로니에 북스, 2013.

만 먹고 쫓거나 죽기 전에 즐거웠던 여름날을 추억하며 사력을 다해 바이올린을 연주했다. 그의 마지막 연주는 유난히 슬프고 감동적이었다. 여름내 일만 하느라 음악이 무언지 모르고 살던 개미는 비로소 베짱이의 음악에 매료되어 모여들자 베짱이는 그 기회를 놓치지 않고 개미들을 향해 "입장권을 내라."고 소리쳤다. 결국 베짱이는 겨울마다 리사이틀을 열어 마이클 잭슨 같은 부호가 되었다는 것이다.

우화 속에서 근면 성실, 부지런함의 상징인 개미의 실제 모습은 우리의 기대와는 다르다. 아리조나 대학의 연구소의 보고서에 의하면 실제로 일만 하는 부지런한 개미는 3%에 불과하고 절반은 일하고 절반은 휴식하는 개미가 72%, 빈둥거리는 개미가 25%라고 한다. 빈둥거리는 25%의 개미는 어린 개미나 노쇠한 개미, 앞으로 일할 예비 일개미, 그리고 전투에 나갈 개미들이었다. 이렇듯 개미들은 기능별로 잘 분화되어 있어서인지 개미 사회는 자자손손 수천 년 생존의 역사를 이어 오고 있다.

먼 미래 인간이 사라진 지구의 주인은 개미가 될지도 모르겠다.

필자의 생각으로는 열심히 일하면서 놀고 쉴 줄도 아는 개미와 재능 있는 베짱이가 화합을 이루는 사회, 즉 개짱이 사회는 지상낙원일 듯하다.

> 기는 놈 위에 뛰는 놈이 있고, 뛰는 놈 위에 나는 놈이 있으며, 그 위에 노는 놈이 있다. 노는 놈이 성공한다.[140]

....

140   김명곤, 노는 사람이 성공한다, 이유미 기자 정리, 이데일리, 2014. 9. 2.

39. 은퇴자여! 출세(出世)를 하라

"우리 회사에서는 이 연수를 삼도천(三途川)[141]연수라고 합니다."

일본의 어느 대기업 교육 담당이 강사에게 자신들의 은퇴준비교육을 소개하는 자리에서 한 이야기이다. 강사는 이 말을 듣는 순간회사의 세계가 인생의 전부라고 여기는 교육 담당의 블랙 유머에"직장인의 생애는 과연 무엇인가?" 하는 의문에 휩싸였다고 한다.

직장인들은 세상 물정을 모르는 시절, 대략 20대에 회사에 입사하여, 그 안의 조직문화와 인간관계 속에서 묻혀 30~40년을 보내는동안 가정을 이루고 자녀가 성장하면서 당연히 회사는 일상생활을영위하는 데 핵심적인 역할을 하여 회사를 나가는 순간 바깥은 저승세계라는 말이 결코 과장이 아니다. 우연히 접한 에피소드이지만필자의 경험으로도 우리나라는 일본과 크게 다르지 않다.

....

141   三途川: 불교에서 사람이 죽어서 저승으로 가는 도중에 있다는 개울로 죽은 지
7일째 되는 날에 이곳을 건너게 되는데, 이 개울에는 물살이 빠르고 느린 여울이 있
어, 생전의 업(業)에 따라 죄가 가벼운 사람은 잔잔한 물이 흐르는 산수뢰(山水瀨)·죄
가 무거운 사람은 급류가 흐르는 강심연(江沈淵)·선인은 금은 칠보로 뒤덮인 유교도
(有橋渡) 등 건너는 곳이 세 가지 길이 있다는 데서 붙여진 이름이다.

한창 시절 조사나 연수 등 잡다한 이유로 동경을 옆집처럼 드나들었는데 그때 주로 머물던 호텔이 필자가 주재시 근무했던 霞が関 빌딩(카스미카세키: 일본 관청가) 근처 소재 愛宕山(아타고 야마) 東急IN 호텔이다. 호텔 바로 옆에는 유명한 愛宕山(아타고 야마) 신사가 있는데 특히 신사 앞 연못의 비단잉어가 그렇게 예쁠 수가 없다. 그래서 늘 아침 식사 전에 꼭 신사에 들러 맑은 공기도 마시고 잉어도 보면서 그날 하루를 시작하는 습관을 가지게 되었다.

호텔에서 신사에 가려면 입구에 있는 86개 돌계단을 올라가야 하는데 이 돌계단이 바로 유명한 '출세의 계단'이다. 40도 경사라 아주 가팔라서 한번에 올라가기에 만만치 않다. 이 돌계단이 '출세의 계단'으로 불리게 된 것은 다음과 같은 고사에서 유래한다.

에도시대의 3대 장군인 家光(이에야스)가 자신의 부친인 德川秀忠의 묘지를 참배하고 오다가 愛宕山 신사 앞을 지나게 되었는데 마침 산정에 있는 아름다운 매화꽃을 보고는 누군가 말을 타고 계단을 올라가 꺾어 오라고 했다. 그렇지만 돌계단의 경사가 너무 급해 말을 타고 올라가다가는 잘해야 중상이거나 목숨을 잃을 입장이라 아무도 나서지 못하고 있었다. 그런데 누군가가 용감하게 계단을 하나둘 올라가 결국 매화꽃을 따다가 갖다 드렸는데 그가 바로 曲垣平九郎(마가키 헤이쿠로)라는 인물이었다. 그 일로 인해 그는 일본 최고의 마술(馬術)의 명인으로 칭송되어 전국에 알려지게 되었다. 이러한 고사로 인해 이 계단을 '출세의 계단'이라고 불리게 된 것이다.

그 이후로 실제로 고사에서처럼 말을 타고 계단을 성공적으로 올라간 사람이 3명이나 있다고 한다. 1925년도에는 아예 라디오 중계까지 하면서 많은 인파가 몰려 45분간에 걸친 아슬아슬한 광경을 지켜봤다고도 한다.

이 출세 계단의 고사처럼 출세란 우리는 '세상에 알려지는 신분이 되거나 높은 지위에 오르는 것'으로 알고 있다. 그것도 주로 회사 내에서 높은 지위에 오르는 것을 의미하는 경우가 일반적이다. 그러나 출세를 사전에서 찾아보면 출세는 출세간(出世間)에서 유래하였다고 한다. 세간(世間)을 초월하는 것이 출세간, 즉 출세라는 의미다. 세간(世間)은 번뇌하는 더러움에 오염된 세계(우리는 흔히 사바세계라고 한다.)를 뜻하는데 원래의 어원은 로카(loka)라 하여 산스크리트어로 '파괴해야 하는 것'에서 유래한다고 한다. 즉 세간(世間)이란 원래 평등해야 할 것에 대해 구별을 지어 거기에 매달려 생활함으로써 진실이 왜곡되어 무상하므로 파멸되어야 할 것이라는 의미가 있다. 이처럼 출세는 우리가 알고 있는 의미와는 달리 **「출세」란 진실이 왜곡되고 무상하여 파괴해야 하는 세계에서 벗어나 진정한 자신의 인생을 찾아 세상을 구제하러 나서는 것**이라는 의미다.

그러므로 나이 든 사람은 출세할 수 없다는 인식은 본래의 어원과는 거리가 멀다. 임금 피크제로 회사를 나온 사람은 출세에서 이탈한 것이 아니라 오히려 이제부터 인간적인 깊은 반성을 통해 진실이 왜곡되고 무상하여 파괴해야 하는 세계에서 벗어나 진정한 자신의 인생을 찾아 세상을 구제하러 나서는 '출세의 길'(출세간의 길)로 들어서는 것이라 하겠다. 같은 낱말도 어원을 잘 이해하면 전혀 다른 각도에서 바라볼 수 있다.

그렇게 본다면 앞에서 언급한 교육 담당이 자조적인 말로 표현한

삼도천(三途川)연수는 저승으로 가는 연수가 아니라 제2 인생을 위한 출세간 연수, 진정한 자신의 인생을 찾아 세상을 구제하러 나서는 연수이다. '억울하면 출세를 해라.'는 가요 제목은 이제부터 '은퇴자여. 출세간(出世間)을 해라.'로 바꿔 부르는 것이 정확하다는 생각이 머릿속을 스쳐 갔다.

40. 브리콜라주

프랑스 인류학자 클로드 레비-스트로스(C. Levi-Strauss)[142]는 무엇보다 '문명'과 '야만', '서구'와 '비서구'의 경계를 허물었다. 우수한 서구 문명이 미개한 원시 문화를 지배한다는 서구 사회의 편견을 비판하며, 인류의 다양한 문화를 꿰뚫는 인간 정신의 동일성이 존재한다고 주장하였다.

소위 '야만적 문명'에서도 인류 보편적인 문화적 구조를 발견할 수 있다는 것이다. 그는 남미 아마존의 마토 그로소州 원주민들을 연구하던 중 흥미로운 것을 발견했다. 그들은 정글에서 뭔가를 발견하면 언젠가 무언가에 도움이 될지 모른다고 생각해 습관적으로 자루에 담아 보관하는 관습이 있었다. 그리고 실제로 이 '뭔지 잘 모르는 물건'이 나중에 부족을 위기에서 구하는 일이 있었다. 이렇게 주변에서 발견되는 '뭔지 잘 모르는 물건'을 非 예정 조화 차원에서 수집해 두었다가 여차할 때 요긴하게 써먹는 능력(감각)을 레비-스

....

142 클로드 레비-스트로스(C. Levi-Strauss): 프랑스의 인류학자이다. 레비스트로스는 인간의 사회·문화를 이해하는 방법으로서 구조주의를 개척하고 문화상대주의를 발전시켰다. (https://ko. wikipedia. org)

트로스는 '브리콜라주'라 명명했다. 『슬픈 열대』[143]에 소개된 것이다. '브리콜라주'는 실제로 부족의 존속에 지대한 영향을 끼쳤다고 한다. 그는 이러한 신기한 능력인 '브리콜라주'가 근대적인 예정 조화적 도구와 지식의 조성과 대비된다고 생각했다.

브리콜라주(Bricolage)의 원래 사전적 의미는 '만지작거리다.' 또는 '손에 닿는 어떠한 재료들이라도 창조적이고 재치 있게 활용한다.'는 뜻이다. 브리콜라주(Bricolage)는 프랑스어 브리콜레(Bricoler)에서 유래됐고, 영어의 DIY(Do It Yourself)와 같은 뜻의 동의어로 이해될 수 있다. 현대에 와서는 예술, 문학, 철학, 경영 등의 영역에서 그 의미가 확장되어 **'손에 닿는 어떠한 재료들이라도 가장 값지게 창조적이고 재치 있게 활용하는 기술'**이라는 뜻으로 사용되고 있다.

『독학의 기법』[144]의 저자 야마구치 슈는 그의 저서에서 브리콜라주를 독학 시스템에 대비하였다. 즉 '이 책은 지금 바로 도움이 될까 모르겠지만 이 책에는 뭔가 있어. 뭔지는 잘 모르겠지만 굉장해.'와 같은 감각이 중요하다고 하였다. '오늘 내일 당장 도움이 될 건가?'라고 물으면 그건 잘 모르겠지만, 자신의 내부에서 무언가 반응하고 있고 어떻게 설명할 수는 없어도 이 책을 읽지 않으면 안 될 것 같은 감각이다. 이런 감각은 사냥꾼이 숲속 어딘가에 노획물이 있을 것이라는 감각에 비유할 수 있다. 그는 지적인 독서에도 이런 야성적인 감각이 필요하다고 강조한다. 뭔지는 잘 모르겠지만 언젠가는 도움이 될 거라고 모은 책이 나중에 크게 도움이 된다는 것이다.

....

143 클로드 레비-스트로스, 박옥줄 번역, 『슬픈 열대』, 한길사, 1998.

144 山口 周, 『独学の技法』, ダイヤモンド社, 2017(국내 번역서 , 야마구치 슈, 김지영 역, 『독학은 어떻게 삶의 무기가 되는가』, 메디치 미디어, 2019).

한편 브리콜라주 활동을 통하여 한정된 자원과 도구를 가지고 창의성을 발휘해 새로운 것을 창조해 내는 사람을 브리콜뢰르(Bricoleur)라고 한다.

계명구도(鷄鳴狗盜)란 말이 있다. 닭 울음소리나 흉내 내고 개구멍으로 물건을 훔치는 것과 같은 하찮은 재주를 가진 사람을 비유하여 이르는 말이다. 사기(史記), 맹상군 열전(孟嘗君列傳)에 다음과 같은 이야기가 있다. 중국 제(齊)나라의 맹상군(孟嘗君)은 인재 모으기를 즐겨 식객이 3,000여 명이나 되었다. 그는 다른 사람들 눈에는 필요 없고 쓸모없어 보이는 재주를 가진 사람들이라도 식객으로 거두어 들였다. 심지어 동물 목소리 흉내 잘 내는 사람, 작은 구멍을 빠져 다니며 도둑질 잘하는 사람, 문서 위조 잘하는 사람 등등을 식객으로 받아들였다. 참모들의 반대에도 언젠가는 쓸모가 있을 것이라며…. 그런데 맹상군 일행이 진(秦)나라에서 모함에 빠져 죽음의 위기에 처했을 때 이들을 무사히 제나라로 탈출시킨 사람들은 다름 아닌 닭 울음 흉내 낸 사람, 개구멍 잘 빠져나가 훔치는 사람, 신분증 위조 잘하는 사람 등이었다.

맹상군은 현대판 브리콜뢰르(Bricoleur)라고 할 수 있다. 스마트폰을 창조한 스티브 잡스도 대표적인 브리콜뢰르이다. 우리가 잘 아는 우유에 빠진 개구리 일화도 지금 보면 결국 개구리판 브리콜뢰르(Bricoleur) 이야기다.

개구리 두 마리가 길을 걷다가 우유통에 빠져 버렸다. 그런데 통이 너무 깊고 넓어서 살아 나오기가 불가능한 상황이다. 두 마리의 개구리 중 한 마리는 필사적으로 헤엄을 쳤고, 다른 한 마리는 절망한 나머지 처음부터 살아나갈 것을 포기했다. 자포자기한 개구리는 오래 지나지 않아 결국 우유통에 빠져 죽고 말았다. 그렇지만 남은 한 마리는 끝까지 포기하지 않고 우유통에 매달려서 있는 힘을 다해 발차기를 하며 빠져나가려 노력했다. 놀라운 일이 일어났다. 개구리의 움직임에 의해 통 속의 우유가 굳어지면서 서서히 치즈 덩어리 발판이 되었고 개구리는 무사히 빠져나올 수 있게 된 것이다.

'회복탄력성'으로 우리에게 잘 알려진 다이앤 쿠투(Diane L. Coutu. 「하버드비즈니스리뷰」 전 수석 편집자)는 그의 저서에서 '역경에 부딪혀도 극복하고 일어나는 힘'을 회복탄력성(레질리언스)으로 정의하고 있다.

> "교육보다, 경험보다, 훈련보다, 개인의 회복력 수준이 누가
> 성공하고 누가 실패하는지를 결정합니다. 암 병동에서도 그
> 렇고, 올림픽에서도 그렇고, 회의실에서도 그렇고요."[145]

그녀는 회복탄력성의 비밀을 다음의 세 가지에서 찾았다.

첫째, 냉정한 현실 직시.

둘째, 의미 창출.

셋째, 브리콜라주(Bricolage).

그녀는 하버드 비즈니스 리뷰에 기고한 글에서 브리콜라주에 대해 다음과 같이 설명했다.

....

145 다이앤 쿠투, 하버드 비지니스 리뷰, How Resilience Works, 2002.

"그들은 가지고 있는 것을 최대한 활용하여 물건을 익숙하지 않은 용도로 사용합니다. 예를 들어 강제 수용소에서 회복력이 있는 수감자들은 끈이나 철사 조각을 발견할 때마다 주머니에 넣을 줄 알았습니다. 끈이나 철사는 나중에 유용하게 될 것입니다. 아마도 신발 한 켤레를 고칠 때, 아마도 얼어붙은 조건에서 삶과 죽음을 가를 수 있는 신발을 고칠 때일 것입니다…. (중략) 요컨대 브리콜라주란 없으면 없는 대로, 우리 속담처럼 이가 없으면 잇몸으로, 무언가를 만들어 내는 능력입니다."[146]

'없으면 없는 대로' 대단하지 않아도 좋으니 무언가를 해내는 것, 완성되지 못해도 괜찮으니 한 걸음이라도 내딛는 것, 어차피 한번에 해결이 불가능하기에 역경이라 부르는 것이 아니겠는가. 없으면 없는 대로 브리콜라주로 시작하는 거다. 필자의 일상에서도 브리콜라주는 어김없이 작동한다. 글을 쓰고자 자리에 앉았지만 막혀서 잘 나오지 않을 때가 많다. 그럴 때는 일단 주변에 있는 자료에서 언젠가는 필요할지 모르겠다는 글들을 옮겨 본다. 그리고는 일단 블로그에 저장한다. 후에 그렇게 저장된 글들을 꺼내 완성해 나가기도 하고 글들을 모아 재편집하기도 한다. 중요한 것은 어떤 방식으로든 일단 행동하기 시작하면 우리의 에너지가 바뀐다. 일이 성사될 수도 있겠다는 느낌. 그때야말로 운명의 바퀴가 방향을 바꾸는 지점이다.

....
146   전게서.

41. 인샬라! 보크라! 마알리쉬!

은퇴 후 새로운 인생은 누구나 처음 경험하게 된다. 따라서 초기에는 초심자로서 모색할 수밖에 없으며 그런 사람들에게 완벽한 인생 계획을 그리라고 하는 것은 무리일 것이다. 또 완벽한 인생 계획을 세울 때까지 아무런 시작도 하지 않는다면 점점 귀중한 제2 인생의 시간만을 빼앗을 뿐이다. 그러므로 걸어가면서 생각하는 것이 중요하다고 하겠다.

우리가 자주 접하는 인샬라(inshallah)는 "(알라)신의 뜻대로."라는 뜻의 무슬림들의 관용어구로 이 표현은 쿠란의 제18 장인 알-카흐프 장에서 비롯되었다. '아직 나타나지 않은 미래의 일이 신의 뜻에 따라(긍정적으로) 잘되기를 기원하는' 의미가 들어 있는 종교적인 관용어로 쓰인다.

이집트를 여행하는 사람들이 반드시 겪게 되는 이집트의 3대 철학이 있는데. IBM이 그것이다. I는 인샬라(inshallah), B는 보크라(boqra), M은 마알리쉬(ma'alish) 가 바로 그것이다. 워낙 이집트인들이 무지막지하게 자주 써먹고, 또 그 때문에 이집트 풍습에 익숙하지 않은 외국인들이 곤욕을 겪기 때문에 아랍의 IBM이라며 놀림거리가 되기도 한다. 보크라(boqra)는 '내일은 내일의 바람이 분다.', M은 마알리쉬(ma'alish) '어떻게든 되겠지.'의 의미로 쓰인다.

인샬라는 가끔은 '어려운 일을 신의 뜻으로 헤쳐 나갈 수 있기를(=나중에 해도 신이 해결해 주겠지).'이라는 의미로 쓰여 만만디처럼 농땡이를 피우는 데도 악용되는 말이라 외국인들이 학을 떼기도 한다. 그들은 태연하게 약속을 어겨 외국인들을 놀라게 한다. 그래서 그에 대해 항의하면 그들은 정색을 하고 이렇게 대답한다.

"자, 당신은 내일을 확실하게 예언할 수 있는가. 내일의 일은 누구도 모르는 것 아닌가 모두 알라신의 뜻에 달려있다. 인샬라, 인샬라."

이러한 사고는 외국인들에게는 상상할 수 없는 사고이다. 그야말로 자기들 제멋대로다. 그런 의사를 그들에게 전하면 이번에는 아래와 같이 대답한다.

"내일은 내일의 바람이 분다오, 보크라, 보크라."

"어떻게든 되겠지, 마알리쉬, 마알리쉬."

나무위키에 이들의 3대 철학의 용례가 있어 소개한다.

외국인: (정거장에서 버스를 1시간째 기다리는 중) 이 버스 언제쯤 오나요?

이집트인: 인샬라~ (신의 뜻대로, 곧 오겠죠….)

외국인: (한 시간 후에) 정말 오래 기다렸는데, 도대체 언제쯤 버스가 오는 걸까요?

이집트인: 보크라, 보크라! (뭐 내일엔 올 겁니다. 내일에는.)

외국인: (다음날 아침 일찍) 오늘은 버스가 있겠죠?

이집트인: 마알리쉬…. (애석하게도, 방금 떠났네요.)

그들은 3대 철학을 기초로 하여 오랜 역사를 살아왔기 때문에 그들의 생각을 이상하게 바라보는 외국인들을 오히려 이상하게 여기는 것 같다. 세상에는 이런 철학들도 있으니 제2 인생을 생각하는 데 있어서 너무 세밀하게 계획을 세운 다음 실행하려 하지 말고 어슬렁거리며 걸어가도 되니 일단 걷기 시작하는 것이 중요하다. 너무 세부적인 계획을 세워놓으면 오히려 계획에 맞춰 살아가려고 하다가 옹색한 인생이 되어버리는 것을 경계해야 한다.

나이 든 중고령자들 중에는 앞날에 대한 지나친 불안으로 어떤 인생을 살아야 하는지 몰라 헤매는 사람들이 많다. 그렇지만 헤매면서도 한 발 앞으로 내어 가다 보면 예기치 않은 즐거운 인생을 붙잡을 수 있다. 그야말로 '인샬라! 보크라! 마알리쉬!'가 아닌가

그러니 의욕과 행동만 있으면 어떤 계기로 즐거운 인생을 구가할 수 있다고 생각해도 틀림없을 것이다. 우선 한 발자국 내딛어 봅시다.

42. 생각을 바꾸면 인생이 바뀐다

　자신의 인생은 자신만의 것임에도 불구하고 우리는 과거의 탓, 남의 탓을 하기 쉽다. 무언가 일이 잘 안 풀리거나 불행하다고 느낄 때　흔히 '과거가 ○○○였기 때문에…'라고 하거나 '그 사람이 그때 그렇게 했기 때문에(어쩔 수 없이)'라고 하면서 부정적인 감정에 사로잡히곤 한다.

　이처럼 자신의 인생임에도 우리가 과거의 탓, 남의 탓을 하면서 책임을 전가하는 이유는 우선 자신은 상처입지 않으니 마음이 편하고, 또 내 탓이 아니니 내가 할 수 있는 것이 아무 것도 없다고 생각하기 때문이라 한다.

　그러나 그렇게 해서는 인생은 나아지지 않는다. 과거에 대해 한탄하고 남을 증오한다고 한들 오히려 자신만이 괴롭고 힘들 뿐이다.

　지나간 과거를 바꿀 수도 없고
　남을 바꿀 수도 없고
　바꿀 수 있는 것은 오로지 자신뿐인데
　자신이 바뀌지 않으니 나아질 가능성도 없이 반복될 뿐이다.

이런 사고가 위험한 것은 이러한 부정적인 생각은 점점 파괴적인 사고로 이어져 경우에 따라서는 인간관계를 망치기도 하고 원하지 않는 방향으로 미래를 이끌기도 한다.

우리가 '과거 탓, 남의 탓으로 돌리는 것'은 다음의 두 가지 문제가 있다고 웨인다이어[147]는 강조한다.

첫 번째, 과거의 탓이나 남의 탓으로 치부하는 불편한 감정은 어디까지나 자신이 선택했다는 것이다. 웨인 다이어는 사람들은 자신의 감정은 외부의 원인으로 인해 생기는 것이므로 자신은 선택할 수 없다고 생각하기 쉽지만 그렇지 않다고 강조하면서 삼단논법으로 설명한다.[148]

대전제: 나는 내 생각을 컨트롤할 수 있다.

소전제: 내 감정은 내 생각에서 나온다.

결론: 나는 내 감정을 컨트롤할 수 있다.

....

147   웨인 다이어(Wayne Walter Dyer): 미국의 자기 계발 작가이자 동기 부여 연설가. 다이어는 1970년 Wayne State University에서 지도 및 상담 박사 학위를 취득했다. 그는 세인트존스 대학교의 인기 있는 상담 교육 교수가 되었는데, 그의 첫 번째 책인 『Your Erroneous Zones』(1976)(우리나라 번역: 행복한 이기주의자)는 역사상 가장 많이 팔린 책 중 하나이며 약 1억 백만 부가 판매된 것으로 추정된다. 이를 계기로 Dyer는 동기 부여 연설가이자 자기계발서로서의 경력을 쌓았다.
https://en.wikipedia.org/w/index.php?title=Wayne_Dyer&action=history
148   웨인 다이어, 번역 와타나베 쇼이치, 『어떻게 살 것인가 자신의 인생』, 미카사쇼보, 1999(일서).

과거나 남에 대한 부정적인 생각이 생겼더라도 그것을 머릿속에서 컨트롤 하는 것은 자기 자신이다. 과거 탓이나 남의 탓으로 돌리는 것은 바로 자기 자신의 선택의 결과이니 다른 선택을 하는 것도 자기 자신의 선택에 달려 있다는 것이다.

두 번째는, 과거의 탓이나 남의 탓을 하느라 '현재'를 낭비한다는 것이다.

과거를 생각한들 소용이 없고, 남에 대해 섭섭해한들 본인이 할 수 있는 것은 하나도 없는데 결국 귀중한 '현재'라는 시간을 자신이 아무것도 하지 않으면서 낭비하는 결과만 초래할 뿐이라는 것이다.

변명은 자신의 잘못이 아니라는 핑계를 댈 수 있는 편리한 도구임에는 분명하지만 이처럼 현재를 낭비하는 것이며 또 자신이 할 수 있는 것은 아무 것도 없다는 스스로의 한계를 긋는 최악의 적이라 하겠다.

웨인다이어가 주장하는 대로 과거의 탓, 남의 탓이라고 자신을 옭아매고 있는 생각으로부터 자신을 해방시키고 지금 현재의 상황을 모두 자신의 생각이나 행동, 의사결정에서 생긴 것이라고 쿨하게 받아들여야 비로소 인생은 바람직한 방향으로 호전한다.

> "인간은 본래 신으로부터 훌륭한 능력을 물려받았지만 변명을 늘어놓는 습관으로 인해 그 힘을 제대로 발휘하지 못하고 있다. 그러나 설령 그것이 오랫동안 뿌리박혀 있는 생각에서 한다고 하더라도 얼마든지 습관을 바꿀 수 있기 때문

에 극적으로 인생을 바꿀 수 있는 것이다."[149]

과거의 잘못이나 불행에서 무언가를 배우고 그것이 자신의 성장에 도움이 되면 되는 것이라고 생각하고 설사 도움이 되는 것이 없더라도 다음번에는 같은 잘못은 범하지 않는 것만 해도 도움이 되는 것이라고 긍정적으로 생각하는 거다

'과거 탓'이 아니라 '과거 덕'으로 즉 가난해서가 아니라 가난한 덕분으로 '남의 탓'이 아니라 남의 덕'으로 즉 '도와주지 않아서'가 아니라 '도와주지 않은 덕분에로'라는 식으로 **네거티브 싱킹'에서 '포지티브 싱킹'으로 발상을 전환**하는 것이다

즉 부정적인 감정에 함몰되느니 긍정적인 요소를 끄집어내면 앞으로 전진하고자 하는 전향적인 마음이 생기게 되어 내가 어떻게 하면 잘할 수 있을까 하고 자신이 주체적인 의식을 하게 되면 잘될 수밖에 없는 재료들이 눈앞에 여기저기 널리게 되고, 실패를 두려워하지 않고 한번 도전해 보겠다는 동기가 저절로 넘치게 된다.

인생을 개선하고 싶다면 자신의 지금의 현실을 만든 것은 바로 자신이라는 것, 그리고 자신에게는 새로운 사고로 행동하는 능력이 있다는 자각을 하는 것 이외에는 없다.

어떤 걱정이 많은 사람이 있었다. 근처에 있는 사람이 '오늘은 날이 화창하군요.' 하고 인사를 하자 그 걱정이 많은 사람은 '이렇게 날씨가 좋은 날이 계속되면 우산을 파는 아들

....
149 전게서.

204

이 어렵겠군.'하고 대답했다.

그 다음날에 비가 오자 '오늘은 비가 와서 우산을 파는 자녀
가 매상을 올리겠군요.'하고 인사를 하자 이번에는 '무슨 말
씀. 딸이 시집간 데에서 비어 가든을 하니까 어렵겠군.' 하고
답하더란다. 똑같은 인간인데도 '비가 오면 우산을 파는 아
들에게 좋겠군.'하고 생각하고 '날이 좋으면 비어 가든 하는
집에 시집간 딸이 좋아하겠군.' 하고 생각하는 사람도 있는
법이다

극단적인 예이긴 하지만 모든 것은 생각하기 나름이라는 것
이다. 좋은 날씨는 산에 오르는 경우나 운동회를 할 때 그렇
고 비가 오는 날씨는 농가에게 도움이 되는 날씨이며 독서
를 하는 사람은 오히려 차분하게 책을 읽기 좋은 날씨이기
도 하다

비가 오거나, 날이 화창하거나 하는 날이 있을 뿐, 〈좋은 날
씨〉〈나쁜 날씨〉는 그 본질에서 생각한다면 참으로 무의미
한 것이다.[150]

웨인 다이어는 변명하는 습관을 멈추어 극적인 인생의 전환을 위
해서는 인생에 브레이크를 거는 **'18가지의 마음속의 속삭임'을 제거
시켜 부정적 사고와 행동패턴을 근원적으로 바꿀 필요가 있다**고 강
조한다. 18가지 테마는 영원한 과제처럼 보이기는 하나 지금이라는

....
150   웨인 다이어, 『자신을 위한 인생』 번역자 서문(와타나베 쇼이치), 미카사쇼보,
1984(일서).

시간에 집중하여 행동을 일으키는 것으로도 얼마든지 해결할 수 있으니 용기를 내어 한걸음을 내딛는 용기를 내기 바란다. 그러면 악습관은 어느덧 좋은 습관으로 바뀐다는 것이 웨인 다이어의 가르침이다 [151]

① 그건 어렵다.

② 위험하다.

③ 그럴 시간이 없다.

④ 반드시 가족이 반대할 거다.

⑤ 나는 그만한 가치가 없다.

⑥ 내게는 안 맞는다.

⑦ 돈에 여유가 없다.

⑧ 아무도 도와주지 않는다.

⑨ 지금까지 해 본 적이 없다.

⑩ 그렇게 강한 사람이 못 된다.

⑪ 그 정도로 머리가 좋은 것은 아니다.

⑫ 이미 나이가 들어서.

⑬ 정해진 규칙이 있어 무리다.

⑭ 이 계획은 너무 방대해서 감당할 수 없다.

⑮ 피곤해서 힘이 없다.

....

151 Wayne W. Dyer, 『Excuses Begone: How to Change Lifelong, Self-Defeating Thinking Habits』, 2009(번역서: 『오래된 나를 떠나라』, 박상은 역, 21세기 북스, 2009).

⑯ 이런 가정에서 자라나서.

⑰ 바쁘다.

⑱ 실패하는 것이 두렵다.

VI

행복의
조건

43. 기대하는 삶을 살아라

핀란드 노동위생연구소(Finnish Institute of Occupational Health)에서 심혈관 질환의 위험인자를 가진 40~45세의 상급관리자 약 1,200명을 대상 '식사의 지도 및 건강관리 효과' 조사를 하였다.

조사 대상 인원의 반수인 600명에 대해서는 운동을 권장하고 담배나 술을 억제하도록 했으며 당분이나 염분의 섭취가 지나치지 않도록 했다. 즉 건강을 신경 쓰는 생활을 하도록 지도한 것이다. 거기다 4개월마다 건강진단을 받도록 해서 수치가 안 좋은 경우에는 처방했다. 한편 남은 600명에 대해서는 특별한 지시도 없이 자기 마음 내키는 대로 생활하도록 하고 조사표에 기록만 했을 뿐이다. 일반적으로 보면 당연히 전자의 그룹이 건강한 생활을 보내고 있다고 생각하게 된다. 그러나 15년이 지나 결과를 조사하여 보니 마음대로 생활하도록 했던 사람들이 중요한 수치에서 더 좋은 결과가 나왔다. 유일하게 심질환 관련 수치만 건강한 생활을 보낸 사람들이 좋았는데 그것마저도 심질환으로 사망한 사람은 건강한 생활을 보낸 그룹이 더 많았다.

결국 타인의 개입으로 인해 심질환 인자가 줄어들었지만 실제로 사망자 수는 늘었던 것이다. 그리고 전체 총 사망자 숫자를 비교해 보면 놀랍게도 자기 마음대로 생활한 사람들의 그룹이 사망이 적었다. 그리하여 '건강을 신경 쓰는 사람들일수록 더 빨리 죽는다.'는 믿기 어려운 결과(일반화하기는 어렵다는 의견이 있지만)가 도출됐고, 이를 **핀란드증후군**(Finland Syndrome)이라고 부르고 있다.

스트레스는 면역력이나 저항력을 약화시키기 때문에 병의 원인이 되기도 한다. 적어도 신경질적인 사람에게는 그 위험이 더욱 크다. 의사에게 진료를 받지 않았다면, 모르는 게 약이라고 조금 아프다면 각자가 지닌 자연치유력으로 나을 수도 있는 것이다. 전문가에게 케어받는 것은 좋은 방법이지만 그것이 스트레스가 될 때는 외려 마이너스 작용을 하여 건강에 신경을 쓰면 쓸수록 빨리 죽는다는 옛말이 있는 것 같다.

예전 농촌에서는 평생 한 번도 병원 문턱을 넘지 못한 사람이 많았다. 그래서 생명보험에 가입하고 태어나서 처음 건강진단을 받는 사람이 적지 않았다. 그리고는 생각지도 않은 병이 발견되어 보험에 가입하지 못한 사례가 종종 나타났다. 건강체로만 알고 살았는데 보험도 들지 못할 병이 발견됐다면 누구라도 충격을 받을 것이다. 그렇게 병만 발견하고 불평만 하다가 진짜 시름시름 앓는 병자가 되면서 보험은 좋지 않다는 편견이 널리 퍼지는 웃지 못할 실제 이야기들이 이제는 옛이야기가 되어 버렸다.

유럽에서의 이야기이다. 사회학자들이 노인은 언제 죽는가를 조사했다고 한다. 죽은 사람의 생년월일을 조사해서 죽은 날이 그 전인가 후인가를 조사한 것이다. 이에 의하면 사망률은 탄생일 50여

일 전부터 급히 저하된다. 즉 죽지 않는다. 그러다가 탄생일에 최저로 된다. 당일에 죽는 예는 거의 없었다.

그러나 탄생일이 지나가면 또 사망률은 올라가기 시작한다. 물론 생일 전보다 훨씬 높다. 생일 이전에 죽는 사람이 적은 이유는 즐거운 생일을 기다리는 마음이 활력이 되었을 것이다. 그러다가 축제나 다름없는 생일이 지나가면 당분간은 황혼과 같은 날이 지속될 것이다. 어이쿠라고 생각하면서 급히 활력이 줄어드는 것이다. 인간은 지향하는 것이 없으면 약해지기 마련이다. 언제나 **앞길에 무언가 밝은 희망, 즐거움이 있는 것이 노년의 행복의 조건**이다.

44. 오유지족(吾唯知足)

　교토의 옛 사찰 龍安寺(료안지)에는 선심을 나타내는 石庭으로 유명한데 그곳에는 돌로 만든 엽전 모양의 수수발(手水鉢)[152]이 있다. 거기에는 오유지족(吾唯知足)이란 문자가 쓰여 있다. 오유지족(吾唯知足)은 네 글자에 모두 들어간 입 구(口) 자를 가운데 쓰고 나머지 네 글자를 상우 좌하(上右左下)에 써서 네 글자가 모여 한 글자를 이루고 있다. 일명 오유지족 전(錢)이라 칭하기도 한다. 글자를 이룬 형상이 네 글자에 옛날의 엽전 같이 꿸 수 있는 형태의 모습과 같아 부르는 것이기도 하다.

　글자를 풀이해 보면 **오유지족(吾唯知足)** 나오(吾), 오직 유(唯), 알지(知), 족할 족(足) '나 스스로 오직 만족함을 안다.'는 뜻이다. **쓸데없는 욕심을 버리고 현재 가진 것에 만족하라**는 뜻이다. 오유지족(吾唯知足)이란 말은 석가모니의 마지막 가르침을 담은 유교경에 나오는 구절(句節)에서 유래한다.

　'부지족자 수부이빈 지족지인 수빈이부(不知足者 雖富而貧 知

152　손을 씻을 물을 담아 두는 발(鉢).

足知人 雖貧而富)'

족(足)함을 모르는 사람은 부유(富裕)해도 가난하고 족함을
아는 사람은 가난해도 부유하다.

모자라는 것을 가열하게 추구하는 것이 아니라 이미 있는 것에
만족한다는 것이다. 욕망을 자제하고 분수를 아는 중요성에 대해
설파하고 있다.

"知足者는 貧賤亦樂(지족자 빈천역락)이요,

不知足者는 富貴亦憂(부지족자 부귀역우)니라

만족(滿足)할 줄 아는 사람은 가난하거나 천(賤)하더라도 또한 즐겁게
살고,

만족할 줄 모르는 사람은 부유(富裕)하거나 귀(貴)하더라도 역시(亦是)
근심스럽다."[153]

老子도 '욕망을 눌러 스스로 만족함을 알면 욕되지 않고, 분수를
지켜 자기 능력의 한계를 알고 그칠 줄 알면 위태롭지 않으니 오래
도록 누릴 수가 있다.'는 지혜를 가르치고 있다. 조선 시대 구봉 송
익필은 '족(足)하면서도 부족하다고 느끼면 부족한 것이요, 부족하
면서도 족(足)하다고 느끼면 족(足)한 것이다.'고 했다. 이것저것 다
좋다고 욕심부리지 않고 없는 것을 채근하지 않는다. 족함을 알고
인생의 모든 면에서 적당한 것이 좋다고 받아들이면 인생은 즐거워

---

153 『명심보감(明心寶鑑)』, 「안분」편(安分篇).

지기 마련이다. 원래 우리나라는 원래 선인들의 말과 같이 살아왔
음에도 우리나라가 중진국 선진국으로 성장하면서 개인의 욕망 또
한 비대화되어 이제는 작고 소소한 행복의 기준도 모호하다. 소소
한 것에서 사치를 누리는 것이 정말 소소한 행복이라고 할 수 있는
지 의심스럽다.

  어쩌면 물질적인 풍요를 즐기는 유포리아(Euphoria)적[154] 행복감
(근거 없는 과도한 행복감, 多幸症)은 기업의 끊임없는 마케팅 광고에 동
화된 결과일지도 모른다.

······································
154 euphoria. 극도의 행복감, 희열, 낙관론.

45. 감사 일기

지인에게서 들은 이야기다. 몇 년 전부터 감사 일기를 쓰기 시작했다고 한다. 그로 인해 자신의 삶이 완전히 바뀌었고 그래서 수강생들을 모아 감사 일기 쓰기를 전파하고 있다는 근황을 전해 왔다. 현재 1일 5 감사하기를 444일째 실천 중이라고 한다.

감사 일기를 생각하니 오프라 윈프리의 사례가 떠올랐다. 오프라 윈프리는 TV 프로그램 제작, 출판, 인터넷 사업을 총망라한 '하포 엔터테인먼트 그룹'의 대표로 10억 달러의 자산을 갖고 있고 25년간(1984~2011) 자신의 이름을 딴 토크쇼를 진행하였다. 그녀가 진행하는 오프라 윈프리 쇼는 미국 내 시청자만 2,200만 명에 달하고 전 세계 140개국 시청자를 웃고 울렸으며, 에미상을 포함 TV 아카데미 명예의 전당에도 올랐다.

그녀는 언급하는 물건마다 방송 즉시 품절되고 특정 정치인을 지지한다고 말하는 순간 선거 판세가 달라지는 영향력이 있다.[155]

그녀는 아이들에게는 관심 없는 미혼모의 딸로 태어나 9살 때 성

---

[155] 전문가 추산에 따르면 그의 추천으로 오바마는 최종적으로 100만 표 이상 획득했다.

폭행을 당했고, 14살의 나이에 미혼모가 되었으며, 아기는 2주 만에 세상을 떠났다. 20대에는 마약을 해 감옥에 드나들었고 그러는 동안 100kg이 넘는 못난 모습으로 변한 그녀에게 늦게 만난 아버지가 "책을 읽어라. 그러면 너의 인생이 180도 달라질 것."이라고 말했다.

그녀는 이 조언을 마음에 새기고 2주에 한 권씩 책을 읽고 독후감을 쓰면서 독서 습관을 길러 어휘력과 글쓰기 실력이 늘었고 학업에서도 좋은 결과를 나타냈다. 그 시절 읽은 책 중에서 그녀에게 가장 큰 힘이 되어 준 것은 안젤루의『새장에 갇힌 새는 왜 노래하는지 아네』이다.

안젤루는 윈프리와 놀라울 정도로 비슷한 과거를 경험했지만, 상처를 극복하고 행복을 쟁취할 수 있다는 사실을 책을 통해 알려 주었고, 윈프리는 비로소 행복해질 수 있다는 희망을 갖게 되었다.

그래서 오프라 윈프리는 매일 감사 일기를 쓴다고 한다. 그녀의 일기 내용을 보면 "오늘도 거뜬하게 잠자리에서 일어날 수 있어 감사합니다. 유난히 눈부시고 파란 하늘을 보게 해 줘 감사합니다. 점심 때 맛있는 스파게티를 먹게 해 줘 감사합니다. 얄미운 짓을 한 동료에게 화내지 않은 저의 참을성에 감사합니다. 좋은 책을 읽었는데 그 책을 쓴 작가에게 감사합니다." 등등 내용을 보면 감사할 게 하나도 없다.

그러나 곰곰이 생각하면 감사할 일 천지다. 아침에 잠자리에서 일어나는 것은 너무도 당연하지만 얼마 전 잠자리에서 돌연사한 동료의 사례를 접한 필자로서는 처음으로 평범한 일상에서의 감사와 감동을 맛보게 되었다.

다음은 젊은 시절 고막을 다쳐 나이가 들면서 귀가 들리지 않게 된 에디슨의 감사 메모이다.

"나는 귀머거리가 된 것을 감사하게 생각합니다. 왜냐하면 귀가 들리지 않았기 때문에 다른 모든 소리가 차단되어 연구에 몰두할 수 있었습니다. 조용히 연구에만 집중할 수 있는 것에 대해 감사합니다."[156]

에디슨은 이처럼 불행을 전화위복으로 여기고 연구에 몰입하여 위대한 발명품을 1천 점 이상 세상에 내놓았다.

전광 목사는 저서 『평생 감사』[157]에서 감사에도 차원이 있다고 주장한다. **1차원적 감사는 '조건부(if) 감사'**다. 만약 내가 다른 사람보다 더 잘되거나 더 많이 갖게 되면 감사하겠다는 것이다. '우리 아이가 합격하면', '우리 남편이 승진하면' 감사하겠다는 식의 조건부 감사는 아주 낮은 단계다.

다음 **2차원적 감사는 '때문에(because) 감사'**다. 무엇을 받았기 때문에 즉 우리 아이가 합격하여 '우리 남편이 승진하여' 감사한다는 식으로 대부분의 감사가 해당된다. 마지막 **3차원적인 감사는 '그럼에도 불구하고(in spite of) 감사'**다. 불행을 당해도 힘들고 어려워도 '그럼에도 불구하고' 하는 감사. 그 감사가 진정한 감사라는 것이라고 전목사는 설명하고 있다.

....

156   엄남미, 『삶을 변화시키는 감사 메모』, 마음세상, 2018.
157   전광, 『행복의 문을 여는 열쇠 평생 감사』, 생명의 말씀사, 2007.

범사에 감사하라.[158]

감사는 누구를 위해서가 아니라 바로 자기 자신을 위해서 하는 것이다. 감사한 마음은 저절로 주변에 선한 기운을 퍼뜨린다. 은퇴자도 감사 목록이 산더미다. 당장 오늘 아침 구급차로 응급실에 실려 가지 않았고, 저녁에 아내하고 맛집 식사를 예약했으니 그 또한 감사할 일이고, 외손주가 건강하게 커서 곧 백일이 되는데 얼마나 감사할 일이겠는가!

청력이 약하여 스스로 귀머거리임을 자처한 아인슈타인도 『나는 세상을 어떻게 보는가(The World as I See It)』[159]에서 현재 생존하는 사람은 물론 과거에 생존했던 수많은 사람들 덕분에 산다고 했다. 그는 자신이 받은 대로 남에게 주어야 한다고 생각하며, 날마다 감사한 점을 100개씩 찾아냈다.

필자도 if, because 에 대한 감사보다는 in spite of에 대한 감사를 할 수 있도록 노력해야겠다.

아래는 필자의 감사 일기이다.

① 아침에 맑은 기운으로 깨어난 것에 감사한다.
② 어제 560분이 블로그 방문해 주심에 감사한다.
③ 온종일 이것저것 쓰고 책 보며 지낼 수 있음에 감사한다.

....

158   데살로니가 전서 5장 18절.
159   알베르토 아인슈타인, 강승희 번역, 『나는 세상을 어떻게 보는가』, 호메로스, 2021.

④ 매일 꼬박꼬박 아침을 챙겨 주는 아내에게 감사한다.

⑤ 고생하던 위장이 오늘은 편하게 느껴짐에 감사한다.

⑥ 어제 아내와 같이 외식하면서 맛있게 먹을 수 있음에 감사한다.

⑦ 매일매일 블로그 포스팅을 할 수 있는 건강에 감사한다.

⑧ 가족들 모두 아프지 않고 지내고 있음에 감사한다.

⑨ 외손녀가 옹알이를 시작한 것에 감사한다.

⑩ 행복하게 지내는 딸아이와 사위에게 감사한다.

⑪ 오늘 아침에 토리(강아지 이름)와 산책하느라 8,000보를 걸었음에 감사한다.

⑫ 토리가 입양해서 오늘 무사히 두 번째 생일을 맞은 것에 감사한다.

⑬ 아는 지인이 다음 주 연구소로 오기로 했음에 감사한다.

⑭ 평소에 하고 있는 부업에 새 주문이 들어옴에 감사한다.

⑮ 아내가 신앙생활을 충실하게 하고 있음에 감사한다.

46. 행복의 조건-인간관계

　미국의 권위 있는 시사 월간지『애틀랜틱 먼슬리』2009년 6월호에 1937년 세계 최고의 하버드대에 입학한 수재 중에서 가장 똑똑하고 야심만만하고 환경에 적응을 잘하는 전도유망한 남학생들을 선발하여 이들의 일생을 72년에 걸쳐 추적한 결과를 소개했다. 이 내용은 2002년 발행된『행복의 조건』을 바탕으로 한 기사로 이 책은 우리나라에도 2010년에 소개되었다.

　이들은 72년간 세 집단을 대상으로 그야말로 '인간이 행복해지는 조건'이 무엇인지에 대해 연구했다. 첫 번째 집단은 하버드 대학교 2학년 남학생들 268명이고, 두 번째는 천재 여성 90명이다. 세 번째는 청소년 범죄를 저지르지 않은 대조 표준집단으로서 고등학교 중퇴 뒤 자수성가한 남성 456명이다

　연구 결과 생의 마지막 10년을 건강하고 행복하게 보내는가는 50세 이전의 삶을 보고 예견할 수 있다는 사실을 알아낸 것이다.

　더 놀라운 것은 행복과 불행, 건강과 쇠약함 등을 크게 좌우하는 것은 유전자의 힘이 아니라 사람이 '통제 가능한' 요인들이었다는 점이다.

연구에서는 행복한 노후의 삶의 조건을 1. 고통에 대응하는 성숙한 방어기제 2. 교육 3. 결혼 4. 금연 5. 금주 6. 운동 7. 적당한 체중으로 소개하고 있다.

50대에 이르러 그중 5, 6가지 조건을 충족했던 하버드대 졸업생 106명 중 절반이 80세에 행복하고 건강한 상태였고 7.7%는 불행하고 병약한 상태였다. 반면 50세에 세 가지 미만의 조건을 가지고 있던 이들 중 80세에 행복하고 건강한 상태에 이른 사람은 아무도 없었다. 50세에 적당한 체형을 갖춘 사람이라도 세 가지 미만의 조건을 가진 사람들이 80세 이전에 사망할 확률이 네 가지 이상의 조건을 갖춘 사람들보다 세 배는 높았다.

1967년부터 이 연구를 주도해온 하버드의대 정신과 의사 **조지 베일런트(Vaillant) 교수**[160]**는 '삶에서 가장 중요한 것은 인간관계**이며, 47세 무렵까지 형성돼 있는 인간관계는 이후 생애를 결정하는 데 가장 중요한 변수가 되었다며 행복은 결국 사랑'이라고 결론지었다. 그리고 평범해 보이는 사람이 가장 안정적인 성공을 이뤘다는 결과를 발표했다. 이를 소개하는 신문 기사의 헤드라인도 '노후의 행복은 인간관계'라는 타이틀이었다.

....

160   조지 E. 베일런트(George Eman Vaillant): 하버드 의대 정신과 의사와 교수. 2003년까지 하버드대학교건강센터에서 성인발달 연구소장으로 30년을 보냈다. 724명의 남자와 여자를 60년 이상의 연구대상으로 관찰하였다. 세계에서 가장 오래 진행된 성인 발달 연구를 맡아온 미국의 정신과 전문의사이다. 그의 연구분야는 심리적 방어기제에 관한 경험적 연구였으며, 이는 '성공적인 노화'와 '인간의 행복'에 관한 더욱 폭넓은 통찰로 이어졌다.
https://en.wikipedia.org/w/index.php?title=George_Eman_Vaillant&action=history

잡지[161]는 '하버드 엘리트라는 껍데기 아래에는 고통받는 심장이 있었다.'고 표현하였다. 돈 부자보다는 사람 부자가 장수 시대의 행복의 중요한 요소임에는 틀림없는 모양이다.

연구는 75세에서 85세 사이에 다음과 같은 특성을 가진 사람들이 품위 있게 나이 든 사람들이라고 결론을 내리고 있다.

첫째, 그들은 다른 사람을 소중하게 보살피고, 새로운 사고에 개방적이며, 신체 건강의 한계 속에서도 사회에 보탬이 되고자 노력했다.

둘째, 그들은 노년의 초라함을 기쁘게 감내할 줄 알았다.

셋째, 그들은 언제나 희망을 잃지 않았고, 스스로 할 수 있는 일은 늘 자율적으로 해결했으며, 매사에 주체적이었다.

넷째, 그들은 유머 감각을 지녔으며, 놀이를 통해 삶을 즐길 줄 알았다.

다섯째, 그들은 과거를 되돌아볼 줄 알았고, 과거에 이루었던 성과들을 소중한 재산으로 삼았다.

여섯째, 그들은 오래된 친구들과 계속 친밀한 관계를 유지하려고 노력했다.

....

161   조슈아 울프섕크 기자, 시사 월간지 『애틀랜틱 먼슬리』 2009년 6월호.

47. 행복과 장수와의 관계

건강진단을 받을 때 의사로부터 흔히 "하루에 몇 (개의) 담배를 피우십니까?", "술은 어느 정도 마십니까?"라는 질문을 받는다. 그런데 "당신은 얼마나 행복합니까?"라는 새로운 질문 항목을 추가하는 것을 제창하고 있는 사람이 있다. 행복 연구의 제일인자로 행복학에 있어 찰스 다아윈에 비유되는 일리노이 대학 심리학부 명예 교수이자 갤럽사 시니어 사이언티스트 에드 디너[162] 박사다.

다음 표를 보기 바란다. 오른쪽의 숫자는 각 질문에 "예."라고 대답했을 때 얼마나 수명에 차이가 나오는지를 나타낸다. 주목해야 할 것은 "행복하다."는 것이 평균 9.4년의 장수로 이어진다는 조사 결과이다.[163]

....

162   에드 디너(Ed Diener, 본명: Edward Francis Diener): 미국의 심리학자, 교수, 저자. 디너는 유타 대학교와 버지니아 대학교의 심리학 교수이자 일리노이 대학교의 조셉 R. 스마일리 명예 석좌 교수이자 갤럽 조직의 선임 과학자였다. 지난 30년 이상 기질과 인격이 웰빙에 미치는 영향에 대한 작업, 웰빙 이론, 소득과 웰빙, 웰빙의 문화적 영향, 웰빙의 측정 등 행복에 관한 연구를 한 것으로 유명하다.
https://en.wikipedia.org/w/index.php?title=Ed_Diener&action=history
163   출처: Ed Diener, Micaela Y. Chan "Happy People Live Longer: Subjective Well-Being Contributes to Health and Longevity" Applied Psychology: Health and Wellbeing(2011).

「의사의 새로운 질문 항목」

■ 하루에 몇 (개의) 담배를 피우십니까? - 3년 (20개/1일)

■ 제대로 운동은 하고 있습니까? +3년

■ 술은 적당히 마시고 있습니까? +2년

■ 당신, 술을 너무 마시네요. -7년

■ 당신은 행복합니까? +9.4년

디너 박사는 "행복감이 강하면 9.4년의 장수로 이어진다."는 숫자를 인간 및 동물을 대상으로 한 160개 이상의 조사 연구 분석에서 도출했다

행복한 사람일수록 오래 산다.

행복하면 스트레스도 적고 병에도 덜 걸리니까 오래 사는 것으로 이해된다. 디너 교수가 주장하는 것은 긍정적 사고와 관계가 있다. 어떤 것이라도 긍정적으로 받아들이는 것이 포지티브 사고이다. 최근의 행복 연구에서 행복하다고 느끼는 행동을 늘릴수록 성공 확률이 높아지는 결과가 나왔다는 것이다. '물이 반밖에 없다.'보다는 '반이나 남아 있다.'고 생각하는 것이 명확하게 득(得)이라는 것이다

2018년 '듀크-NUS 싱가포르 의대' 연구진은 행복과 수명 사이의 조사 연구를 벌인 결과를 '나이와 노화'(Age and Ageing)저널에 발표했다. 조사 대상자는 싱가포르의 60세 이상 노인 4,478명이다. 연구진은 싱가포르 정부가 2009년, 2011년, 2015년 각각 추적 조사한 자

료를 바탕으로 삼았다. 먼저 이들이 2015년 12월 31일까지 얼마나 살아 있는지를 본 것이다.

연구진은 이후 실험 참가자들을 대상으로 CES-D(Centre for Epidemio-logical Studies Depression Scale:우울정도 자가진단) 조사표를 활용한 설문조사를 벌였다. 이는 지난 1주 동안 얼마나 행복했는지를 묻는 우울증 측정법이다. 참가자에게 '나는 행복했다.', '나는 즐거웠다.', '나는 미래에 대한 희망을 느꼈다.' 등의 경험을 묻는 것으로 행복점수는 0-6점으로 구분했으며, 사망의 원인은 정부 행정 데이터 베이스를 사용했다.

그랬더니 행복점수가 1점 올라갈 때 마다 사망률이 무려 9%가 줄어들었다. 전반적으로 행복한 노인들의 사망 가능성은 그렇지 않은 노인들에 비해 19%가 낮았다. 이런 경향은 남성과 여성, 젊은 노인(60~79세)와 늙은 노인(75세 이상)을 가리지 않고 나타났다.

연구팀은 "이번 연구는 행복이 조금만 늘어나도 노인의 장수에 좋은 영향을 미치는 것을 보여 준다."고 말하면서 "행복과 사망의 연관성이 나이나 성별에 상관없이 일정하다는 사실은 매우 중요하다."고 강조했다.

수녀 연구는 University of Kentucky의 Danner, Snowdon, Friesen(2001)이 수행했다. 연구의 공식 제목은 "젊은 삶과 장수의 긍정적인 감정: 수녀 연구에서 발견한 것"이었다

연구에 참여한 수녀들은 종교적 서약의 일환으로 2~3페이지 분량의 간단한 자서전 스케치를 작성하도록 요청받았다. 이 스케치는 수녀들이 약 22세였고 이제 막 교회에서 경력을 시작하던 1930년대

와 1940년대에 작성되었다

수녀들은 사회경제적 지위가 같고 거의 유사한 생활방식을 보이기 때문에 정서와 수명과의 관계를 살펴보기에 용이하다. 이들이 종신서원을 할 당시 작성한 자서전과 수명과의 관계를 연구한 것이다.

그런 다음 그들은 각 자서전에 포함된 긍정적, 부정적, 중립적 감정 단어와 문장의 수를 세어 코드화했다. 부정적인 감정을 담고 있는 자서전이 거의 없었기 때문이다. 그러나 연구자들은 긍정적인 감정 단어의 수, 긍정적인 감정 문장의 수, 다양한 긍정적 감정 표현에 집중했다.

A 자매-긍정적인 감정이 낮은 것으로 코딩됨:

나는 1909년 9월 26일에 7남 5녀, 2남 2녀 중 맏이로 태어났습니다. 저는 노틀담 연구소에서 화학을 가르치고 2년 차를 모원에서 보냈습니다. 하나님의 은총으로 나는 우리의 질서와 종교의 전파와 개인의 성화를 위해 최선을 다할 것입니다

B 자매-긍정적인 감정이 높은 것으로 코딩됨:

하나님은 나에게 측량할 수 없는 가치의 은혜를 주심으로 내 인생을 잘 시작하셨습니다. Notre Dame College에서 후보자로 재학 중인 지난 1년은 매우 행복한 한 해였습니다.

이제 저는 성모님의 거룩한 습관을 받아들이고 하느님의 사랑과 일치하는 삶을 열렬한 기쁨으로 고대합니다.

그들은 60년 후 동일한 여성 그룹의 사망률 및 생존 데이터와 관

련된 점수를 분석했다. 생존한 수녀들은 75세에서 94세 사이였다. 자매의 42퍼센트는 후속 연구 당시에 사망했다. 가장 쾌활한 수녀는 가장 쾌활하지 않은 수녀보다 10년 더 오래 살았다. 80세가 되면 가장 쾌활하지 않은 그룹의 약 60%가 사망한 반면 가장 쾌활한 자매는 25%만 사망했다.

고령까지 생존할 확률은 긍정적 감정의 초기 표현과 강한 관련이 있었다. 수녀 연구의 결과에 따르면 **"걱정하지 말고 행복하십시오."** 라는 문구는 훌륭한 조언이다.[164]

그 이외에도 에드 디너(Ed Diener) 명예교수는 세계 150개국의 행복지수를 조사했는데 Affect Balance(긍정적 감정-부정적 감정) 지수에서 우리나라는 소득 상위 40개국 중 39위에 해당되었다고 한다.[165] 그는 우리나라가 낮게 나온 이유로 돈을 너무 중시해서 사회적 관계를 희생시키는 것, 그리고 다른 사람들이 자기를 어떻게 생각하는지에 너무 신경을 쓴다는 것이다. 그래서 한국인들은 항상 비교하고 경쟁한다는 것이다

....
164   What is The Nun Study of Positive Psychology, Careershodh
https://www.careershodh.com/what-is-the-nun-study-of-positive-psychology/
165   KBS스페셜, 「행복해지는 법」, 2011. 1. 16.

48. 삶을 가치 있게 만드는 것

2021. 11. 21일 미국 여론조사기관 퓨리서치센터에 따르면 지난 18일 공개한 17개국 성인에게 '삶을 가치 있게 만드는 것'에 관해 물은 설문조사 결과 1,006명에 달하는 한국인 응답자들은 물질적 행복을 1순위(19%)로 꼽았다. 한국만 유일하게 '물질적 행복(material well-being)'을 내세운 것이다.

응답자들은 부동산, 빚, 수입 등을 삶의 가치와 연관 지어 응답했으며, 전문가는 이러한 결과에 대해 일자리 불안정과 낮은 소득 수준을 주요 원인으로 꼽았다. 이어 건강(17%), 가족(16%), 일반적인 선호 (12%), 사회(8%) 등이 순위를 차지했다. 설문에 참여한 한 한국인 여성은 "요즘 같은 어려운 시기에도 큰 걱정 없이 일하고 편안한 삶을 살고 있다."고 답했다.

보고서는 "한국에서는 물질적 행복이 최고의 의미를 지니고 있다. 응답자들은 '식사 수준', '집', '가족을 부양할 수입', '부채 유무', '여가 생활 비용' 등이 중요하다고 답했다."고 설명했다.

한국의 결과는 타 국가와 다른 모양새다. 17개국 평균 결과에서는 가족(28%)이 1위로 꼽혔다. 응답자들은 그다음으로 직업(25%), 물질적 행복(19%), 친구와 커뮤니티(18%), 건강(17%) 등 순으로 답했다.

나라별로는 호주, 뉴질랜드, 영국, 독일, 프랑스 등 14개국이 가족을 삶의 가치에 중요한 요소라고 응답했다. 이어 직업, 친구, 건강 등이 제시됐다.

직업 면에서도 큰 차이를 보였다. 9개국이 삶의 가치 중 직업을 2순위로 꼽았지만, 한국인들은 직업이라고 한 응답자가 6%에 불과했으며 국가 중에는 최하위 수준을 보였다.

이병훈 중앙대 사회학과 교수는 "나라 경제 수준이 올라가고 선진국이 되면 일보다는 여가나 가족과의 시간 등에서 보람을 찾는 워라밸을 중시한다. 한국의 경우 경제 선진국 대열에 포함됐지만, 아직도 후진국과 같은 노동에 대한 가치 태도로 보인다."고 말했다.

이어 "(이러한 결과는) 많은 노동자들이 자기가 일하는 것에 대해서 가치 실현을 하거나 워라밸을 즐기기에는 여전히 일자리가 불안정하고 소득이 충분하지 않다는 의미."라고 덧붙였다.[166]

힐티는 자신의 저서 『행복론』[167]에서 사람들이 행복을 위해 구하고자 하는 요소는 부와 명예, 오락, 건강, 문화, 학문, 예술 등이며, 정신적으로는 양심, 덕, 일의 보람, 사랑(愛), 신앙, 철학 등을 들고 있다. 그는 특히 부와 명예는 누구나 간단하게 다 손에 넣을 수 있는 것은 아니므로 행복의 기반이 될 수 없다고 했다.

설사 이를 손에 넣어 기분이 다소 나아진다고 하더라도 결국은

....

166 아주경제 2021.11.21., 일부 수정 게재.

167 カール ヒルティ. 齋藤 孝 譯, 自分の人生に一番いい結果を出す幸福術, 三笠書房, 2007.

양심의 가책에 걸리는 자기모순을 낳기도 하며 고집스럽게 다른 사람들에게 냉혹하거나 받아들이지 않게 되기 십상이다. 결과적으로 행복과는 완전히 반대의 결과를 가져올 뿐이라고 하였다.

그리스의 철학자 에피쿠로스도 행복의 조건에 대해 권력과 명성은 자연스럽지도 않고 불필요한 것이며 좋은 집, 전용 욕실, 파티, 심부름꾼, 고기 생선 등은 자연스럽긴 하지만 불필요한 것이라 하였다.

마츠시타 고노스케[168]는 인간의 행복은 사회적 지위나 수입에 연연하지 말고 자신이 갖고 있는 천성의 인간적 능력을 지속적으로 발휘하는 데에 있다고 했으며, 헬렌 니어링은 인생의 가치는 우리가 가지고 있는 것이 아니라 그것으로 우리가 어떤 일을 하는 가에 달려 있다고 한다고 하였다.

괴테는 부와 명예는 물론 예술적 재능 등 속세적인 행복이라고 할 수 있는 모든 요소를 갖춘 듯하였는데도 불구하고 다음과 같은 말을 하였다.

"결국 내 인생은 노고와 일 이외는 아무 것도 아니었습니다. 75년의 인생에서 정말로 즐거웠던 것은 단지 4주간뿐이었습니다. 내 인생은 매일 막 떨어지려는 돌을 떠받치고 있는 것 같았습니다."

....

168　마츠시타 고노스케(松下幸之助): 일본의 사업가로 현재의 파나소닉을 세운 인물이다. 독창적인 아이디어로 전기산업 발전에 공헌하였으며, '경영의 신(神)'으로 불리기도 한다.

그렇게 풍요로운 환경을 갖추고도 단지 4주간만 즐거웠다고 하면 과연 행복은 어디에서 찾을 것인가? 힐티는 『행복론』에서 "인간의 본성은 즐겁고 재미있게 노는 것에 맞다기보다는 일이 잘 맞는다. 그러므로 오락은 일을 하는 도중 조금만 시간을 할애하면 되는 요소에 지나지 않는다."고 하면서 " 인간에게 참 즐거움을 선사하는 것은 반드시 인간의 천성에 맞는 것에 있다. 즉 **참 즐거움이란 천성에 맞는 일을 올바르게 하는 것에서부터 시작된다.**"고 강조한다. 아울러 그는 "가장 행복하고 즐거운 시간을 보내는 방법은 어렵고 힘든 일을 하고 나면 우리는 점차 성숙해 가며 자기 자신의 성숙을 실감하는 것 자체가 일을 통한 최대의 급여라 할 수 있다."고 쓰고 있다.[169]

> 서민이나 가난한 사람은 일반적으로 필요에 의해 올바른 노년을 보낸다. 그에 반해 금리생활자나 자본가는 이런 유일하고 훌륭하고 마음 속으로 부터 만족감을 얻을 수 있는 노년을 스스로 잃어버린다. 가장 바보같은 경우는 노년도 되기 전에 노인 홈에 은둔하거나 휴양지에서 사는 者로 건강조차 얻지 못하는 경우가 태반이다. 건강은 단지 일을 통해서만이 얻을 수 있다.[170]

그러나 무엇보다도 '궁극의 행복 조건은 각자가 자신이 행복하다고 느끼는 것 그 자체가 궁극의 행복이다.'라고 하겠다. 한 신문에

169   전게서.
170   전게서.

실린 소설가 은미희 씨의 「행복의 조건」이라는 칼럼[171]은 우리에게 행복의 조건을 다시 생각하게 해 주고 있다. 그녀는 칼럼에서 "생각해 보면 냉장고나 전축이나 다리미가 없어도 사람들은 행복했다. 있으면 있는 대로, 없으면 없는 대로 그저 검소하고 소박하게 살았다. 그게 흉이 되거나 얕잡아 보이지 않았다."고 하면서 오히려 풍족해진 지금은 모두 불행한 표정들이라고 안타까워한다. 필자도 과거 학창시절의 기억을 더듬어 보면 무척 가난한 집에서 공부하고 자라났지만 한 번도 창피하게 느낀 적이 없었다. 부잣집 친구들과 어울려 지내면서도 부족한 줄 몰랐다. 그런데 요즘은 풍족하면서도 어떻게 하면 더 많이 가질까 탐욕을 부리면서 자신은 가진 것이 없다고 불행해하는 것 같다. 그녀는 "나는 감히 말할 수 있다. 가난한 소설가지만 지금 당장 내가 하고 싶은 일을 하고 있으므로 오늘이 참 행복하다고. 내일도 그러하리라고. 죽는 순간까지 나는 이 가난하고 고단한 생활을 계속할 것이라고. 그러니 부끄럽지 않다고. 다들 그랬으면 좋겠다."고 쓰고 있다. 그녀의 말에 공감이 간다.

171   은미희, 「행복의 조건」, 문화일보, 2008. 2. 28.

VII

가족·인간
관계

49. '고마워'의 위력

낱말을 설명해 맞히는 TV 노인 프로그램에서

천생연분을 설명해야 하는 할아버지

"여보, 우리 같은 사이를 뭐라고 하지?"

"웬수."

당황한 할아버지 손가락 넷을 펴 보이며

"아니, 네 글자."

"평생 웬수."

(중략)

36.5 말의 체온 속에서

사무치게 그리운

평생의 웬수[172]

  기본적으로 은퇴 후 부부가 서로 元氣가 왕성할 때는 따로 행동
하면서 적당한 거리감을 두는 것이 잘 지내는 첩경이다. 또 하나는

---

172 황성희 시, 「부부」 부분.

‘두 사람은 원래 타인이다.’는 것을 재인식하는 것이다. 부부 일심동체라고 하지만 두 사람은 본래 별개의 존재다. 그럼에도 오래 함께 생활하여 상대의 인격을 존중하는 의식이 희박해졌다. 그래서 ‘고맙다.’, ‘미안하다.’라는 표현을 구태여 하지 않아도 된다는 사람도 부지기수이다. 천만의 말씀이다.

일본의 광고회사 하쿠호도(博寶堂)의 조사 결과에 의하면 남편이 은퇴한 부인의 50%가 남편으로부터 ‘감사 인사’를 듣고 싶어 한다고 한다. 부부라고 해도 역시 서로 다른 사람이다. 속으로 감사하게 생각한다고 해봤자 소용없다. 생각을 바꾸어야 한다.

『50대부터 강하게 사는 법』의 저자 佐藤 傳(사토 덴) 씨[173]는 ‘부부 사이는 고마워라고 말하는 숫자에 의해 정해진다.’고 강조한다. 그는 자신의 상담사례를 예로 들어서 설명하고 있다.

그가 상담한 고객은 잘 나가는 회사 경영자에 사회적 지위도 있는 소위 성공자 반열에 있는 분이었는데 사생활은 부인과의 냉담한 관계로 인해 행복감을 느끼지 못하고 있다고 호소했다고 한다. 그런 그에게 부인의 발언이나 행동에 대해 건성이라도 좋으니 고맙다는 말을 꼭 하도록 했다. 건성이라도 되는가 하고 반문하는 그에게 형식이라도 무방하다고 강조했다.

의아해하는 그에게 ‘말이란 신기하게도 형식적이라도 고마워를 연발하면 그 파동이 전해져서 마음이 조금씩 따라오게 되어있어요. 그 대신 21일간을 지속하라.’고 당부했다. 같은 행동을 3주간 계속하면 뇌의 시냅스가 연결되어 저절로 습관적으로 되는 것이 실증되

....

173   佐藤伝, 『50代から強く生きる法』, 三笠書房, 2015(일서).

었다고 덧붙여 설명해 주었다고 한다.

고객은 다른 방법이 따로 있는 것이 아니어서 사토 씨가 말한 대로 충실히 이행했다. 그랬더니 놀랍게도 부탁도 안 했는데 자신이 좋아하는 요리가 나오기도 하고 어떤 날에는 어떤 것을 먹고 싶은가 하고 물어왔다.

하루는 롤 캬베츠를 먹고 싶다고 했더니 '그게 간단하게 보여도 꽤 손이 많이 가는 요리예요.'라고 대답했다. 과거 같으면 '무슨 소리야. 식사는 당신 담당이 아니야.' 하고 회사 직원 대하듯이 했을 텐데 21일이나 '고마워.'를 해 온 터라 익숙해진 그는 '고마워. 손이 많이 가서 미안하지만 부탁할게.'라고 겸손하게 말했다.

그 후 전화로 부부가 한 달에 한 번씩 온천여행을 다니고 있다고 보고하면서 "사토 선생. 형식만의 '고마워.'가 이렇게 큰 힘이 있다니 지금도 믿지 못하겠어요. 정말 고맙습니다."하고 감사 인사를 하였다고 한다.

사실 부부가 오랜 세월 동안 같이하다 보면 그렇게 하는 것이 당연하게 되어 버린다. 그래서 급기야는 감사의 마음조차도 엷어져 버리기 마련이다. 이 옷 빨래해 줘(=빨래해 주는 것이 당연), 내일 일찍 밥 차려 줘(=밥 차려 주는 것이 당연)라는 식으로 지내 온 것이다.

물론 젊을 때의 부부는 그렇지 않았을 거다. 반드시 '미안하지만'을 앞에 붙이든가 '해 줄 수 있겠어?' 하고 반문하거나 했을 거다. 은퇴하면 다시 젊을 때로 돌아가야 한다. 부부간의 '고마워.'를 다시 부활시키는 거다. 사토 씨의 고객의 말처럼 '고마워.'가 가져오는 엄청난 파워를 실감할 수 있을 것이다.

단 조건이 하나 있다. 사토 씨가 강조한 대로 형식적으로 해도 좋으니 '고마워.'를 21일간은 지속하기 바란다.

필자도 은퇴를 앞두고 두 가지를 개선했다. 첫 번째는 누구나 다 아는 경청, 즉 듣기를 개선했고 또 하나는 말하기를 개선했는데 그것은 바로 '고마워.'라는 인사를 입에 달고 사는 것이다. 식사할 때도 고마워, 끝나도 잘 먹었어 고마워, 빨래를 해 줘도 고마워 인사를 빼놓지 않고 거의 10년째 지속하고 있다. 그래서 그런지 그다지 부딪치지 않고 원만하게 지내고 있는 편이다.

아래는 부인에게 미움받지 않기 위한 방법 10가지이다.

1. 부인의 자그마한 변화도 바로 알아차린다

아내가 새 옷을 사서 아무렇지도 않은 듯 입고 있거나 머리형이 변하거나 했을 때 변화를 알아차릴 것. 의외로 둔감한 사람이 많다.

2. 눈치챈 것을 구두로 말한다

알아차리면 바로 말을 할 것. "그 옷 밝고 좋네."라든가 "머리 새로 했네. 보기 좋아." 등등. 잠자코 있으면 알아차리지 못한 것이나 다름없다.

3. 깔보지 말 것

남성의 경우 아무래도 아래로 보는 명령조의 습관이 남아 있기 마련. 회사와 가정은 다름을 인식할 것.

4. 가사를 분담한다

요즘은 남자들의 요리가 흔해졌으므로 석식의 한 그릇분 정도 만드는 것도 좋을 것임. 그러나 여성에 따라서는 남편이 부엌에 서성거리는 것을 싫어하는 경우도 있으므로 그럴 경우는 설거지를 담당하거나 '요리는 자네가, 나는 청소.' 등으로 서로 분담하는 것을 제안하는 것도 한 방편임.

5. 쇼핑이나 산보는 가능한 함께 한다

서로 마주 보고 있으면 이야기하기가 불편하지만 같이 걷거나 같이 차를 타고 있으면 서로 같은 방향을 바라보기 때문에 이야기하기가 상대적으로 용이함.

6. 채널권은 아내 우선

채널권을 누가 갖는가 하는 것이 의외로 서로 감정을 자극하기 쉬움. 남편의 입장에서는 채널권 정도는 아내에게 양보하는 대신 꼭 봐야 할 프로가 있으면 사전에 미리 말해 둘 것. "내일 축구 시합은 꼭 볼 거야." 등

7. 가능한 한 외출하는 시간을 만들 것

늘 같이 있으면 서로 피곤해짐. 혼자서 외출하는 시간을 만드는 것이 바람직. 가능한 한 '오늘 나갈 일이 있다.'고 말할 수 있도록 할 것. 만약 나갈 일이 없다면 일부러라도 만들 것. 음악회를 간다든가 공원을 산책한다든가 예정에 없던 외식하러 간다든가 아니면 도서

관에 가든지 할 것.

8. 남편 자신이 자립할 것

당연한 말이지만 의외로 일본 남성은 아내를 모친 대신으로 여겨 (다시 말해 응석받이) 정말 자립했는지 의구심이 들 정도임. 그 증거로 아내를 먼저 보낸 남성의 경우 뒤를 따라가듯이 바로 죽는 경우가 많음. 신변의 일을 거의 아내에게 맡기고 살아온 덕에 요리 하나 제대로 못하고 살림에 대해서 문외한. 평소에 아내나 다른 이의 어깨 너머라도 부지런히 배워 둘 것. 불현듯, 가정에서도 혼자 남는 날이 오게 될지 모르니까. 인생의 위기관리는 먼저 자신의 신변 과제부터 시작하는 법이다.

9. 집안에서 단정한 차림새에 신경을 쓴다

속옷 바람으로 집안에서 빈둥거리거나 아내가 지적할 때까지 더러워진 속옷을 그대로 입는 경우에 주의할 것.

10. 돌보는 마음을 견지할 것

오랫동안 같이 살아온 관계. 은퇴하면 일에서의 인간관계는 끝나고 동창회도 점점 귀찮아지게 됨. 결국 나중에까지 옆에 있는 사람은 서로 간에 부부밖에 없음.

50. 남자가 가사 업무를 해야 하는 이유

가사(家事)라는 단어는 사전을 찾아보면 '가정 내의 여러 가지 일. 청소, 세탁, 취사 등.'으로 설명되어 있다. 가사의 이 정의는 협의로 살아가는 데 있어 불가결한 행위는 결코 소홀히 다루면 안 된다.

일본에 나도는 '젖은 낙엽[174]' 자가 진단 설문이다

① 깨우지 않아도 일어난다.

② 이불을 펴고 갠다.

③ 라면·달걀 프라이 말고 할 수 있는 요리가 있다.

④ TV 안 보고도 혼자 집에서 잘 논다.

⑤ 밥 짓기,

⑥ 설거지,

⑦ 청소기,

⑧ 세탁기 돌리기,

⑨ 빨래 널고 개기,

....
174 '젖은 낙엽'은 은퇴한 뒤 집에 틀어박혀 아내만 쳐다보는 남편을 가리킨다. 구두 뒷굽에 찰싹 달라붙은 낙엽처럼 아내 뒤만 졸졸 따라다닌다는 것이다.

⑩ 화분에 물 주기,

⑪ 단추 달기,

⑫ 구두 닦기,

⑬ 목욕물 받기,

⑭ 혼자 장보기를 할 줄 안다.

⑮ 쓰레기 분리수거 날,

⑯ 속옷·양말 있는 곳,

⑰ 중요한 서류 둔 곳,

⑱ 동네 세탁소,

⑲ 화장지 싸게 파는 곳,

⑳ 쌀·채소 값을 안다.

젖은 낙엽 신세를 면하려면 스무 개 문항에서 '그렇다.'는 답이 열일곱 개는 돼야 한다고 한다. 열 개가 안 되면 '젖은 낙엽족(族)'이 될 팔자다. 한국 중년 남자 중엔 열 개 넘길 사람이 거의 없을 것 같다. 평생 '회사형(型) 인간'으로 살며 일 말고는 할 줄 아는 게 없다.

왜냐하면 일하러 가는 남편은 가사 업무를 온전히 부인에게 맡기는 역할 분담을 했기 때문이다. '일상생활 수행 능력', 쉽게 말하면 밥하고 정리하고 자고 일어나는 등 일상생활을 영위하는 기초적인 생활 습관의 수행 여부가 제로인 셈이다.

필자도 9개 밖에 안 나왔다. 필자 주변에도 드물게 잘하는 친구가 없지는 않지만 대개 필자와 대동소이하다. 가사 이야기가 나오면 '무슨 소리인가, 이제 와서.' 하는 얼굴로 바라본다. 젊은 세대는 주부라 하여 우리와 다른 일상 업무를 하는 것 같은데 아직 일부에 지나지 않을 것 같다.

이러한 풍조는 어제오늘 이야기가 아니다. 인류 시작부터 남자는 집단으로 사냥해서 먹잇감을 잡고 여자는 나무 열매를 따고 집에서 요리하는 것이 기본이었다. 지금도 그 기본은 거의 바뀐 게 없다.

삼성생명 은퇴연구소가 10년 전 50~70대 남녀 은퇴자의 여가 활용 조사 결과에 의하면 아내들은 하루 네 시간 안팎을 가사(家事)에 쏟는 반면, 남편들은 한 시간쯤만 들였다. 그런데 앞으로는 남성들의 가사업무 수행이 중요해질 것이다. 이유는 장수사회의 도래 때문이다. 장수자의 최종 도달하는 곳이 바로 독거노인이기 때문이다. 부부가 90세, 100세를 살아도 언젠가는 어느 쪽이든 먼저 죽고 나면 나머지는 독거노인, 1인 생활이 되어 버린다.

통계청의 인구 총조사 결과를 보면 만 65세 이상 홀로 사는 독거노인의 수는 노인가구의 1/3이다. 여성 독거노인이 남성 독거노인의 딱 세 배다. 남성 독거노인은 사회적 활동도 지극히 적다. 많은 사회복지와 노인 복지 전문가들의 말에 따르면 남성 독거노인은 여성 독거노인보다 활동반경이 좁고 맺고 있는 사회적 관계가 제한적이다.

고독사의 사례를 봐도 2015년을 기준으로 신고된 만 65세 이상 남성 고독사 사례 건수는 260건이지만 여성은 125건으로 절반에 그친다. 이 같은 연구 결과는 거의 모든 독거노인 관련 연구에서 동일한 결과를 보인다.

왜 남성 독거노인은 고독한가. 가장 큰 요인이 '일상생활'에 있다는 것이 전문가들의 지적이다. 손상준 아주대학교병원 정신건강의학과 교수가 다른 연구진과 함께 연구한 바에 따르면 독거노인의 자살 사고 수준을 높이는 핵심적인 요소는 '일상생활 수행 능력'이다. 조사에 의하면 남성 노인의 74.1%는 배우자가 조리한 식사에 의존하는 것으로 나타났다. 본인이 직접 식사 준비를 하는 남성 노인의 비율은 19.2%에 불과했다. 반면 여성 노인은 대부분(93.8%) 본인이 직접 식사 준비를 하는 것으로 조사됐다.

손상준 교수는 "일상생활을 잘하지 못함으로써 고립감과 무력감을 느낄 수 있고 나아가 정신적인 문제를 불러올 수 있다."고 말했다. 특히 남성 독거노인에게 일상생활은 문제가 된다.

1950년대 이전에 태어난 이들의 가사노동 참여율은 '0%'에 가깝다. 밥 짓기를 손수 해 본 적이 없는 가부장적인 남성 노인들이 어느 날 갑자기 일상생활을 모두 책임져야 하는 상황에 이르렀을 때, 그 암담함은 단순한 '어려움'을 넘어서 무력감에 이를 정도다. 그러므로 은퇴한 남성들은 가사 업무를 소홀히 해서는 안 된다. 소파에 앉아 있는 것보다 요리, 설거지, 청소를 하는 게 건강에 도움이 된다. 무엇보다 은퇴 남편이 가사를 분담하면 심신이 지친 아내를 도울 수 있다. 여성의 경우 손주 육아도 담당하는 경우가 많다. 이제 인생을 즐겨야 할 시기에 삶의 만족도가 더 떨어지는 현상이 일어날 수밖에 없다. 은퇴 남편이 집안일을 하면 아내도 편안해지고, 본인의 신체-두뇌 건강에도 큰 도움이 된다.

집안일에 보내는 시간이 많은 노인일수록 뇌의 기억과 학습을 담당하는 '해마'와 '전두엽'의 용적이 커져 두뇌 활동에 도움이 되는 것으로 나타났다(캐나다 토론토 대학 논문). 청소, 식사 준비, 설거지, 집안 수리 등 가사에 보내는 시간이 많을수록 뇌의 인지 기능 유지에 좋다는 것이다.

지금까지 의학적으로 확인된 치매 예방법은 운동이다. 하지만 가사도 상당한 신체 활동을 요구하고 있어 운동 효과를 내는 것으로 나와 있다.

가사 업무의 이로운 점은 다음과 같다.

① 요리는 머리를 쓴다. (인지기능 향상)

② 청소는 몸을 사용한다. (운동 효과 신체기능 향상)

③ 쇼핑은 외출을 하고 걷는다. (운동 효과 신체기능 향상)

④ 슈퍼의 식재료를 통해 계절 감각을 느낀다. (인지기능 향상)

⑤ 아내를 도울 수 있다. (심리적 만족감 향상)

⑥ 불필요한 비용을 줄일 수 있다. (심리적 여유)

⑦ 독거노인이 되었을 때를 대비할 수 있다. (자부심 생성)

⑧ 매일 일어나서 할 일이 있다. (자존감 획득)

⑨ 예산, 시간, 한정된 조건 등이 직장 업무와 유사하다. (자부심 생성)

⑩ 일상생활만으로도 바쁘다. (엔돌핀 생성)

51. 경청-라떼는 말이야

　자유당 당수 윌리엄 글래드스톤과 보수당 당수 벤자민 디즈레일리가 영국 수상 자리를 놓고 경쟁하고 있었다.

　글래드스톤은 큰 부호의 자제로 옥스퍼드 대학을 수석으로 졸업한 수재이다. 디즈레일리는 이민 가족으로 젊은 시절 장사에 손을 댔다가 파산을 겪는 등 파란만장한 인생을 거쳐 정치가가 된 인물이다.

　당대 유명한 두 남자는 뭇 여성의 마음을 설레게 했다. 선거를 1주일 앞두고 한 여성이 두 명과 모두 데이트하는 행운을 거머쥐었다. 친구들은 그둘을 비교하면 "어때?"하고 물어보았다.

　"글쎄. 글래드스톤은 날 극장에 데려갔어. 헤어질 무렵이 되니까 그 사람이 세상에서 가장 세심하고 똑똑하고 매력적이라는 생각이 들었어."

　"디즈레일리는?"

"약간 차이가 있어. 디즈레일리는 나를 오페라에 데려갔지. 헤어질 때쯤 되니까 내가 이 세상에서 가장 세심하고 똑똑하고 매력적인 사람이라는 생각이 들던걸."[175]

이 이야기는 언론에서도 크게 다루었다. 결국 실제 선거에서는 누가 이겼다고 생각하는가. 그렇다. 디즈레일리이다. 사람들은 똑똑한 사람보다 자신을 가장 똑똑한 사람이라고 생각해 주는 사람을 좋아하는 법이다.

그가 한 것은 단 하나. 사람에게 사랑받는 간단한 기술. 그것은 남의 이야기를 잘 "듣기"이다.

데일리 카네기의 「호감을 갖게 하는 6가지 원칙」은 1937년 초판 이후 1,500만 부를 발행한 『사람을 움직이는 기술(번역본)』이라는 책에 소개되어 있다

원칙1) 성실한 관심을 보인다.
원칙2) 미소를 잊지 않는다.
원칙3) 이름을 기억한다.
원칙4) 잘 들어 준다.
원칙5) 관심분야를 알아차린다.
원칙6) 마음을 칭찬한다.

카네기는 특히 4번째 원칙인 '잘 들어 준다.'에 대해 저서에서 다

175　もり たまみ 著,「幸せになる勇気 超訳 マザー・テレサ」, 泰文堂(일서).

음과 같은 설명을 덧붙였다.

> "그때 나는 아무 말도 하지 않았다. 말하려고 해도 식물학에
> 대해서는 무지해서 화제를 바꾸지 않는 한 말할 재료 자체
> 가 없었기 때문이다. 말하는 대신에 잘 들으려고 무진장 애
> 를 썼다. 마음으로부터 '재미있구나.' 하고 생각하면서 들었
> 다. 그게 상대에게 전달되었던 모양이다. 그래서 상대방은
> 아주 기뻐하였다. 이렇게 듣는 자세는 우리가 누구에게도
> 베풀 수 있는 최고의 찬사라고 생각한다."[176]

조나 버거(Jonah Berger) 씨[177]는 저서 『컨테이저스 전략적 입소
문』[178]에서 자신에 관한 말을 할 때의 뇌의 회로는 맛있는 식사를 할
때와 같은 활성화가 일어난다고 한다. 즉 남의 이야기를 들어 주면
상대의 뇌에서 기분을 좋게 하는 물질이 분비되어 호의를 갖게 된
다. 그냥 거기에 앉아 이야기를 듣고 있을 뿐인데도 말이다.

탈무드에서는 "신은 두 개의 귀와 하나의 혀를 줬다. 이는 말하기
보다 듣기를 두 배 하라."고 가르친다. 즉 듣는 능력을 말하는 능력
보다 중요시하는 것, 상대의 말을 잘 들어 주는 것이 말하는 것보다

....

176   데일리 카네기, 『사람을 움직이는 기술』, 문장, 2013.

177   조나 버거(Jonah Berger): 펜실베이니아 대학교 와튼 스쿨의 교수이자 작가이
자 바이럴 마케터이다. 그의 책 『컨테이저스 전략적 입소문』은 35개국 이상에서 백만
부 이상 인쇄되고 있다.
https://en.wikipedia.org/w/index.php?title=Jonah_Berger&action=history

178   조나 버거, 정윤미 번역, 『컨테이저스 전략적 입소문』 문학동네, 2013.

더욱 중요함을 강조한 것이다. 그래서 유대인은 듣기는 중시하는 반면 말하는 테크닉은 거의 가르치지 않는다고 한다.

그렇다면 우리들의 듣는 능력은 어떤 수준일까?

수년 전 일본에서는 일본인의 듣는 능력이 전 연령층에서 저하되고 있다는 지적이 신문에 게재되어 사회적인 반향을 일으켰던 적이 있는데 우리나라도 그다지 다르지는 않을 것 같다. 특히 SNS 등 나날이 다양해지는 통신 수단 등으로 대면을 통한 커뮤니케이션이 적어지고 있는 지금, 듣기 능력 수준은 심각한 단계로 떨어져 있을 게 자명하다.

일반적으로 커뮤니케이션의 능력은 자신의 의사를 잘 전달하는 것에 초점을 맞추고 있지만 실제로는 상대의 이야기를 잘 듣지 않거나 잘 듣지 못하는 것, 즉 듣기 능력의 저하가 문제가 되고 있다.

그렇다면 잘 듣기 위해서는 어떻게 해야 할까?

윌리엄 제임스는 인간은 본성 중에서 타인에게 인정받고 싶어 하는 마음이 가장 크다고 주장한다. '타인에게 인정받고 싶다.', '칭찬받고 싶다.', '관심을 받고 싶다.', '중요한 사람, 가치 있는 사람으로 비쳐지고 싶다.'와 같은 인간의 본성을 채워 주는 것이 상대방의 마음을 움직여 결과적으로 자신에게도 좋은 결과를 가져오는 것이다. 자신이 인정받고 있다는 것, 자신이 중시되고 있다는 것을 전제로 커뮤니케이션하는, 이러한 한 단계 높은 커뮤니케이션 기술이 바로 경청(Active Listening)이다.

따라서 경청이란 '상대의 말을 듣기만 하는 것이 아니라, 상대방이 전달하고자 하는 말의 내용은 물론 그 내면에 있는 동기(動機)나

**정서에 귀를 기울여 듣고 이해된 바를 상대방에게 피드백(feedback)
하여 주는 것**'이다.

요즘 온라인 커뮤니티에서 유행어는 "라떼는 말이야~"이다. 기성
세대가 자주 쓰는 '나 때는 말이야.'를 코믹하게 표현한 것으로 학교
와 직장 등 사회에서 마주치는 '꼰대'들을 비꼬는 말이다. 누리꾼들
은 이 유행어의 '라떼'와 '말' 영어로 번역해 'Latte is horse.'라고 바꿔
말하기도 한다.

다음은 어느 블로그에서 인용한 내용인데 나이가 들어서도 경청
의 능력이 얼마나 필요한지 보여 주고 있다.

> 젊은이들이 인내심이 없어서일까요? 노인들 화법이 듣기
> 힘들어서일까요?
> 생각해 보니 노인들의 말은 귀 기울여 듣는 사람이 없어요.
> 일단 목소리도 변하고 뜸 들이고 느리고 대화의 핑퐁이 안
> 되고 딴소리로 대답하고 내용적으론 흥미 있는 주제가 아
> 니고 한정된 주제에 재미가 없고 아무도 노인들의 생각에는
> 관심도 없죠. 뻔하다고 생각하고 흘려듣고. 한마디로 배울
> 만한 것도 없고 영양가도 없어요.
> 제 아무리 날고 기었던 현역이라도 은퇴하면 찬밥인데, 노
> 인 세대가 기피되는 이유에는 대화 단절도 한몫을 차지해
> 요.[179]

....

179   노인과 대화가 힘든 이유, 자유게시판, 82cook.com. 2021.3.7.

가정도 예외가 아니다. 은퇴 후에는 하루에 50%를 배우자와 보
낸다고 한다. 지금보다도 더욱 배우자나 자녀의 말에, 동료들이나
젊은이들의 소리에 귀를 기울이자. 그들과 좋은 관계, 바람직한 관
계를 희망하면서 말이다.

52. 친구에 대하여

평안한 노후를 위해서는 은퇴 자금 등 경제적 준비뿐 아니라 시간을 보내고 관심사를 나눌 수 있는 친구 관계를 만드는 게 중요하다. 통상적으로 은퇴 후 노년기에 접어든 많은 사람이 사회와의 단절에 따른 두려움, 외로움, 우울감 등을 느낀다. 익숙함, 안전, 공동체 의식을 주었던 회사가 더 이상 존재하지 않기 때문이다. 사회적 관계가 줄어들면서 생활이 무미건조해지고 자신감이 없어져서 의기소침해진다. 그러므로 회사 안에서 가능했던 관계들을 대체할 새로운 관계를 만들 필요가 있다.

은퇴자들에게는 사회적, 심리적, 정서적 건강을 얻는 데에 '친구와의 우정'이 필수이다. 그래서 우정을 쌓고 유지하는 것이 중요하다. 은퇴자 연구에 따르면 **다른 사람과 친밀한 관계를 잘 맺는 사람이 더 행복하고 더 건강하며 더 오래 산다.** 친구가 없거나 고독을 느끼는 사람들은 병에 걸리거나 일찍 죽을 가능성이 크다.

개인의 인간관계를 과학적으로 설명한 영국의 인류학자 로빈 던바(Robin Dunbar)[180]의 '던바의 법칙'은 재미있는 시사점을 준다. 영장

180 로빈 던바(Robin Ian MacDonald Dunbar): 옥스퍼드대학교 인지 및 진화인류

류를 대상으로 조사를 해 봤더니, 정교한 사고를 담당하는 대뇌 영역인 신피질이 클수록 알고 지내는 친구가 많았다는 것이다.

던바는 인간의 사회적 행동을 담당하는 대뇌신피질의 크기를 근거로 인간은 최대 150명의 지인을 만들 수 있다고 했다. 실제 부족 사회의 평균 구성원은 153명이라는 사실을 발견했다. 던바 교수는 소셜 미디어를 통해 친구의 수가 수천 명이 되고, 그들과 자주 소통하더라도 안정적으로 관계를 유지할 수 있는 진짜 친구 수는 최대 150명이라고 주장한다. 150명은 '던바의 수', '던바의 법칙'이라고 불린다. 던바의 법칙은 3배수 법칙이라 불린다. 어려움에 처했을 때 도움을 요청할 수 있는 진짜 친구 수는 5명, 그다음은 15명, 좋은 친구는 35명, 그냥 친구는 150명, 아는 사람은 500명, 알 것도 같은 사람 1,500명이라고 한다.

학 연구소장을 지낸 진화심리학자다. 현재 옥스퍼드대학교 실험심리학부 내 사회 및 진화 신경과학 연구팀의 수장이다. 그의 주요 연구 주제는 사회성의 진화로, 인간 행동의 진화론적 기원을 밝히는 데 힘을 쏟고 있다. 특히 지속적이고 안정적인 관계를 맺을 수 있는 인지적 한계를 정량화한 '던바의 수 Dunbar Number'로 유명하다. (교보문고 작가 화일에서)

(그림3) Dunbar's Number[181]

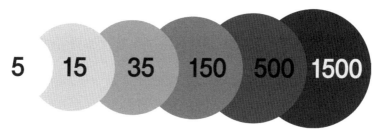

The max number of relationships a person maintain

My research suggests we can only maintain five intimate friendships - but we know the names of up to 1,500 people. JelenaMrkovic/wikimedia, CC BY

몇 년전 국내 설문조사[182]에서 '진짜 친구는 몇 명인가?'란 질문에 대해 5명 이하라고 대답한 비중이 70%로 압도적으로 많았다.

수많은 사람 속에서 마음을 터놓고 이야기할 수 있는 완전 절친 5명만 있어도 성공한 인생이며 좀 더 나은 노후 생활을 할 수 있다. 은퇴 이후를 대비하기 위해서는 그저 많은 친구를 사귀기보다는 어려움이 닥쳤을 때 의지할 수 있는 '진정한 친구'를 만드는 데 집중해야 한다.

친구를 얻는 유일한 방법은 내가 친구가 되는 것이다.[183]

....

181   Robin Dunbar, Dunbar's number: why my theory that humans can only maintain 150 friendships has withstood 30 years of scrutiny, Published: May 12, 2021.

182   Friday 세션, 조선일보, 2017.9.1.

183   랄프 왈도 에머슨.

자신이 누군가의 진정한 친구가 되는 것 또한 가장 어려운 일이다. 이런 점에서 우정은 명사가 아니고 동사라는 사실을 기억할 필요가 있다. 진정한 우정을 위해서는 지속적인 노력이 필요하다는 말이다.

> 성공적인 은퇴생활을 위해서는 두 가지가 중요합니다. 하나는 재미있다고 느끼는 일을 열심히 하는 것이고 또 하나는 다른 사람들과 친밀한 관계를 맺는 것이죠. 그러면 TV 앞에만 앉아 있는 식물인간은 되지 않아요.[184]

특히 은퇴 후에는 우정을 유지하는 것도 좋지만 새 친구를 사귀는 것도 잘해야 한다. 문제는 더 이상 직장이나 소속된 공동체가 없는데 어떻게 새로운 친구를 만드는 가인데 공통점이 적은 사람들보다는 생각이 비슷하고 마음에 맞는 사람들이 서로에게 더 많이 끌리는 법이다. 새로운 우정은 친척, 옛날 학교 친구, 전 직장 동료, 그리고 이웃 관계에서 싹트기 쉽다. 아울러 새 친구를 사귀기에 좋은 장소나 활동은 다음과 같다

- 독서 모임 등 개인적 관심으로 결성된 모임
- 야구나 볼링 배드민턴 같은 단체운동
- 자신의 철학을 펼칠 수 있는 사회운동, 혹은 환경보호단체
- 자선단체에서 봉사하기

....
184   지미 카터.

- 대학 또는 평생교육강좌에 참석하기
- 친목 단체
- 교회나 기타 종교 모임
- 많은 관객들이 모이는 운동 경기
- 미술관 박물관 오페라 극장 등

우정은 단시간에 타오르지 않는다.
구들장을 데우듯 천천히 익어 간다.

53. 3040 캥거루족을 주의하라

　박씨(25·여)는 작년 8월에 취업에 성공해 경제활동을 시작했지만 독립하지 않고 여전히 부모님과 함께 산다. 그는 "가족들과 함께 살면 식비 등 각종 생활비 걱정도 덜 수 있고 심리적으로도 편안하다."며 "비혼주의자이기 때문에 평생 부모님과 함께 살 예정"이라고 말했다. 박씨는 "아직 사회 초년생이기 때문에 부모님께 따로 생활비를 드리진 못한다."며 "조금 더 경제적으로 안정되면 부모님께 생활비를 드리며 계속 부모님과 함께 살고 싶다."고 덧붙였다.[185]

　2021년 9월 통계청이 발표한 2020년 인구주택총조사 표본 결과에 따르면 우리나라 성인 가운데 부모의 도움을 받아 생활하는 캥거루족은 314만 명으로 집계됐다. 사회진출 준비가 덜 된 20대(249만 명, 79.3%)야 그렇다 치지만, 30~40대 가운데 부모의 도움을 받아 생활한 사람은 65만 명에 달했다. 성인 캥거루족 5명 중 1명(20.7%)

....
[185]　신 캥거루족의 등장… 취업해도 독립하지 않는 청춘들, 이데일리, 이지민, 2020년 4월 22일.

은 3040이었던 셈이다. 3040의 미혼인구 비중도 각각 42.5%, 18.0%로 높다. 부모와 함께 사는 미혼 남녀의 절반 가까이가 직업이 없는 상태다.

캥거루족이 늘어나는 이유는 여러 가지다. '일할 의지 부족'과 심각한 취업난, 급등하는 집값 등이 복합적으로 얽혀 있다. 요즘에는 부모님으로부터 물리적·경제적인 독립을 할 능력이 있지만 여러 가지 이유로 의도적으로 부모님과 함께 사는 이른바 '新 캥거루족'쯤으로 볼 수 있겠다. 이들은 독립하지 않는 이유로 대부분 생활비 절감과 심리적 안정감을 꼽는다.

캥거루족이 부모에게서 독립하지 못하면 그 부모도 경제적 자립 능력이 취약해진다. 미혼 자녀를 부양하는 기간이 늘어나면 부모가 은퇴 시기까지 노후 준비를 하지 못하고 경제력과 노동력을 쏟아붓는 현실이다.

한국만의 문제도 아니다. 실업률이 높고, 고도 성장기가 끝났으며, 주거비가 비싼 나라에서 많이 나타난다. 미국에서도 코로나 사태 이후 재정적인 어려움과 주거 불안정 때문에 부모 품으로 돌아가는 캥거루족이 늘고 있다.

캐나다에서는 직장 없이 떠돌다 집으로 돌아오는 세대를 '부메랑 키즈'라고 부른다. 영국에서는 부모 퇴직금을 좀먹는 자녀를 '키퍼스', 일본에선 부모에게 기생(parasite)하는 독신(single)을 '패러사이트 싱글'이라고 한다.

특히 일본에서는 패러사이트 파산이라고 해서 자립하지 못한 자녀가 부모의 노후 자금을 축내다가 결국 파산에 이르는 가족 관계를 지칭한다. 연금만으로 사는 고령자가 패러사이트 파산에 빠지는 경우가 많아 아이도 이미 중년 세대이기 때문에 사태는 심각하다. 이 문제는 성인이 되어서도 자립하지 못하는 자녀의 문제이기도 하지만 자녀가 자립하지 못하게 교육시킨 부모도 책임이 있다.

자녀가 자립하지 못하는 경우 집값 문제, 일자리 문제 등 여러 가지가 있지만 정신적인 유약함이 원인일 수도 있다. 그래서 결국 부모는 '마음의 상처가 아물면'이라든가 '다음 일자리를 찾을 때까지'라든가 하는 식으로 안이하게 생각하는 경향이 많다. 그러나 그러다 보면 은연중에 은둔형 외톨이가 되기 십상이다.

직장에 나가서 싫은 상사 밑에서 잔소리를 들어 가며 일하기보다는 아무 것도 하지 않고 부모가 주는 돈으로 생활하는 것이 편하다고 느끼기 때문이다. 그래서 자녀를 돕는 경우는 반드시 기한을 정하는 것이 좋다

예를 들어 구조조정을 계기로 자녀가 혼자 살다가 집으로 들어온 경우를 생각해 보자. 부모는 자녀에게 언제까지 어떻게 할 것인지를 약속하게 하는 것이다. 이때 일자리가 나타날 때까지 라든가 일할 의욕이 생기면 이라든가 하는 기한이 어정쩡한 약속을 해서는 안 된다. 그렇게 애매하게 하면 결국 의존심만 키우는 셈이 된다. 설사 일자리가 나타나지 않았더라도 기한이 되면 아르바이트라도 해서 독립하도록 내몰아 버리는 것이 좋다.

부모가 자녀에게 엄격하게 못하는 것은 부모가 자녀로부터 자립하지 못해서이다. 부모가 자녀로부터 자립하지 못하면 자녀도 부모로부터 자립하지 못하는 법이다. 부모라면 누구나 자녀에게 지나치

게 엄격하게 하면 혹시 나쁜 쪽으로 되지 않을까 그것이 겁나서 자상하게 대하게 되는 경우가 많다.

당연한 일이지만 사람이 살다 보면 이런 저런 일들이 무수히 일어나게 되어 있다. 그리고 그것을 혼자 힘으로 극복해 나가야 한다. 언제까지나 부모가 옆에서 도와줄 수 없는 법이다. 유감스럽게도 먼저 이 세상을 하직하는 것은 자녀가 아니라 부모다. 자녀 앞에서 먼저 없어지게 마련이다.

아무리 급여가 적더라도 아니면 집에 방이 남더라도 남자든 여자든 관계하지 말고 자립시켜야 한다. 그렇지 않으면 금전 감각을 비롯하여 자립에 필요한 힘을 기르지 못한다.

설사 일자리에서 쫓겨났다고 하더라도 재취업할 때까지 아르바이트라도 하면서 밥을 해결하고 부모에 의존하지 않고 일자리를 다시 찾아 나서도록 해야 한다. 병으로 인해 일하지 못하게 되는 경우라면 몰라도 말이다.

그런 관계를 맺지 않으면 자녀의 부모로부터의 자립, 부모의 자녀로부터의 자립은 요원하다. 자녀에게 어떻게 할 거냐 하고 의견을 물어서는 편한 쪽을 선택하는 인간을 만들 뿐이다. 일본에서 일어나고 있는 패러사이트 파산이 무서운 것은 부모와 자녀가 동시에 쓰러져 버리는 것이다. 그렇게 되지 않도록 캥거루족인 자녀를 하루라도 빨리 자립시켜야 할 것이다.

54. 동창회에 나가야 하는 이유

사람은 위축되면 뒤로 숨게 된다. 동창회 같은 모임에 잘 나오던 친구가 갑자기 안 나오면 실직했거나 병에 걸리거나 어려운 일이 생겨서 그런 경우가 대부분이다. 이를 두고 우리는 잠수 탄다고 표현한다.

필자는 20년 전 대기업 임원에서 퇴직했을 때부터 동창 모임에 나가지 않았다. 즉 잠수 타기 시작했다. 물론 그 이전에도 일본에서 7년, 지방에서 지점장 시절에는 자주 나가지는 못했다. 동창회에 안 나오는 이유는 뻔하다. 우선 실직한 초라한 모습을 보여 주기 싫거나 자신의 형색이 내세울 만한 것이 못되어서 그렇다.

그렇다고 잠수 탄 친구만 나무랄 일도 못된다. 친구들 딴에는 그런 친구가 나오면 위로한답시고 한마디씩 하는데 그게 당사자가 들어서 기분이 썩 좋지 않은 말일 경우가 태반이다. 필자도 그런 경험을 한두 번 겪고 나니까 나가고 싶은 생각이 싹 사라졌다. 그 후 전직 지원 외국계 기업에 다니다가 이후 독립해서 정신없이 뛰다 보니 어느새 20년이 흘렀다.

중장 즉 별 세 개를 다는 사람이 육사 한 기수 중에서 7~8명이라고 한다. 1기수를 100명이라 하며 7~8%가 중장 이상을 다는 것이다. 신문사의 경우는 한 기수가 대략 20명 안팎이라고 한다. 그중에서 기자들의 정점인 편집국장은 1명이다. 5%의 확률이다. 필자의 경우 24명이 입사했는데 상무로 승진한 동기가 3명 전무 이상은 없었다. 8명 중 1명꼴이니 12~3% 선이다.

올해도 어김없이 고등학교 동문 신년 모임 안내가 왔다. 몇 명이나 참석하는가 세어 봤더니 111명이다. 동기생이 모두 720명[186]이니 그중 15%가 참석하는 셈이다. 우리 반이 11명 참석으로 60명 중 20%인 셈이다. 참석률이 제일 높았다.

임원이 못 된 회사원, 별을 못 단 육사 출신, 편집국장이 못된 기자, 떼돈 못 번 사업가 이들 모두가 세상과 등지고 산다면 남아날 사람이 없을 것 같다. 실직자도 마찬가지다. 실직한 것을 부끄럽게 여길 필요가 없다. 그저 남보다 일찍 회사를 나왔을 뿐이다.

나가서 사람도 만나고 세상 돌아가는 것도 봐야 한다. 동창회 친구는 조금만 이야기를 나누면 옛날 모습이나 성격을 서로 잘 알고 있기 때문에 금방 친근감이 생긴다. 연령도 같기 때문에 생활상의 고민도 비슷비슷하다. 동창 중에 서로 맞는 이들끼리 의기투합하기 쉽다. 마음에 맞는 친구끼리 모여 사무실을 빌려서 상점가에서 활동하는 경우도 있다.

동창회란 동문을 통해 인간의 정을 느끼고 위안을 받는 곳이다. 그 밖의 순기능에 대해서도 알아보자.

첫째, 쉽게 사귈 수 있다

186　필자의 고교는 본교출신 480명 타교출신 240명이라 꽤 많은 편이다.

나이를 먹을수록 새로운 또래 친구는 사귀기가 어려운데 반하여 오랜 친구들은 포도주처럼 더욱 향취가 깊어 가고 처음 나오는 동창들조차 쉽게 새로 사귈 수 있어 좋다. 간혹 실망스러운 일도 없지는 않지만 각자 인생을 열심히 살아가는 모습을 보면서 서로 격려하는 모임이라는 것만은 분명하다. 순수하게 조건 없이 만나는 자리다. 인간의 정을 느끼고 위안을 받는 것만으로도 정말 많이 얻어 가는 것이다. 밀어주고 끌어 주고는 그다음에 저절로 따라오는 일이다.

두 번째, 다른 직업을 가진 다양한 사람들을 만나는 기회가 된다

직장 생활을 하다 보면 주로 직장인들만 만나게 된다. 다른 업종을 만나기란 쉽지 않은데 동창회엔 가면 장사를 하는 친구 무역 오파상, 중소기업 경영자, 부친의 가업을 이어서 식당을 하는 동창, 사진사 등과 같은 프리랜서를 하는 동창도 만나 보게 된다. 자칫하면 세상이 샐러리맨으로만 되어 있는 것처럼 생각하던 필자에게 새로운 시각을 깨닫게 해 준다.

인생의 外緣을 만드는데 이만한 모임이 없다. 그리고 웬만한 정보는 다 동창회에서 얻을 수 있다. 그야말로 정보의 보고(寶庫)다. 누군가는 '나는 내가 알아야 할 것을 모두 동창회에서 배웠다.'는 동창회 예찬론을 펼치는 사람도 있다.

세 번째, 은퇴 후 있을 곳 만들기가 용이하다

앞에서도 언급했지만 동창들의 직업이 다양하다. 지역에서 활동하는 사람 도시 속에 살면서 2도 5촌 하는 친구, 유튜브 방송 하는 친구, 대학원생, 귀향한 친구, 스스로 연구회를 조직해서 활동하는 친구 등 다양한 곳에서 종사한다. 은퇴 후에 자신이 시간 보낼 곳을 만들기 위해 동료를 찾는 것은 발 벗고 나서도 어렵다.

네 번째, 동창회는 뇌에 좋다

의학적으로도 근거가 있는 이야기이다. 保坂 隆 정신과의는 건강 면에서의 동창회의 효용을 다음과 같이 강조한다.

> 대학, 고등학교, 중학교, 초등학교와 다양한 시대의 동창회에 나가 과거의 기억을 거슬러 올라가는 동안 잘못된 자신의 모습을 알게 되기도 한다. 추억 이야기에 꽃이 피는 가운데 "아냐, 호사카. 너는 그때 보결이었어." 하고 잘못된 기억을 고쳐 주기도 한다. 어린 시절의 자신의 기억은, 무의식중에 조금 미화되고 있거나, 오해로부터 왜곡되기 십상인데 그런 잘못된 기억은 동창생들이 덮어 준다.[187]

칠순을 맞아 자서전을 쓰면서 나는 어렵사리 옛 친구를 만났다. 지금은 더 이상 없는 초등학교의 터 같은 추억의 땅도 돌아보았다. 그렇게 기억의 점과 점을 연결해 나가는 일은, 자신의 과거를 편집하는 작업인 것 같았다. 그 과정에서는 일단 자신이 하고 싶어도 할 수 없었던 것, 못 했던 꿈 등이 떠오른다. 그것들은 어쩌면 70대 이

187   출처: 아사히 신문 relife 「同窓会は「脳に良い」昔の記憶が刺激に」精神科医・保坂隆さんに聞く「同窓会の効用」(上)

후의 인생에서 전념해야 할 테마일지도 모른다.

옛 기억을 부활시키는 것을 '라이프 리뷰'라고 한다. 그것은 치매의 치료에도 활용된다. 치매는 최근 기억을 기억할 수 없게 되고 새로운 기억이 남지 않게 되는 증상이라고 할 수 있다. 하지만 이상하게도 인간은 오래된 기억은 언제까지나 뇌의 저장고의 깊은 곳에 박혀 있다. 그러한 오래된 기억을 꺼내 와서 다시 정리하는 작업이 뇌의 기능을 높이게 되어 치매의 예방에도 도움이 된다. 좋아했던 음악을 듣고 처음 들었던 10대 무렵의 두근두근한 감정이 되살아나는 것처럼 오감에 묶인 기억을 기억하는 체험은 뇌를 활성화시켜 뇌를 젊어지게 한다. 그런 자극으로 뇌는 기쁨, 쾌적한 기분으로 이어지는 도파민 등의 호르몬을 활성화시킨다. 동창회는 바로 그러한 체험을 제공하는 촉매제이다.

마지막으로 동창회나 동기회는 자신과 맞지 않는다고 생각하는 사람들도 있다. 그런 친구들은 술만 마시고 잡담이나 하다오니 시간만 아까울 뿐이라한다. 또는 과거 안 좋은 기억으로 기피하는 사람이라면 호사카 精神科醫의 말을 참고하라.

> 기억하기 싫은 추억으로 인해 동창회의 권유를 받아도 참가를 주저하는 사람도 있다. 하지만 어쨌든 그것은 잘못된 기억일지도 모른다. 용기를 내고 참석해 보면, 아무도 그런 것은 문제조차 되지 않고, 괜한 걱정을 하면서 마음고생했다고 깨닫는다. 그런 경험을 한 사람은 적지 않다.[188]

....
188 전게서.

55. 잡담력

    코로나의 장기화로 인해 사람과의 접촉이 제한되고 길어지는 마스크 생활로 인해 사람과 이야기하는 것이 서툴러졌다는 사람들이 늘고 있다. 이웃 일본의 고독에 관한 조사에 따르면 코로나로 인해 무려 67.6%의 사람이 "직접 만나 커뮤니케이션을 취하는 일이 줄었다."고 답했다고 한다. 이에 따라 대인력, 대화력도 떨어지고 외로움을 느끼는 사람도 늘고 있다는 것이다. 이러한 코로나로 인한 커뮤니케이션 부족을 타파할 수 있는 것이 「잡담력」이다.

    잡담에는 실로 많은 장점이 있다.

    우선, 잡담이나 대화 등, 이야기를 하는 것은, 뇌내 호르몬을 분비시켜, 뇌나 신체의 활성화로 연결 된다고 한다. 기분 좋은 대화는, 뇌내에 「도파민」, 「옥시토신」, 「엔돌핀」이라고 하는 자극·쾌락 호르몬을 방출시켜, 건강이나 행복감을 높여 주기 때문이다. 잡담에는 마치 '만능 약'처럼 사람의 고통과 고민을 완화시키는 효과가 있다 .

    예를 들어 잡담에는 이런 효능이 있는 것으로 알려져 있다.

- 낯선 사람과의 「편한 대화」는 기분을 좋게 한다.

- 연대감을 느끼게 하여 고독감을 완화시켜 준다.
- 행복감을 높여 준다.
- 사람에 대해 공감력을 갖고 접할 수 있게 한다.

잡담이나 대화는, 「인간관계의 기본을 배우는 중요한 트레이닝」인 동시에, 「사람과 사람을 붙여 주는 자석」이라고 행동 과학자 시카고 대학 비즈니스 스쿨의 니콜라스 에플리 교수는 형용하고 있을 정도다.

나이든 남자는 가만히 있기만 해도 주변 분위기를 가라앉게 만든다. 그러니 다들 웬만하면 자리를 피해 주었으면 하는 존재로 여긴다. 그러나 잡담을 좋아하는 유쾌한 사람이라면 호감을 살 수 있다.

모니카 벨루치가 주연으로 나오는 영화 「말레나」의 배경인 시칠리아 섬에서는 남자들이 매일 정장 차림으로 거리에 나와 종일 차를 마시며 잡담을 한다. 필자도 낮에 카페나 패스트푸드 점포에 가면 필자 또래 아저씨들이 삼삼오오로 모여 종일 잡담을 나누는 장면을 자주 본다.

이처럼 나이든 이에게 필요한 능력은 두말할 필요도 없이 잡담력이다. 필자의 동창 모임에 가도 항상 이야기를 이끌어 가는 동창은 영락없이 잡담력의 소유자다.

영어 회화에는 몇십만 원을 들이면서 매일 하는 회화에는 왜 공을 들이지 않을까.

당신을 돋보이게 하는 힘이 바로 잡담력. 바로 몸에 익혀 평생 내 것이 되는 법.

이 책을 읽으면 누군가와 잡담이 하고 싶어진다.[189]

그러나, 그만큼 장점이 있는 잡담력임에도 불구하고 잡담에 대해 「공포감」을 느끼는 사람이 적지 않다. 왜 잡담, 특히 잘 모르는 사람과의 이야기는 어려운가. 그것은 무엇보다 「사람은 거절에 엄청난 공포심을 기억하기 때문」이라 한다. 사람으로부터의 거절은 "자신이 무리에서 제거되는 위험"을 의미하기 때문에 사람은 사람으로부터 거절되는 것을 극단적으로 두려워한다.

원래 인류는 위협으로부터 몸을 지키는 것으로 살아 왔다. "적을 피하는 것"이 "친구와 동료를 만드는 것"보다 생존에 직결되기 때문에 쉽게 사람과 연결되지 않도록 되어 있다. 안이하게 사람을 신용하고 마음을 용서해 버리는 것은 위험을 수반하기 때문이다. 그러므로, 모르는 사람의 잡담이나 대화의 리스크를 과대하게 받아들여 그 즐거움이나 충실감을 과소하게 평가하는 것이다.

대기업 여행 사이트 Expedia의 조사에서는, 기내에서 모르는 사람에게 말을 건네는 비율은, 한국은 28%로, 하위 그룹에 속했다. 톱은 인도(60%), 멕시코(59%), 브라질(51%), 태국(47%), 스페인(46%)과 비교해도 그 차이는 역연하다. 우리처럼 하위 그룹은 오스트리아(27%), 독일(26%), 홍콩(24%) 그리고 일본(15%)였다.

시카고의 통근 열차에서 모르는 사람에게 말을 걸었다는 실험을

....

189　齋藤 孝,『雑談力が上がる話し方』추천사에서, ダイヤモンド社, 2010(일서)(국내 번역서: 사이토 다카시, 장은주 역『잡담이 능력이다』, 위즈덤하우스, 2014).

한 결과, "당초는 많은 사람들이 망설이고 싫어했지만 실제로 말을 걸면 예상보다 즐거웠다는 사람이 대부분이다."라는 결과가 나왔다고 한다.

그렇다면 잡담 능력이 높은 사람들의 특징은 무엇일까.

첫째는 강한 지적 호기심을 가진 사람이다. 지적 호기심이 많은 사람들은 자신이 모르는 것에 대해 강한 관심을 가지고 있으며, 자연스럽게 상대방이 말하는 것을 기꺼이 듣고 대화에서 배우기를 열망하기 때문이다. 그들은 다양한 분야에 대한 정보를 입력하는 데 어려움이 없기 때문에 잡담에서 주제를 찾는 데 거의 어려움을 겪지 않는다. 또, 모르는 주제가 나왔어도 지적인 호기심이 생기는 장점이 있기 때문에, 상대의 이야기로부터 배우거나 정보를 모으는 것도 즐길 수 있다.

다음은 **좋은 경청자이다.** 잡담 능력이 높은 사람들은 잘 듣는다. 좋은 경청자는 단어뿐만 아니라 다른 사람의 비언어적 신호도 읽습니다. 얼굴 표정, 몸짓, 목소리 톤 등에서 상대방의 감정과 의도를 추론하고 적절하게 대응할 수 있다.

마지막으로 **자신의 약점을 잘 보여 주는 사람이다.** 잡담을 잘하는 사람은 자기 공개를 잘하고, 자신의 약점을 적당히 노출하는 것을 잘한다. 자기 공개가 능숙한 사람은, 자신이 모르는 것을 부끄럽다고 생각하지 않고, 충분히 공부하지 않았기 때문에 가르쳐 주면 좋겠다는 입장으로 대화에 임할 수 있다.

그러면 어떻게 해야 잡담력을 올릴 수 있을까. 당연한 이야기이지만 이제껏 잡담력이 없던 사람이 아무런 노력 없이 잡담력을 단번에 키우는 것은 어렵다. 잡담력을 높이는 포인트에 대해 소개한다.

1. 대화의 결론에 대해 너무 많은 것을 요구하지 말라

잡담은 장황한 대화이지만 명확한 결론을 요구하지 않는다. 반면에, 결론을 내리려고 하는 행동은 편안한 분위기를 파괴하고 상대방이 마음속에 있는 것을 이야기하는 것을 어렵게 만들 수 있다. 결론을 내리는 것은 또한 다른 사람을 판단하고 있다는 인상을 줄 수 있다. 잡담에서 필요한 것은 결론을 도출하는 능력이 아니라 가벼운 대화를 나눌 수 있는 편안함이다. 성급하게 결론을 내리려고 해서 상대방을 불편하게 만들지 않도록 주의하면서 잡담을 하는 것이 좋다.

2. 잡담하는 사람에게 공감을 보이려고 노력하라

잡담 기술을 향상시키기 위해서는 기쁨, 분노, 슬픔 등의 상대의 감정에 공감할 수 있는 이야기를 하려고 노력하는 것도 중요하다. 그러기 위해서는 사람들의 감정과 반응의 변화를 잘 관찰하고, 공감과 감정을 적극적으로 표현하려고 노력하는 것이 좋다. 사람들은 자기 자신에게 공감할 때, 많은 것에 대해 이야기하고 싶어 하는 경향이 있다. 상대방에 대한 공감을 잘 할 수 있다면 자연스럽게 상대방의 말도 많아지고 대화의 폭도 넓어진다….

3. 상대방이 관심을 가질 만한 주제를 준비한다

잡담하는 사람에 대한 정보, 시사 거리, 뉴스 등의 정보를 수집하여 잡담의 범위를 확장할 수 있다. 예를 들어, 친해지고 싶은 사람의 취미를 알면, 그 취미에 관한 최신 정보를 모으는 것만으로, 단번에 잡담거리가 늘어난다. 또, 상대방의 주제를 자연스럽게 확장하기 위해서는, 대화에 등장하는 하나의 키워드로부터 연상 게임 형태로 대화를 확장해 나가는 것이 좋다. 최근에는 SNS를 이용하는 사람이 늘고 있기 때문에, 사전에 상대의 SNS를 확인하고 읽어 두는 것이 유익하다.

4. 처음 만나는 사람들에게 닫힌 질문을 한다

닫힌 질문은 "예/아니오" 대답을 요구하는 질문이다. 예를 들어, "점심은 먹었어?" 처음 만나는 사람으로서 신뢰 관계가 쌓이지 않은 경우는, 상대가 대답하기 쉬운 닫힌 질문을 설정하는 것이 좋다. 이러한 질문을 하면 대화의 물꼬를 틀 수 있다.

5. 대화가 활발해질 때 열린 질문을 하라

열린 질문은 상대방이 자유롭게 대답할 수 있도록 하는 질문 기법이다. "언제", "누가", "어디서", "무엇을", "왜", "어떻게"라는 관점에서 질문하는 것으로, 상대가 자연스럽게 말하도록 유도 할 수 있고, 대화의 폭을 넓히기 쉽다. 상대방과 좋은 관계를 맺고 있다면, 추상적인 열린 질문으로 시작하는 것이 대화를 더 효율적으로 발전시키는 데 도움이 될 수 있다.

마지막으로 『잡담이 능력이다』의 저자인 사이토 다카시 교수는

30초 잡담을 나누는 관계를 만들어 두라고 강조한다.[190]

필자도 매일 개를 산책시키다 보면 같이 개를 산책시키는 사람과 자주 마주치게 된다. 개들끼리 어울리게 되면서 자연스레 상대방과 말을 섞게 된다. 주로 '개가 정말 귀엽네요. 이름이 뭐예요?'라고 한 마디 건네준다. 이처럼 잠깐 동안이지만 개에 관한 이야기도 좋고 동네 이야기도 좋고 인사뿐 아니라 30초라도 잡담을 나누는 관계를 만들어 보는 것이 나중에 어떤 때라도 도움을 받을 수 있는 관계가 된다.

「잡담력」은 결코 재능이 아니고, 누구라도 배울 수 있고, 순식간에 능숙할 수 있는 기술이다. 불투명한 시대를 살아가는 열쇠가 되는 이 「인생 최강의 무기」를 여러분도 손에 넣어 보지 않겠습니까.

190　사이토 다카시, 장은주 역『잡담이 능력이다』위즈덤 하우스, 2014.

VIII

시간·취미에
대하여

56. 크로노스 카이로스의 삶

시간의 2가지 개념에 대해 알아 둘 필요가 있다. 헬라어로 시간을 의미하는 단어가 2개가 있다. 그 하나는 크로노스이고 다음 하나는 카이로스이다. 크로노스는 일반적인 시간, 즉 현재까지의 일련의 연속된 시간으로 우리 모두에게 보편적으로 단순하게 적용되는 객관적 시간을 의미하는 반면, 카이로스는 크로노스 시간 중에서 각각 다른 의미로 적용되어 구체적인 사건에 특별한 가치가 부여될 수 있는 주관적 시간이다.

크로노스를 양적인 특성이라고 한다면 카이로스는 질적인 특성을 지니고 있다. 즉 크로노스가 덧없이 흘러가는 시간의 의미라면 카이로스는 찰나의 순간이라도 특정한 사건 속에서 놀라운 변화를 체험하게 되는 시간으로 개인적 체험에 가치가 부가되어 객관적으로 공감을 이룰 수 있는 시간이다.

크로노스의 시간이 모두에게 동일하게 적용되는 시간이라고 한다면, 카이로스의 시간은 사람들에게 각기 다른 의미로 적용되는 주관적 시간이다.

헬라어에서 카이로스는 최고 최상의 순간으로 자신의 존재의미를 느끼는 절대적인 시간의 의미를 가지고 있는 찰나의 시각이므로 한번 지나가면 다시 붙잡을 수 없다는 기회의 신이 이름이 바로 카이로스이기도 하다. 그리스에 있는 카이로스 석상을 보면 앞머리는 매우 덥수룩해서 얼굴을 가릴 정도지만 뒷머리는 머리카락 하나 없는 대머리인데다 어깨와 발목에는 날개도 달려 있는 기형적인 모습을 하고 있다. 카이로스 신은 왜 이런 모습을 하고 있을까? 석상에 그 이유가 적혀 있다.

> "내 앞머리가 무성한 이유는 사람들이 나를 쉽게 붙잡을 수 있도록 하기 위함이고 뒷머리가 대머리인 이유는 내가 지나가면 다시 붙잡지 못하도록 하기 위함이며 어깨와 발뒤꿈치에 날개가 달려 있는 이유는 최대한 빨리 사라지기 위함이다. 내가 손에 들고 있는 칼과 저울은 정확한 판단을 내리고 칼과 같이 신속한 의사결정을 위한 것이다. 나의 이름은 기회, 카이로스다!"[191]

더없이 행복한 시간이든 너무도 힘들고 고통스러운 시간이든 일상적으로 흐르는 시간을 벗어나 특별한 의미를 가지는 순간 그 시간은 카이로스가 되는 것이다.

크로노스의 시간을 살아가면 참으로 무의미하고 무기력한 인생을 살아가게 된다. 그러므로 우리는 크로노스의 시간을 카이로스의 시간으로 승화시켜서 이 시간을 값있게 사용하게 되면 자기 인생의

....

191   이탈리아 북부 도시 토리노 박물관 소재 카이로스상 소개글.

위대한 가치를 실현할 수 있게 된다.

많은 사람들이 은퇴 전에는 카이로스적 시간 속에서 참으로 의미 있는 생활을 하다가 정년이 되어 은퇴하게 되면 모든 시간이 크로노스로 돌변하고 만다. 이때부터 무의미한 하루하루의 연속으로 덧없이 시간이 흘러간다. 과거 젊었을 때의 추억에 매달려 살아가다가 결국 애절한 최후를 맞이하게 된다. 그러므로 노년의 인생을 카이로스적인 시간 속에서 사느냐 크로노스적 시간에 떠밀려 사느냐는 자신의 의지에 달렸다. 카이로스로 받아들이는 사람은 시간의 노예가 되지 않는다. 그러므로 모름지기 사람은 나이로 살 것이 아니라 카이로스로 살아야 한다.

젊은 사람이라도 시간을 크로노스로 보내면 죽어 가는 물고기가 물의 흐름에 따라 떠내려가듯이 인생이 시간의 흐름에 떠내려가는 죽어 가는 인생이 된다. 그러나 나이가 비록 노년이라도 카이로스로 살아가면 물결을 거슬러 올라가는 물고기같이 생동감 넘치는 인생을 살아가게 된다.

흔히들 자유시간은 자신을 위해서만 사용한다는 생각에 꽂혀 있는데 그것은 크로노스적 시간 활용에 지나지 않는다. **혼자(1인칭)가 아닌 누군가(2인칭)와 같이 일할 때 존재감을 느끼고 타인(3인칭)을 위해 무언가를 할 때 존재감은 물론 사명감까지 느낄 수 있기 때문이다.**

인간이란 모름지기 1인칭이 아니라 2인칭, 3인칭으로 살아야 한다.

2인칭의 삶은 가족과의 단란한 생활, 동료와의 교제나 친목 활동, 취미 등의 커뮤니티 활동 등을 말한다면, 3인칭의 삶은 자원봉사, 지역사회 활동, 재능기부 등 일련의 사회공헌 활동을 의미한다. I에서 벗어나 We, them을 위한 시간의 배분이 카이로스적 삶인 것이다.

"나는 시간을 지배해야 한다. -지배 당하지 않고- "[192]

192 골다 메이어(Golda Meir), 전 이스라엘수상.

57. 시간은 금이다?

여행도 떠나기 전이 더 행복하다고 한다.

은퇴도 그런 면이 있어서 정년을 앞두고 회사를 떠나는 것은 아쉽기는 하지만 은퇴해서 매일 집에 있게 되면 무얼 할까 이것도 하고 저것도 하고 하는 식으로 공상하는 것은 아주 즐거운 일이다. 그 중에 '혼자서 여행을 떠나겠다.'든가 '마음껏 독서를 하겠다.'는 것은 은퇴 후 하고 싶은 것 중 가장 많이 나온 희망사항 중의 하나다. 은퇴 후에는 누구에게도 구속되지 않고 자신이 좋아하는 대로 마음껏 쓸 수 있는 시간이 넘친다는 것은 생각만 해도 가슴이 두근거리기도 한다.

그러나 막상 은퇴하고 나면 그리스 콘스탄티노스 페트루 카바피스의 「단조(單調)」[193]이라는 다음의 시가 가슴에 와닿는다.

Monotony (단조)

One monotonous day is followed

....
193　https://www.best-poems.net/constantine_p_cavafy/monotony.html

by another monotonous, identical day. The same

things will happen, they will happen again --

the same moments find us and leave us.

A month passes and ushers in another month.

One easily guesses the coming events;

they are the boring ones of yesterday.

And the morrow ends up not resembling a morrow anymore.[194]

그리스의 콘스탄티노스 페트루 카바피스의 「단조」라는 시에서 한
탄하듯이 책을 읽어도 집중하지 못하고 음악을 들어도 도중에 싫증
이 난다. 은퇴 후에 꼭 가 보고 싶은 곳도 일단 가보면 어수선하기만
하고 국내 어디서든지 볼 수 있는 곳에 지나지 않아 반년도 되지 않
아 은퇴 전에 그렇게 기다렸던 자유시간이 전혀 즐겁지 않게 된다.

그래서 은퇴 후도 평소 일해 왔듯이 매일 바쁘게 보내려고 하는

....

194   국내 번역문은 「단조(單調)」, 김정환 역 『콘스탄티노스 페트루 카바피스 시전
집』, 문학동네, 2019을 참조하시기 바랍니다.

> 단조로운 하루가 지나면
> 또 다른 단조로운 하루가 이어진다.
> 똑같은 하루가
> 똑같은 일이 일어나고 또 다시 -
> 똑같은 순간이 우리를 찾아와 우리를 떠난다.
> 한 달이 지나고 또 다른 달이 시작된다.
> 우리는 다가오는 일들을 쉽게 짐작한다.
> 어제의 지루한 일들이 일어나
> 내일은 더 이상 내일이 아니다. (필자 번역)

사람들이 늘고 있다. 바쁜 직장생활을 했던 대부분의 남성 은퇴자들은 이처럼 '잠시도 한가해서는 안 된다.'는 강박관념에 사로잡혀 있다. 이제 산길이나 강변을 어슬렁거리며 산책하고 한낮의 따가운 햇볕을 피해 울창한 나무 밑에서 낮잠을 청하는 과거의 여유로운 은퇴생활은 죄악시한다.

> "월요일은 고등학교 동창회관에 나가야 하고, 화요일·목요일은 성당 자원봉사, 수요일은 교장 등산 모임, 금요일은 대학 동창 골프 모임까지…. 전 솔직히 퇴직 전보다 지금이 더 바빠요. 한가할 틈이 없죠."[195]

미국의 노년학자 데이비드 에커트[196]는 대부분의 은퇴자들에게 '바쁨의 윤리(busy ethic)'가 존재한다고 한다. 노동과 생산성을 미덕의 근원으로 여기던 사회에서 연금을 받으며 즐기는 여가생활을 정당화하기 위한 것이 바쁨의 윤리이다. 즉 진지한 여가부터 자신에 대한 탐닉에 이르기까지 일과 비슷한 여가를 통해 바쁜 노동 생활의 형태와 조화를 이룬다는 것이다.

....

195   전직 교장.

196   데이비드 J. 에커트(David J. Ekerdt): 캔자스 대학의 사회학 및 노인학 명예 교수이다. 1988년부터 1997년까지 그는 노화 센터의 부소장과 캔자스 대학교 메디컬 센터의 가정의학과 부교수를 역임했다. 2003년부터 2016년까지 캔자스 대학의 노인학센터를 이끌었다. 그는 고령화 사회학과 연구 방법을 가르치고 있으며, 두 캠퍼스에서 대학원생을 지도하고 있다.
https://sociology.ku.edu/people/david-j-ekerdt

체력이 다해 정치나 병역의 의무에서 해방되면 그때야 비로소 성역에서 풀을 뜯는 양처럼 자유로운 몸이 되어 짬짬이 심심풀이를 하는 것을 제외하고는 오로지 철학에 전념해야 한다. [197]

필자는 바쁨의 윤리에 대해서는 다소 부정적이다. 대신에 은퇴 후 지루함을 견디기 위해 독서 장르를 좀 넓혀 인문 교양 쪽에 관심을 갖게 된 것이 다르다면 다르다. 그렇다고 필자가 철학에 탐닉한다기보다는 멍하니 이것저것 생각하면서 시간을 보내는 것일 뿐 그것을 통해 꼭 무엇을 생산하거나 결론을 급히 내리거나 하는 의무는 없다. 굳이 생산했다고 하면 블로그에 오늘의 명언을 연재하면서 몇 년 전 『명언, 거인의 어깨 위에 서다』를 출판하고 올해에는 『명언 읽어주는 남자』를 출간한 정도이다. 특별히 새로운 취미에 도전하거나 일정을 빠듯이 채울 일을 일부러 벌이지는 않았다. 친구들 사이에 은둔하고 있는 사람으로 치부되어도 개의치 않았다. 페루를 여행한 한 사회학자가 쓴 글이다.

> 그들은 버스를 기다리는 시간이 아깝다는 감각이 없어 기다리는 시간은 기다리는 시간대로 즐기고 있다. 시간을 '사용한다', '소비한다', '써 버리다' 같은 돈과 같은 동사를 사용해서 하는 습관은 근대의 정신으로, 그들에게 있어서 시간

---

197 플라톤.

은 기본적으로 살아가는 것에 다름 아니었다.[198]

은퇴 후 시간이 남아도는데도 버스를 놓쳐 10분 기다리면 그 시간이 아까운 생각이 드는 필자로서는 페루 사람들의 시간관념에 대해 경이로움을 느낀다. 얼마 전에 강아지를 데리고 양재천을 산책다니던 아내가 '하루하루 계절이 바뀌는 것을 느낄 수 있어 너무 좋았다.'고 즐거워하였다.

백거이(白居易)의 「춘풍」에는 봄에 꽃 피는 순서가 나온다.

春風先發苑中梅(춘풍선발원중매) 봄바람에 정원의 매화가 가장 먼저 피어나고
櫻杏挑李次第開(앵행도리차제개) 앵두, 살구, 복사꽃, 오얏꽃이 차례로 피네[199]

北 連一 씨(키타 렌이치)도 그의 저서 『즐거운 정년 쓸쓸한 정년』에서 봄꽃이 피는 순서를 구체적으로 묘사했다.

2월 들어 밭길에 큰개불알풀의 꽃이 피기 시작하면 겨울과
봄의 줄다리기가 봄의 우세가 되어 민들레 광대나물 자주광
대나물에 이어 느티나무에 새순이 돋으면 그 다음에는 일사
천리 느티나무 신록이 우거지고 푸성귀가 피고   꽃이 피고

----

198   見田宗介, 『사회학 입문』 岩波新書, 2006(일서).
199   백거이, 「춘풍」, 全唐詩, 권450, 維基文庫, 자유적도서관.

황매화가 피고 술붓꽃이 피고 모란이 피고 작약이 피고 장미가 피는 것처럼 자연의 치장이 눈부시게 변화한다.[200]

계절이 오고 가는 것은 은퇴 전에도 수도 없이 겪어 봤을 텐데 기억이 없다가 이제서야 눈에 띄게 된 것은 은퇴 후에 시간이 생겼기 때문이기도 하고 또 필자가 나이든 증거가 아니겠는가. 이제는 시계에 따라 움직이는 생활에서 탈피하여 자연의 변화에 의해 리듬을 타는 생활로 옮겨야겠다고 생각했다.

'시간은 금이다.'여 안녕~~

---

200 키타 렌이치, 『즐거운 정년 쓸쓸한 정년』, 실업의 일본사, 2006(일서).

58. 일상 비일상

　몇 년 전에 부산 '해운대 모래 축제'를 당일로 다녀온 적이 있다. ktx 할인요금(65세 이상) 혜택을 받고 수서에서 SRT로 출발하니 2시간 10분 만에 부산이다. 코로나로 위축되었던 일상이 모처럼 활기를 되찾는 느낌이다. 거리 모습도 활기차고 지나가는 이들의 표정도 밝았다.

　모래 축제를 관람한 뒤 달맞이길에서 대구탕, 해운대 시장에서 어묵, 자갈치 시장에서 꼼장어구이를 먹었다. 모처럼 평소와는 색다른 경험을 만끽하고 돌아왔다. 아내도 이번 여행이 괜찮았던지 다음번에는 어디를 갈 건가 묻는다. 그래서 강릉을 가자고 했다. 곧바로 예약하니 ktx 경로 우대요금 왕복 둘이서 72,000원. 청량리에서 1시간 40분밖에 안 걸린다. 물론 당일치기다. 관광 계획과 맛집 투어 계획은 물론 내 몫이다. 다음 주 여행 계획이 있어서 그런지 일상이 더 활기차진 것 같다.

　일본에는 '하레(晴れ)'와 '케(褻)'라고 하는 일본만의 독특한 시간에 대한 구분이 있다. 일본을 대표하는 민속학자인 야나기타 쿠니오(柳田國男) 씨가 제창한 것이다.

하레(晴れ,霽れ)는 한자로 갤 청(晴), 비 갤 제(霽)를 사용하는데 안 좋은 것들이 다 사라진, 때 묻지 않은 특별한 날이나 일을 말한다. 새해, 결혼식, 입학식, 성인식 등 축하할 일이거나 신사(神事)에 관련한 행사를 하레노히(晴れの日) 즉, 때 묻지 않은 비일상적인 날이라고 한다.

반면 평소대로의 일상적인 것, 세속적인 것을 한자로 더러울 설 자를 사용하여 케(ケ,褻)의 날이라고 부른다.

이러한 구분을 통해 자칫 단조롭게 되기 쉬운 생활에 변화를 주고 있다.

즉 '하레(晴れ)'는 의례나 축제, 연중행사 등의 「비일상」을 의미하고, '케(褻)'는 평상시의 생활인 「일상」을 나타낸다. '하레'의 장소에서는 의식주와 행동, 말투 등을 '케'와는 확연하게 구별했다고 한다.

매일이 언제나 같은 날의 반복이라면, 생활에 변화가 없기 때문에 지루하지 않도록 「하레」와 「케」의 날을 마련함으로써, 생활에 다양성과 변화를 가져다 준 것이다.

「하레」의 날은 일상의 생활에서 벗어나, 특별한 하루를 보내는 것으로. 이런 날은 예쁜 기모노(하레기はれぎ, 晴れ着)를 입고, 머리카락을 예쁘게 묶어, 조금 화려한 화장을 하고, 평상시는 먹지 않는 음식을 먹거나 술을 마시고 축하한다.

반면 「케」는, 평소대로의 생활로 옛날에는 평상복을 입고 평소에 먹는 식사를 한다. 평소대로 일어나 평소의 아침 식사를 취하고 평소처럼 밭일에 나가서 돌아와 목욕에 들어가 저녁을 먹고 자는 일과의 반복이었다.

일본에서는 젓가락 두 개 중 하나는 '하레'의 젓가락(ハレ, 晴れの
箸), 또 다른 하나는 '케'의 젓가락(ケの箸)으로 이 두 개가 겹쳐 있는
것이 와리바시다. 와리바시에는 '하레'와 '케'가 함께 어우러져서 있
는 것으로 이 두 개가 어우러져야 뭔가를 얻을 수 있다는 것을 보여
주는 상징적인 것이라 할 수 있다.

'하레'만 가득한 삶도 '케'만 있는 삶도 없지만, 이 두 개가 적절하
게 버무려져야 맛있는 식사가 가능한 것처럼 '케'도 '하레'도 삶의 일
부라는 것을 와리바시는 시사하고 있다

일본의 시간에 대한 구분인 '하레'와 '케'를 은퇴자들에게 적용하
면 어떻게 될까. 은퇴하고 나면 일을 그만두고 취미나 여행을 즐기
겠다고 생각하는 사람들이 많다. 그러나 매일 여행이나 등산, 바둑
낚시에 몰두하는 일이 계속된다면 어떻게 될까?

취미나 여행 낚시 등은 일본의 시간의 구분으로는 비일상인 '하
레'다. 자칫하면 단조로울 수 있는 일상에 변화를 주거나 자극을 주
는 목적이다.

그러나 '케'라는 일상이 있어서 '하레'라는 비일상이 즐거운 거다.
비일상이 일상이 되면 오히려 괴로울 뿐이다. 필자의 知人 중에는
평소 산악자전거를 즐기는 친구가 있다. 은퇴 후에는 산악자전거를
타면서 전국을 누비겠다고 입버릇처럼 말해 왔는데 정작 은퇴한 후
에는 시큰둥한 모양새이다. 이유를 물어보니 산악자전거를 즐겼던
것은 일을 하다가 주말에 기분전환 하는 데 도움이 되었던 것인데
막상 일처럼 자전거를 타려고 하니 그다지 내키지 않더라는 거다.
친구는 산악자전거를 '하레', 즉 비일상을 즐기는 목적으로 즐겼던

것이지 '케' 즉 일상의 일이 아니었기 때문이다.

'케'의 일상에서 충실한 시간을 가져다주는 것은 역시 일이다. 일이라는 일상이 있어서 '하레'라는 비일상 즉 취미 여행이 즐거운 거다.

『일하는 99가지 이유』로 우리나라에도 잘 알려져 있는 토다 토모히로 씨는 '일을 매개로 자신과 세상이 이어지는 것은 역사와 사회속에서 자신의 역할을 발견하는 것으로 역할은 책임감을 가져다주고 책임감은 살아갈 의욕을 가져다준다.'고 한다.

취미와 여행에서는 책임감은 생기지 않는다. 하든 안 하든 개인의 문제에 국한한다. 반면 일은 모두 다른 사람과 연결된다. 자신이해야 할 역할이 있고 자신을 필요로 하고 있다는 생각이 일에 몰두하도록 한다. 여기서 일은 루틴의 의미가 크다. 비단 직업뿐만 아니라 가사, 자원봉사, 지역사회 활동, 자신의 성장을 위한 공부 등을 모두 포함하는 의미다. 중요한 것은 매일의 일상을 지속하는 것이다.

반면 '하레'의 비일상에는 옷이나 음식 등의 구분이 있었듯이 취미 여행 활동에는 그에 걸맞는 치장, 걸맞는 음식, 걸맞는 행동을 하는 것을 통해 자칫하면 단조로울 수 있는 '케'의 일상과 구분하면 더욱 멋진 삶을 즐길 수 있을 것이다.

이웃 블로그에서 스쿠버 다이빙 복장으로 사진이 올라왔다. 무리지어 다니는 사이클족, 가죽옷으로 치장한 라이더족, 빈티지를 입은 멋진 색소폰 연주가, 전국 맛집을 일주하는 캠핑카 족 모두 '하레'의 비일상에 걸맞는 모습이다.

모처럼 팬데믹 이후 ktx 당일 여행으로 시작한 '하레'의 비일상이특별한 하루에 그치지 않도록 좀 더 다양한 취미생활로 이어져 와리바시와 같이 '케'의 일상과 버무러져 충실한 삶이 될 수 있도록 노력해야겠다.

59. 일일시호일(日日是好日)

다음은 『벽암록』에 나오는 당나라 때 운문종의 종조인 운문 문언(雲門 文偃, 864~949)선사의 화두(話頭) 내용이다. [201]

舉 雲門垂語云하기를 十五日以前은 不問汝하겠으니 十五日以後를 道將一句來하라自代云하기를 日日是好日이다.

운문선사가 대중에게 교훈적인 말씀을 제기하여 말했다. "이미 지나간 15일(보름) 이전의 일은 너희에게 묻지 않겠다. 앞으로 맞을 15일 이후에 대하여 한마디 일러 보라." 대답하는 사람이 없자 운문선사가 사람들을 대신하여 말했다. "날마다 좋은 날!"[202]

....

201   운문 선사는 선불교에서 무수한 공안을 창조한 최고의 조사(祖師)이다. 화두는 조사가 제자를 깨달음의 길로 이끌기 위해 만든 일종의 로드맵이다. 따라서 상징적이고 교훈적인 가르침이 담겨있는 고도의 교육프로그램이다. (일일시호일, 김형중, 법보신문 2013. 1. 15.)
202   벽암록 6칙, 운문일일시호일.

덕산 김덕권 씨는 칼럼(뉴스프리존, 2017.01.12.)에서 "한문에서 똑같은 글자가 겹치면 복수이다. 그러므로 '일일(日日)'은 '날마다'이고, '호일(好日)'은 '좋은 날', '길일(吉日)', '생일(生日)'을 가리킨다."고 하면서 '시(是)'는 '바로 너'라는 뜻이지요. 생일날은 왠지 기분이 좋고 잘 먹는 날이다. 그래서 '날마다 생일'이라고 해도 되고, 날마다 즐거운 날'이라고 해도 될 것 같다."고 쓰고 있다.

그러나 그는 여기서 말하는 '날마다 좋은 날'이란 사실 생일도 길일도 운수가 좋은 날도 아닌 바로 '번뇌 망상이 없는 날' '근심 걱정 등 번민이 없는 날' 또는 마음이 평온하고 활기찬 날을 가리키는 것이라고 강조한다.

일일시호일(日日是好日), 하지만 우리가 살아가면서 정말로 날마다 좋은 날이 얼마나 될까? 날마다는 고사하고 이따금씩 좋은 날도 얼마 되지 않을 것이다. 아니 어렵다고 징징거리는 날이 더 많다. 희로애락에 휘둘려 일희일우하는 것이다. 어떻게 하면 날마다 좋은 날을 보낼 수 있을까? '날마다 좋은 날'이 되려면 근심과 걱정 등 번뇌가 없어야 한다. 번뇌가 있으면 그날은 괴로운 날이다. 이런 날이 겹치면 '날마다 좋은 날'은 간데없고 '우울한 날'의 연속이다. 만사가 싫어지고 삶에 의욕이 없어진다. 지옥이 따로 있는 것이 아니다. 그러므로 날마다 좋은 날이 되려면 마음이 평온해야 한다. 그래야만 '날마다 좋은 날'이 될 수가 있는 것이다.

날마다 좋은 날은 자신이 만들어 가는 것이다. 긍정하든 부정하든 모든 날을 있는 그대로 자연스럽게 받아들이는 것이다. 현실은 자기 힘으로 돌이킬 수 없는 것이다. 바꿀 수 있는 것은 자신의 생각뿐이다. 자신의 감정과 타협하면서 가능한 한 자신에게 편리하고 유리한 방향으로 생각을 바꾸는 것이다.

> 빠른 길도 있고 느린 길도 있다.
> 날마다 행복한 길도 있고, 100일만 행복한 길도 있다.
> 선택은 각자의 몫이고 깜냥이다. 비가 오나 눈이 오나
> 싫어하는 마음이 없이 자연의 순리대로 받아들이면,
> 봄에는 꽃이 피고, 여름에는 바람이 불고,
> 가을에는 달이 뜨고, 겨울에는 눈이 내린다.
> 365일 날마다 호시절이다. [203]

이런 사고방식은 모든 사람들에게 꼭 필요한 긍정적인 사고방식이다. 설사 나쁜 경험이라고 하더라도 다른 사람은 경험할 수 없는 자신 만의 독특한 삶으로 여기는 것이다.

비슷한 사례로 전래동화『우산 장수와 짚신 장수』라는 이야기가 있다.

옛날에 두 아들을 둔 어머니가 있었다. 한 아들은 우산 장수이고, 다른 아들은 짚신 장수였다. 어머니는 날이면 날마다 가시방석이었다. 해가 쨍쨍한 날에는 우산이 팔리지 않아 걱정이고, 비가 오는 날에는 짚신이 팔리지 않아 걱정이었기 때문이다.

"어째, 오늘은 날씨가 좋아서 첫째네 우산이 안 팔리겠네!"

....
203   김형중, 일일시호일, 법보신문 2013. 1. 15.

"아이고, 비가 오니 둘째가 짚신을 팔지 못할 텐데 이를 어쩜 좋을꼬."

어머니는 맑은 날 해가 떠도 한숨을 쉬고, 흐린 날 비가 내려도 한숨을 쉬었다. 자연히 어머니는 웃는 날이 없었고, 늘 근심 걱정으로 가득한 얼굴에는 깊은 주름살만 늘어 갔다. 그러던 어느 날이었다. 어머니는 늘 그랬듯 아들 걱정으로 한숨을 푹푹 내쉬고 있었다. 그 모습을 본 이웃 사람이 어머니에게 말했다.

"아니, 아주머니 무슨 일 있으세요? 왜 그렇게 한숨만 쉬고 계세요."

어머니는 울상을 지으며 대답했다.

"오늘은 날씨가 맑아서 첫째가 우산을 하나도 못 팔 테니까요. 그 생각을 하면 마음이 아파서 한숨이 절로 나오네요."

"아, 그래요? 걱정하지 마세요. 오후에 비 소식이 있다고 했으니까요."

"이걸 어쩌나. 비가 오면 우리 둘째가 짚신을 팔 수 없는데…. 아이고, 둘째가 불쌍해서 어떡하나."

어머니는 울음을 터트리기 일보 직전인 얼굴을 하고 있었다. 그 모습을 본 이웃 사람이 안타까워하며 이렇게 말했다.

"별 걱정을 다 하십니다. 생각을 바꿔서 해 보세요. 비가 주룩주룩 내리면 우산이 날개 돋친 듯 팔려서 첫째가 얼마나 좋겠어요. 반대로 해가 쨍쨍 내리쬐면 짚신이 잘 팔릴 테니 둘째가 아주 신나겠지요. 비가 오는 날에는 첫째를 생각하며 기뻐하고, 해가 뜬 날에는 둘째를 생각하며 기뻐하면 날마다 행복하지 않겠어요."

이처럼 생각을 바꾸면 비가 오면 오는 대로, 해가 뜨면 뜨는 대로 늘 즐겁고 행복하게 살 수 있다. 우리 삶도 마찬가지다. 살다 보면 해가 뜨는 날도, 비가 오는 날도 있다. 언제나 좋은 일만 있을 수는 없지만, 그렇다고 늘 나쁜 일만 있지도 않다. 그렇기에 나쁜 일이 생겼다고 해서 성급하게 비관하고 절망할 필요는 없다. 이야기 속 어머니처럼 똑같은 날씨라도 생각하기에 따라 얼마든지 기쁘게도, 힘들게도 받아들일 수 있기 때문이다.

중요한 것은 자신의 마음가짐이다. 똑같은 일이라도 행복하게 느끼느냐, 불행하게 느끼느냐는 결국 자신이 어떻게 마음먹느냐에 달렸으니 말이다.

그렇다고 하면 일일시호일이라는 말 대신에 시시시호시 時時是好時(매 순간이 좋은 순간), 더 나아가 分分是好分, 秒秒是好秒로 바꾸어 나가는 사고방식도 가능할 것이다.

이런 생각은 살아가는 시간의 흐름에 몸과 마음을 푹 담그면서 '삶'을 충분히 음미하는 결과로 이어진다. 은퇴 후는 시간에 쫓기지 않고 오히려 시간을 자유로이 운영할 수 있는 기회가 많아지기 때문에 인생의 맛도 깊이 음미할 수 있을 것이다.

60. 지루함에 대해서

은퇴하면 떠오르는 게 외로움, 두려움, 지루함이다.

노후에 즐거움으로 많은 사람들이 여행을 꿈는다. 그러나 그것
은 자칫하면 시간과 돈을 헛되이 쓰는 것일지도 모른다. 다른 누군
가가 여행했기 때문에 나도 나가고 싶어 해서일지도 모르기 때문이
다. 즉 자신의 본의가 아니라고 생각해 보는 것도 때로는 필요할지
모른다.

이에 대해 재미있는 에피소드가 있다

어떤 가수가 스탈린에게 이렇게 부탁했다.

"저는 한 번도 외국에 간 적이 없습니다. 한번 바깥에 나가
고 싶은데…."

"도망가지는 않겠지요."

"당치도 않습니다. 스탈린 동지. 제가 태어난 고향은 제게는
어떤 외국에도 뒤지지 않는 곳입니다."

그러자 스탈린이 말했다.

"그럼 그 고향에 다녀오시죠."[204]

　여행에 대해 시사하는 바가 많은 이야기다. 정말 자신이 태어난 곳이 가장 가고 싶은 곳이라면 일부러 외국에 나갈 필요는 없는 것이다. 에머슨은 '여행은 愚者의 천국이다.'라고 하였다. 어디를 가든 만족하지 못하기 때문이다.

　여행이 시간이나 돈을 허투루 쓰는 것이라면 어디든 갈 곳이 없어 지루해진다. 그러나 지루한 것도 좋은 점이 있다. 에리히 프롬은 '사람은 지루할 줄 아는 유일한 동물이다.'고 했다. 지루함이란 인간이라는 증명이요 지루함은 인간 본래 갖추고 태어난 능력이다.

　　　　'지루할 줄을 모르는 사람만큼 지루한 사람은 없다.'[205]

　타인의 안색이나 반응에는 전혀 무관심하고 끊임없이 말도 안 되는 소리를 지껄이는 타입의 사람이 있다. 참으로 지루함을 모르는 사람으로 자신의 이야기가 타인에게 진절머리 치고 있는 것을 알아차리지 못한다. 이런 지루함을 모르는 사람은 어딘가 경박한 느낌이 든다. "이런 이야기 지겹지 않은가." 하고 한마디라도 말하는 사람은 지겨움을 알고 있는 사람이다. 지겨움을 안다는 것은 중요한 감성으로 거기에서 인간의 고상함, 깊이, 행실이 나타난다.

　지루함을 견디고 지루함을 이겨내는 것이 노후의 생활에는 필요

....
204　유리 보레프, 『스탈린이라는 신화』, 이와나미서점, 1997(일서).
205　키에르 케고르.

하다.

파스칼의 팡세에는 다음과 같이 적혀 있다.

> 나는 인간의 모든 불행은 단 한 가지 사실, 곧 자기 방에 평
> 온하게 머무르는 법을 몰라서 생겨난다고 누누이 말하곤
> 했다. 살아가는 데 충분한 재산을 소유한 사람이 자기 집에
> 서 기분 좋게 지내는 법을 안다면 굳이 항해한다든지 요새
> 를 포위하기 위해 집 밖으로 나서지는 않을 것이다. 일평생
> 을 도시에서 꼼짝하지 않고 지내는 것을 견딜 수 없다고 여
> 기기 때문에 사람들은 그렇게나 비싼 대가를 지불하고 군직
> (軍職)을 사기도 하며, 자기 집에 거하는 것이 즐겁지 않기
> 때문에 대화를 하고 도박같은 오락을 찾아 헤멘다.[206]

런던 동시다발 테러가 있었을 때 시장인가 경찰서장인가 하는 분
이 "자택의 안전한 장소에서 움직이지 말아 주십시요."라고 애타게
호소하였다. 테러가 아니더라도 그렇게 하는 것이 가장 안전하다.
방에 줄곧 있으면 교통사고를 만날 일도 없고 거리에서 습격당할
리도 없고 쓸데없는 충동구매도 안 할 것이니 그런 사람이 늘어난
다면 경제는 정체할지 몰라도 그래도 그편이 전쟁보다는 낫지 않겠
는가.

장자의 「어부」편에 있는 이야기다. 어떤 사람이 자기 그림자를 두
려워하고 자기 발자국을 싫어하여 그것을 떨쳐내려고 달려 도망친

---

206 파스칼, 『팡세』 제8묶음 오락, 269, Ivp, 2023.

자가 있었는데, 발을 들어 올리는 횟수가 많으면 많을수록 그만큼 발자국도 더욱 많아졌고 달리는 것이 빠르면 빠를수록 그림자가 몸에서 떨어지지 않았는데, 그 사람은 스스로 자신의 달리기가 아직 더디다고 생각해서, 쉬지 않고 질주하여 마침내는 힘이 다하여 죽고 말았다는 것이다.

이 이야기를 소개한 어부는 이렇게 말했다.

이 남자는 그늘에서 그림자를 쉬게 하고 조용히 멈추어 발자국을 쉬게 할 줄 몰랐으니 어리석음이 또한 심하지 않느냐! 과로사를 연상시키는 이야기다.

들리는 이야기에 의하면 현대인은 완만한 과로사 도상에 있는지도 모른다. 돌아다니며 움직이고 지속해서 뛰는 것은 지겨움은 없어질지 모르나 그 대가가 과로사가 될 수도 있는 거다. 지겨움의 고통인가, 완만한 죽음인가가 그 선택에 달려 있다. 예를 들자면 방에서 가만히 지겨움을 견뎌 낼까 아니면 전장에서 죽음을 맞이할 것인가 하는 그 선택이다. 그 선택은 본인의 선택에 달려 있다.

인간은 방에 가만히 있다고 하더라도 단지 지겨움과 할 일 없음에 짓눌려 있지는 않다. 그러한 상황에 처해 있을 때 사람만이 가진 저력이다.

기원전 6세기에 흥했던 소아시아 서부의 루디아에서 기근이 일어났다. 루디아인은 공복을 잊고 기분을 전환하려고 여러 가지를 궁리하여 주사위 놀이, 공놀이 등, 있는 것은 모두 놀이로 생각해 냈다. 그리고 그런 놀이를 발견하면 이틀에 하루는 아침부터 밤까지 식사를 잊고 놀이를 하고 그다음 날은 놀이는 그만두고 식사하곤

했던 날들이 무려 18년간이나 계속되었다고 한다.[207]

궁지에 몰린 쥐가 고양이를 문다는 말이 있듯이 생을 늘리기 위해 최대한의 능력을 발휘하는 것이 생명의 특성이다.

이탈리아 작가 보카치오의『데카메론』등도 인간의 지겨움이 만들어 낸 걸작이다. 그 서문에는 14세기 중엽 페스트 유행을 피해 도망간 신사 귀부인이 피렌체 교외의 별장에서 굳게 버티면서 지겨움을 달래려고 이야기한 것들을 정리한 것이다. 지겨움에 질린 피난자들의 잡다한 이야기에 흥을 올리는 것은 틀림없다.

과학에서도 지겨움이 위대한 역할을 한 예가 있는데 그 대표적인 것이 영국의 물리학자 뉴턴의 3대 발견이 그것이다. 17세기 중엽 영국에서 페스트가 대유행이어서 케임브리지 대학에서 연구 중이던 뉴턴은 대학이 폐쇄되어 고향으로 돌아가기로 되었다.

그 1년 반 동안 당시 24세인 뉴턴은 만유인력의 법칙, 미적분법, 광학이론 등 과학사 불멸의 3대 발견을 하였다. 귀향한 뉴턴이 가장 열중한 것은 쌍곡선으로 둘러진 면적의 계산이었다. 당시를 회상하며 이렇게 이야기했다.

> 도대체 얼마만큼의 행수까지 이런 계산을 했는지 말하는 것
> 도 창피할 정도다. 무엇보다도 그 때는 그 외에는 할 일이
> 없었다.[208]

....
207   The Bath-Gymnasium complex at Sardis, Ludia.
208   A. 셧 클리프, 조경철(옮긴이),『에피소드 과학사』, 우신사, 1992.

이 복잡한 계산을 간단하게 하는 방법을 발견한 것이 미적분법이었다. 그야말로 지겨움의 산물이나 다름없다. 만유인력의 발견은 사과가 나무에서 떨어지는 것을 본 것이 계기가 되었다고 이야기들을 하는데 그것을 뒷받침하는 문서가 영국의 과학자 윌리엄 스터클리가 쓴 『아이작 뉴턴 경의 삶에 대한 회고록』이다. 사과나무 일화는 이 문서의 42쪽에 나온다. 1726년 봄 어느 날 오후 저녁을 먹고 뉴턴과 스터클리가 나눈 대화를 자세히 기록한 것이다. 당시 두 사람은 사과나무 아래서 차를 마시고 있었다. 이 자리에서 뉴턴은 중력의 개념이 자신의 머리에 갑자기 떠오르게 되었다고 스터클리에게 말했다. 즉 왜 항상 사과가 옆이나 위가 아니라 아래로 떨어지는지에 대한 궁금증이 그에게 중력 법칙을 발견하도록 했다는 것이다. 여기에 이렇게 기록되어 있다.

> 그(뉴턴)가 깊은 생각에 잠겨 앉아 있는 그때에 사과가 떨어졌다. 그는 왜 사과는 옆이나 위가 아니라 수직으로 떨어지는지를 생각했다. 그 이유는 분명히 지구가 사과를 끌어당기기 때문이다. 물질에는 끌어당기는 힘이 있어야 한다.[209]

인간은 아무것도 할 것이 없어 지루해졌을 때 명상에 잠기는 법이다. 그 명상의 심연에 사과가 떨어져 물리학자의 탐구심에 파문을 일으킨 것이다.

지루함을 통해 자신이 바라는 것, 자기 하고 싶은 것, 자기 마음대

---

209 뉴턴의 사과, 유용한 교육 정보, 교육부 블로그, 2015.7.3.

로가 나타날 수도 있다. 지겨움은 두려워할 것이 아니라 오히려 지
겨움을 느낄 틈이 없는 것을 두려워해야 할 것이다.

61. 요리 예찬

은퇴하고 난 후 가장 좋은 점은 이전보다 부담이 훨씬 가벼워졌다는 것이다. 자녀 양육 부담이라든지 그동안 묵직하게 누르고 있었던 가장의 부담을 덜고 나니 한결 가뿐한 느낌이 든다. 한 가지 제안하고 싶은 것은 덜어진 무게만큼 지금까지 해 보지 않았던 것을 새롭게 도전하는 것을 권유한다.

그중 가장 추천하고 싶은 것이 요리다. 비단 은퇴자뿐 아니라 어느 정도 연령이 되면 스스로 요리가 가능하도록 하는 것을 적극 추천한다.

첫 번째 이유는, 만약의 경우에 대비하기 위해서이다. 사람이 60살을 넘어서는 언제 무슨 일이 일어날지 모른다. 아내가 갑자기 중병에 걸려 입원할 수도 있고 나이가 들면서 치매에 걸릴 수도 있기 때문이다. 그런 상황이 장기화 되면 자녀들과 같이 지낼 때는 서로 분담해서 가사 일을 해도 되지만 부부끼리만 살고 있을 때는 모든 가사 일이 오롯이 본인에게 돌아온다. 식사 준비 또한 예외가 아니다. 물론 편의점 음식으로 대체하는 방법도 있지만 나트륨과 칼로리 함량이 워낙 높아 권장할 사항이 아니다. 그러니까 언제 어떤 일이 일어나도 대응할 수 있게 평소 요리에 도전해 보는 것이 좋다.

두 번째 요리의 이로운 점은 뇌에 자극을 준다는 것이다.

요리는 완성할 때까지 많은 과정을 거치게 된다. 먼저 냄비에 물을 넣고 끓인 다음 야채를 넣고 한편에서는 전자레인지에서 고기를 해동하는 등 동시에 진행되는 작업이 많다. 물론 익숙해지면 어려울 것 없지만 처음에는 시행착오를 겪게 된다. 그래서 항상 신경을 써가면서 머리를 회전시켜야 한다. 메뉴를 생각할 때는 머릿속이 풀가동된다. 먼저 냉장고에 있는 가용재료를 모두 꺼내어 놓고 바라보면서 무슨 메뉴를 만들 것인가 자신의 입맛이나 컨디션을 감안해서 생각하는 것이다. 그야말로 창조적 작업이다.

요리의 요(料)라는 문자는 생각한다는 의미이고 리(理)는 사물의 도리나 이치라는 뜻이 담겨 있다. 요컨대 생각을 정리하는 것, 즉 logical thinking이다.

또 가능하면 식재료를 매일 스스로 사도록 한다. 걸어가든 타고 가든 슈퍼에 가는 동안 운동도 되고 기분전환도 되기 마련이다. 점포에 나열된 식자재들을 보면서 계절을 느끼기도 하고 물가도 체크되는 등 세상의 움직임을 느끼면서 장바구니 물가에 익숙해지는 단계이다.

밥 짓는 법만 알더라도 3분 카레를 부으면 카레라이스가 되고, 달걀에 비벼 먹어도 멋진 한 끼 식사가 되는 거다. 거기다 국만 끓일 줄 알면 금상첨화(錦上添花)다. 더군다나 요즘은 지자체별로 아저씨 요리교실, 아버지 요리교실 등 오픈강좌를 많이 개설하고 있어서 훨씬 손쉽게 배울 수 있다. (블로그 이웃은 유튜브만 보고 간단한 요리는 해결한다고 한다). 요즘 삼식이라고 해서 아내에게 구박받느니 한두 끼 정도는 그런 식으로 해결할 수 있다면 더할 나위 없는 것 아닌가.

62. 댄스 예찬

풀이 죽은 채 살아가던 도쿄의 중년 샐러리맨은 어느 날 퇴근길에 역에서 우연히 위를 올려다보다 발견한 댄스 교습소. 그리고 댄스 교습소에 있는 아름다운 여인을 본 후 용기를 내어 찾아가 그녀에게 교습을 받기 시작한다. 일본 국민배우 야쿠쇼 쇼지가 열연한 영화 「Shall we dance」의 스토리이다.

흥겨운 회식자리에서도 밤 9시만 되면 귀가하는 모범가장이자 아내로부터 너무 성실해서 탈이란 소리를 듣는 중년의 남자. 예쁜 딸에 착한 아내, 교외에 지어진 예쁜 2층 집까지 장만에 성공한 그는 인생의 꿈을 모두 이룬 사내이기도 하다. 하지만 다람쥐 쳇바퀴 돌듯 반복되는 일상은 그에게 지금껏 이룬 성공에 대한 기쁨보다는 공허함만을 가득 안겨 준다. 어느 날 퇴근길 지하철에서 우연히 목격한 댄스 교습소의 여자 강사의 자태는 무기력했던 그의 열정을 되살린다. 그리고 여자 강사에 대한 애틋했던 감정은 이내 춤에 대한 순수한 애착으로 변해 가고 자신의 인생에도 변화가 찾아온다. 축 처진 어깨도 활짝 펴지고 씩씩하고 당당하게 소변을 보게 되었으며 출퇴근길이 즐겁기만 하다. 춤을 통해, 한 집안의 모범적인 가장이자 회사의 성실한 과장이 아닌 한 인간으로서의 자아를 되찾는 과정을 경쾌하게 그린 수작이다. 1996년 이 영화가 크게 히트 쳤다. 당시 일본에서는 댄스 붐이 일었다. 당시 중년 세대는 지금 노후를 맞고 있어서 그런지 지금도 일본 시니어들에게 있어서 사교댄스 붐이 일고 있다고 한다.

필자가 사교댄스를 처음 접해 본 것은 동경에서 주재원으로 일할 때였다. 영화 「Shall we dance」보다는 몇 년 앞선 시기였다. 당시 출장자 중에서 사교댄스가 취미인 선배가 있었는데 일과 후 필자에게 사교댄스장 안내를 부탁한 적이 있다. 그래서 여기저기 물어 찾아간 사교댄스장은 지금 기억에도 무척이나 넓었다. 앉아 있는 한 중년 여성에게 출장자의 파트너 역할을 부탁해서 그 선배는 멋지게 자기 실력을 과시했다. 무척 부럽게 여겨져 나도 언젠가 배워야지 생각했다.

일본은 지금 사교댄스 대국이다. 사교댄스 인구가 세계 1위라고 알려져 있으며 댄스 잡지에는 참가비용 1만 원만 있으면 가볍게 참가할 수 있는 댄스파티 안내가 많이 실려 있다. 사교댄스는 화려한 이미지가 있는 한편 대단한 운동량으로 인해 즐거움을 만끽하면서 몸을 단련하는 효과도 있어 인기요인이 되고 있다고 한다. 허리를 곧추 세우는 포즈는 내장을 정위치시키는 효과가 있으며 곡의 리듬에 맞추어 몸을 움직이는 것은 자연치유력을 높이는 효과가 있다고 알려지고 있다. 일상생활에서는 뒤를 보며 걷는 일은 좀처럼 없지만 댄스에서는 뒤돌아보며 빠르게 걷는 동작이 많아 보통 때는 쓰지 않는 근육을 사용하는 장점도 있다. 왈츠, 탱고, 룸바 등 곡의 타입에 의해 크게 스탭이나 표현을 바꾸기도 하고. 아울러 그 동작을 정확하게 외우려는 노력은 뇌를 자극해서 치매 예방에도 도움이 된다고 한다.

게다가 인기의 비결 중의 하나는 남녀가 같이 페어가 되어 댄스를 하는 것이라 할 수 있다. 의식하지 않는다고 하지만 이성과 몸을 가까이하고 서로를 바라보면서 호흡을 맞추는 사교댄스의 특성상 가슴 설렘은 자연스럽다. 이성과의 사교댄스는 모두에게 상상 이상의 의식의 변화를 가져다준다고 한다. 댄스를 하러 가는 날은 아무래도 몸을 청결하게 신경 쓰고 머리도 빗고 옷도 화려하지는 않지만 제대로 빼입고 댄스장을 향하게 된다. 여성의 경우도 화려한 드레스를 입는 기회가 된다. 80이 넘는 여성이라도 댄스 의상은 마치 영화의 주인공의 복장. 그런 복장에 자신보다 훨씬 젊은 남성과 짝을 짓고 댄스를 추면 가슴이 두근거리면서 저절로 자신의 나이를 잊게 한다고 한다. 댄스의 매력이다.

정년 기념으로 부부가 함께 참가한 크루즈 여행에서 선상 파티가 있었는데 춤을 출 줄 몰라 시종일관 구경꾼 신세였던 70대 부부는 다음 기회에는 반드시 참가하겠다고 벼르면서 사교댄스를 배우고 있다. 일본의 사교댄스 붐처럼 그런 움직임이 우리나라에서도 일찌감치 일어나고 있다. 곳곳에 사교댄스 아카데미가 운영되고 있다. 이제는 지자체 문화센터나 복지관에서도 치매예방과 근력키우기 수단으로 사교 댄스 커리큘럼이 존재한다. 대도시에서 성행하는 콜라텍은 춤을 배운 이들이 본인의 실력을 뽐낼 수 있는 무대역할을 한다.

"집에 있기만 심심한 노인들이 2000원 내고 여기서 구경도 하고 친구도 사귀는 것이다, 일종의 어른들의 네트워크 공간으로 콜라텍을 봐야 한다.(콜라텍 관계자의 말)" [210]

사교댄스에 흥미가 있으면 영화 「Shall we dance」의 야쿠쇼 쇼지처럼 용기를 내어 지역 내 문화센터의 사교댄스 교실에 발을 들여보면 어떨까. 필자도 '댄스 선상 파티에 참가한다.'를 버킷리스트에 넣어 놓았다.

---

[210] 여기가 불륜 장소?… 지팡이 짚던 어르신도 갑자기 허리 펴지는 곳은, 이지안 기자, 한상헌 기자, 매일경제 , 2022. 12. 9.

63. 수면 예찬

세익스피어의 『템페스트』이라는 희곡은 저자의 만년의 작품인데 작중에 중심인물들이 이쪽저쪽에서 졸립다고 이야기들 한다.

앤토니오: 아니, 노하지 마시오, 경.

곤잘로: 안심하십시오. 노하지 않습니다. 저는 분별력이 있
　　　　다는 평판을 그렇게 쉽사리 잃지 않겠습니다. 웃어
　　　　서 저를 좀 재워주십시오. 전 매우 졸립습니다.

앤토니오: 주무시오. 우리 웃음을 들으면서 말이오.

　　　　(알론조, 시베스천, 앤토니오 이외에는 모두 잔다.)

알론조: 뭐! 모두 그렇게 금방 잠들어 버려! 내 눈도 감겨서
　　　　나의 생각들을 잠가버리면 좋겠는데. 아, 이제 나의
　　　　눈도 감기는군.

시베스천: 전하, 쏟아지는 졸음을 뿌리치지 마십시오. 잠은
　　　　슬픔을 지닌 자에겐 좀처럼 찾아오지 않는 법입
　　　　니다. 잠은 위안자이옵니다.

앤토니오: 주무시는 동안 우리 둘이 전하의 옥체를 지키고

전하의 안전을 도모하겠습니다.

알론조: 고맙네. 매우 졸린데.(알론조가 잠든다. 에어리얼 퇴장.)

시베스천: 참 저들은 괴상한 졸음으로 빠져드는군! [211]

　주인공 프로스페로가 있는 곳에 가려는 사람들이 "그리고 보니 그분은 지금 낮잠 시간이다."라고 하는 장면이 나온다. 지금 孤島에 유배의 몸인 프로스페로이지만 낮잠을 일과로 하고 있음을 알 수 있다. 낮잠은 왕족의 즐거움이었다. 하인은 그런 사치스런 일은 허락지 않았지만 자유의 신분이 되면 다른 사람들이 일할 때 자는 것이 허락되었다고 한다.

　2차 세계대전 중 영국이 제상 윈스턴 처칠도 낮잠 자는 습관이 있어 오후 이른 시간에 잠을 잤다. 영국의 각의는 전통적으로 오후 1시부터 정해져 변한 적이 없지만 수상이 낮잠 자거나 하면 시간을 늦추어서 수상이 깰 때까지 기다렸다고 한다. 대단한 나라다.

　미국의 카터대통령도 낮잠 잤다고 한다. 그리고는 오후 늦게까지 집무했다. 그래서 보좌진들은 '카터 시프트' 즉 오전 근무 오후 근무조로 나누어 2교대로 근무했다고 한다. 높은 분의 쾌락은 다소 불편을 끼치긴 하지만 그만큼 부럽기도 하다.

　반면 바쁘고 피곤한 현대인에게 낮잠은 '그림의 떡'이다. 회사 눈치도 보이고 일이 많아 잠을 청할 여유도 없다. 하지만 낮잠은 업무 생산성과 건강 면에서 생각보다 훨씬 더 많은 효능을 갖고 있다. 근무 효율 연구 단체 '더 에너지 프로젝트'의 대표 토니 슈바르츠(Tony

---

211　셰익스피어, 이경식 옮김, 『템페스트』, 2막 1장, 문학동네, 2022.

Schwartz)는 뉴욕 타임스와의 인터뷰에서 "생산성 제고에 낮잠보다 효율적인 것은 없다."고 말했다. 그렇다고 낮에 2~3시간씩 자는 것은 오히려 독이 된다.

전문가들은 15분 정도의 낮잠이 가장 효과적이라고 조언한다. 낮에 잠깐 자는 것은 기억력 증진, 고혈압 치료, 안정감 유도, 집중력 강화, 창의력 제고, 의지력 상승, 어휘 서술성 기억력, 절차 기억력, 지각 학습 능력 강화 등의 이점이 있다고 한다. 토니 슈바르츠는 "바쁜 현대 사회에서 낮잠은 배척되기보다 축복받아야 하는 행위다. 왜냐하면 업무 능력과 긴밀한 연관성이 있기 때문이다."고 말했다.

나이 들어 유유자적하는 신분이 되면 시간에 관해서는 왕족이나 대통령 부럽지 않다. 누구 한 사람에게도 폐를 끼치는 일이 없고 당당하게 잘 수 있다. 자유인의 최대의 즐거움이다. 왕족의 즐거움을 만끽하는 것이 건강한 노인의 삶의 보람이라고 할 수 있겠다.

낮잠을 자면 아침 일찍 일어나야 한다. 아무리 할 일이 없다고 해도 9시에 일어나 10시에 밥 먹고 또 낮잠을 잘 수가 없기 때문이다. 다행히도 나이 든 노인은 아무리 오래 자려고 해도 아침에 일찍 눈을 뜨게 된다. 오히려 너무 일찍 깨면 문제가 되므로 적당한 시간에 아침잠을 깨는 노력이 필요하다. "일찍 일어나는 새가 벌레를 잡는다."[212]는 서양 속담이 있듯이 일본 속담에는 '早起きは三文の德'이라는 속담이 있다. '일찍 일어나면 무언가 득이 있다.'는 의미인데 三文(서푼)의 득, 즉 아주 조그마한 득으로 표현하고 있는데 실제는

....

212　The early bird catches the worm. 부지런한 인간이 될 것을 격려하는 격언. 부지런한 사람이 먼저 이득을 보고 기회를 잡을 수 있다.

그보다 훨씬 크다고 할 수 있다. 일찍 일어났을 때의 효용을 보자

먼저 일찍 일어나면 기분이 좋다. 혈행도 좋아 머리가 맑아진다. 그래서 성가신 일이라도 아침 전에 한다. 하루 중 머리가 가장 깨어 있을 때가 아침이기 때문이다. 저녁이 되면 피곤해하는 사람이라도 아침 해를 맞으면 하품도 안 한다. 산보하거나 체조를 아침에 하는 것도 아침의 득이라 할 수 있다.

가장 좋은 점은 컨디션이 좋아지는 것이다. 인간은 하루 중 계속 같은 컨디션을 유지하기 어렵다. 아침은 쌩쌩하고 명랑하더라도 일을 하면서 점점 마찰되면서 꺼칠해진다. 밤에는 상당히 안 좋은 상태가 되는데 그것을 쾌면으로 복구하는 것이다. 숙면한 후에 아침 일찍 일어나는 것이 컨디션을 좋아지게 하는 것이다

중국에서는 옛날에 해가 뜨면 관공서를 열었다고 한다. 그래서 朝廷이라는 말이 생겼다고 한다. 이른 아침에는 공무원이나 주민이나 모두 가장 좋은 상태이므로 행정적으로 집행하기에 좋은 시간대로 본 것이라고 생각된다.

노인은 아침을 산다. 아침에는 젊은이에게도 지지 않는다. 밤에는 일찍 잠에 들 뿐이다. 이처럼 좋은 나이에도 불구하고 젊은이들처럼 밤늦게 텔레비전을 보거나 늦게 잠을 자는 것은 현명하지 못한 처신이다. 일찍 자고 일찍 일어나게 된다. 그러면 잠깐이라도 꿀맛 같은 낮잠에도 빠져든다. 노인이 아니면 만끽할 수 없는 일이다. 감사할 일이다. 셰익스피어는 "노인은 다시 한번 아기가 된다."고 말한다. 아기가 자는 동안 크는 것처럼 노인의 수면은 건강한 수명과 연결된다.

64. 강아지 산책

우리나라 노인 기준 중에서 만 65세 이상에게 지급되는 어르신 교통카드를 필자는 4년 전에 받았다. 처음에는 쑥스러워 노인석이 비어도 일반석에 서 있었는데 이제는 거리낌 없이 앉는다. 어느덧 공공장소에서 마주치는 젊은이들의 세련된 옷차림이 눈에 들어와 지하철을 타고 외출할 때는 단정하게 입으려고 노력한다. 다른 이들도 나와 같은 생각을 하는지 말쑥한 차림으로 다니는 필자 또래들이 많다.

그런데 요즘 복장 문제로 새로운 고민이 늘었다. 이유는 2년 전에 '토리'라는 이름의 시츄 種의 강아지를 분양받았기 때문이다. 토리의 실외 배변으로 아침저녁에 한 번씩 산책해야 하는데 처음에는 복장 문제로 고민을 많이 하였다. 산책은 妻와 아침저녁 나누어서 맡고 있다.

일본의 만화가 弘兼憲史(히로카네 켄시) 씨는 노인의 3대 요소로 '더러움', '돈을 소비함', '도움이 안 됨'이라면서 노인을 표면적으로는 중시하는 듯하면서 사회 전체적으로는 '훼방 놓는 사람'처럼 인식하고 있다고 한탄한다.

그래서 히로카네 씨는 '거스르지 말고, 언제나 생글생글하면서, 따르지 않는 것'을 자신의 모토로 살고 있다고 한다.

갑자기 일본 만화가의 말을 소환한 것은 노인 3대 요소 중에 특히 '더러움' 때문이다. 나 자신이 타인이 기피하는 노인보다는 호감을 주는 노인이 되는 것을 선택한 마당에 강아지 산책도 당연히 신경 쓰는 게 마땅하다. 여러분들도 생각해 보라. 얼굴에는 주름, 검은 머리에 흰머리가 섞여 지저분해 보이고, 후줄근한 티셔츠를 입고 반바지 차림에 신발은 비닐 샌들을 신은 노인이 강아지를 데리고 온 동네를 돌아다닌다면…. 동네니까 그러려니 너그러이 이해해 주는 사람이 있을지 몰라도 아무래도 상대하고 싶지 않은 노인으로 보기 딱 좋은 모습이 아닌가? 그렇다고 매번 나갈 때마다 말쑥한 차림으로 옷을 입으려고 하니 이 또한 얼마나 힘이 들겠는가. 필자는 강의 생활을 오래 하여 옷장에는 온통 양복뿐이고, 골프도 치지 않는 데다가 평소 연구소에서 편한 복장으로 일하다 보니 외출용 의류가 적다. 특히 동네 공원에는 여성들이 많이 모여 있어 더욱 신경이 쓰인다. 그렇다고 강아지 산책시키겠다고 캐주얼 의류를 무턱대고 사들이는 것도 우스꽝스럽고…. 한편으로는 그렇게라도 해서 말쑥한 차림으로 다니지 않으면 점점 동네 아저씨 모습으로 늙어 갈 것 같아 은근히 걱정도 된다. 아무튼 고민은 되더라도 연구소에만 있는 것보다 정기적으로 강아지와 산책하는 것이 건강에도 좋고 규칙적으로 움직여야 하니 시간 감각에도 도움이 된다. 아래 자료에 의하면 60대 노인의 하루 신체 활동 권장시간이 150분이라고 한다. 필자가 강아지 산책을 나가니 기본 40~50분은 소화하고 하루 꼭 한

두 번은 사이클을 타니까 이것만으로도 하루 권장 활동시간은 채우는 셈이라고 위로해 본다.

> 미국 마이애미 대학교와 일리노이 대학, 미주리 대학 연구
> 팀에 의하면 강아지를 키우며 이들과 산책을 자주하는 노인
> 들일수록 정신과 육체적 건강에 있어 그렇지 않은 사람보다
> 더욱 건강한 경향이 있는 것으로 밝혀졌다. 강아지를 키우
> 며 이들을 친구라고 생각한다고 답한 조사 대상자들은 미국
> 60대 성인에게 권장하는 신체 활동 시간인 150분 이상을 강
> 아지들과의 산책에 활용하고 있었다.[213]

그동안 사회란 직장이나 프리랜서로 활동할 때의 이미지로만 생각하고 있었는데 토리 산책 건으로 인해 또 다른 사회, 지역사회가 존재하고 있음을 깨닫게 되었다

---

213 「한민철의 동물 Talk」 강아지와 산책하는 노인일수록 건강하다, 한민철 기자, 소비자 경제 신문, 2016. 6. 1.

65. 일과 놀이를 자유자재로 넘나들어라

지난주에 두 가지 소식이 들렸다.

에이징 슈터가 목표인 동기생이 이번에 알바트로스를 쳤다. 그는 본업 분야에서는 협회장을 하고 있는데 홀인원 경험이 있었다. 알바트로스는 홀인원이 1만분의 1의 확률이라면 100만분의 1의 확률일 정도로 어려운 것이다. 파5홀에서 두 번째 샷을 홀인원시켜야 되는 것이 알바트로스다. 대개 두 번째 샷에서는 홀이 보이지 않는 데다 거리도 상당히 멀어서 좀처럼 나오기 힘든 기록이다. 대우에서 영국 주재원으로 재직할 때 골프의 기초를 잘 닦아 5년이 지난 후부터는 80대를 넘나드는 구력을 자랑하는 친구로 일과 함께 꾸준히 교본을 읽으며 연구하고 노력한 결과이다.

또 하나의 소식은 선배의 이야기이다.

이번에 유튜브에 피아노 치는 모습을 올렸다. 피아노를 치기 시작한 후 6개월이 지난 시점에서 캐롤 송을 연주하는 모습을 공식적으로 유튜브에 올린 것이다. 서툴기는 하지만 한 군데도 틀리지 않고 무사히 연주를 마쳤다. 이날의 연주를 위해 같은 곡을 300번이나 되풀이해서 쳤다는 후일담이다. 선배가 대단해 보였다. 이전에는 서예를 배운다고 했는데 이번에 피아노라는 장르에 다시 도전하게 되었다는 것이다.

> '만일 피아노를 칠 수 있다면'이라는 노래가 있듯이 나이 들어 피아노의 매력에 대한 동경으로 새롭게 피아노를 배우고 싶어 하는 시니어들이 늘고 있다. 야마하의 성인을 위한 음악 교실이나 성인을 위한 음악 입문강좌에는 55세 이상의 시니어들이 쇄도하고 있다고 한다. 피아노 이외의 악기에도 전체의 35%가 남성으로 음악에 대해 전혀 문외한이거나 악보조차 모르는 사람들도 다수 수강하고 있다고 한다.[214]

필자 세대는 에너지의 대부분을 일에 쏟아 온 세대이다. 평생 일에 파묻혀 살아왔으면서도 은퇴 후에 놀이로의 전환이 쉽지 않은 세대이다. 일은 성스러운 것이고 힘들고 지치더라도 꾹 참고 해 나가야 하는 것 또 그렇게 사는 것이 바람직한 시대로 알고 살아온 탓이다. 그렇게 살다가 은퇴한 후 각자 집으로 돌아간 후의 삶은 그저 개인의 몫으로 치부되었다. 나이 든 사람들은 그렇게 쓸쓸하고 황량하게 노년을 살아가는 것이 당연한 듯 여겼다. 우리들에게는 '일하는 나'만이 아니라 '노는 나'라는 반쪽이 더 있다. 당신은 어떤 사람인가 하는 물음은 '일과 놀이' 모두를 묻는 것이다. '노는 나'를 소홀히 하는 은퇴 후 당신의 인생은 덧없는 세월에 지나지 않게 된다.

....
214 일본 신문.

카와키타 요시노리의 『중년수업』[215]에는 저자가 어떻게 이탈리아 사람들은 삶을 잘 즐기는가라고 물어보는 내용이 나오는데 이탈리아에서 5년산 친구가 답하길 "우리들은 평소 유쾌하게 마시고 노래하고 사랑하지만 우리도 사람인지라 슬플 때도 있고 풀이 죽어 침울할 때도 있다."고 하면서 "그래도 늘 밝아 보이는 것은 기분전환에 능숙하기 때문이다."고 대답했다고 한다. 한마디로 놀이와 일의 전환에 능숙하다는 것이다. 그런 그들의 전환 능력이 부러웠는데 마치 일상의 삶에 통달한 것처럼 보이기 때문이라고 저자는 쓰고 있다.

일과 놀이의 능수능란한 전환 능력이 바로 이탈리아 사람들의 인생 3대 모토인 '만자레 칸타레 아모레(먹고 노래하고 사랑하자)'의 생활을 지탱하고 있는 것이다.

호모 루덴스(Homo Ludens)는 유희의 인간이란 뜻이다. 라틴어로 '놀다'라는 뜻의 Ludens를 써서 1938년에 요한 하위징아(J. Huizinga)[216]라는 네덜란드 학자가 말한 이론이다. 우리가 즐기는 모든 문화와 심지어 철학까지 인간의 놀이에 의해서 생기고 발달했다는 가설인데, 고대의 노래하고 춤추던 행위에서 종교의식과 제례가 발달하고, 끄적거리던 낙서를 통해 미술이 발달하며, 무리 지어 노는 행위에서 스포츠가 생겨났다는 개념이다. 놀이를 통해 경쟁하고, 규칙을 설정하는 데서 질서와 문화의 개념이 확립됐다는 이론

....
215   가와기타 요시노리. 장은주 역, 『중년수업』, 위즈덤하우스, 2012.
216   요한 하위징아(J. Huizinga): 네덜란드의 역사가이자 현대 문화사의 창시자 중 한 명이다.

은, 확실히 인간은 놀이를 통해 많은 것을 만들어 내거나 발전시키는, 학습임을 일깨워 준다. 인간은 외형적인 놀이는 차치하더라도, 내면 깊숙한 곳에서 이미 놀이를 즐기고 있다. 어릴 적에 길을 걷다가 불현듯 보도블록의 검정 혹은 빨간 블록만 밟으며 총총걸음을 하며 나름의 놀이 규칙을 스스로 만들어 내며 자라왔다. 이제는 잠자고 있는 놀이 감각을 깨우고 놀이를 통한 정신적 쾌락에 눈을 돌려보자. 나의 업무 일정에도 변화를 주자. 일정한 공간을 비업무 즉 놀이를 위한 시간으로 비워 둠으로써 은퇴 이후의 삶을 풍요롭게 해줄 텃밭에 눈을 떠 보자.

66. 취미 삼매? 잘해야 3년

　은퇴 후 시간을 보내는 방법을 물어보면 지금까지 하고 싶었지만 하지 못한 것을 마음먹고 하고 싶다고들 한다. 이것도 하고 싶고 저것도 하고 싶고 등등 유유자적의 취미 삼매를 퇴직 후 생활로 생각하는 사람들이 많다. 취미 삼매(三昧)의 삼매는 「~에 열중하는 것」, 「일심불란하게 ~을 하는 것」 이라는 의미를 가진다. 그러므로, 「게임 삼매」나 「독서 삼매」는 「게임만 하는 것」, 「일심불란하게 책을 읽는 것」라는 의미를 가리킨다. 그러므로 **취미 삼매는 '취미에 열중하는 것과 일심불란하게 취미생활을 하는 것'**을 말한다.

　'삼매'(三昧) 란 원래는 불교어로 산스크리트어(고대 인도의 언어)의 '사마디(samadhi)'에서 유래했다. 「사마디」를 한자어로 번역한 것이 「삼매지(三昧地)」가 되고, 이 삼매지(三昧地)에서 지를 생략한 단어가 「三昧」다. 따라서, 현재 사용되고 있는 말은 불교의 「三昧地」의 약어인 것을 알 수 있다. 그리고 이 「사마디」란, 정신을 어떤 것에 집중시키는 것, 잡념을 털어내는 것, 정신 집중이 깊어진 상태를 말한다. 이 '사마디'의 의미가 변해서 'ㅇㅇ에 열중하는 것', 'ㅇㅇ만을 일심불란하게 계속하는 것'이라는 의미로 '삼매'가 사용되게 되었다.

아무튼 정년을 맞이하면 먼저 퇴직기념일을 맞아 처와 해외여행을 하는 은퇴족이 많다. 여행이 취미라면 그 후에 국내 해외여행을 빈번하게 돌아다닌다. 처음에는 즐겁다. '이거야말로 그렇게 그리던 제2의 인생이다.'고 즐거워서 어쩔 줄 모른다. 그러나 2, 3년 지나면 가고 싶은 곳은 대개 가 본 곳이어서 더 이상 갈 곳이 없어진다. 특히 해외는 같은 곳에 며칠씩 묵고 있으면 서로 할 일도 없고 할 말도 없어진다. 부부 중 누구 하나가 외국어에 능통하면 가이드 없이도 구석구석을 여행할 수 있지만 그렇지 않으면 패키지 투어밖에 할 수 없어 금방 싫증나게 된다. 더군다나 회사 생활하면서 별로 사이가 안 좋은 부부라면 더욱더 그렇다. 여행지에서 매일 얼굴을 맞대고 있는 여행의 특성상 상상 이상으로 인내심을 필요로 한다. 어느 정도 경의와 감사와 마음을 갖고 있지 않은 부부인 경우 서로 안 좋은 면을 재확인만 하는 격이 되기 쉽다.

취미삼매는 여행에만 그치지 않는다. 골프, 온천, 낚시 등산 맛집 탐방 등 'ㅇㅇ삼매'의 생활은 처음에는 즐겁지만 2, 3년만 지나면 누구나 식상하기 쉽다. 빠른 사람은 반년도 지나지 않아 지친다.

카와키타 요시노리 씨는 그의 저서 『55세 이후 가장 즐거운 인생을 발견하는 방법』에서 1,000cc 대형 바이크족 사례를 들고 있다. 그의 지인 중에서 1,000cc 대형 바이크를 몰고 있는 친구가 있는데 그는 정년 후에는 이것을 타고 투어삼매에 빠지는 것이 꿈이라고 늘 말해 왔다고 한다. 그런데 정작 은퇴한 후 반년도 못가서 지겨워하더라는 것이다. 이유를 물은 즉.

내게 있어 바이크는 결국 스트레스 발산이었어. 바쁠 때 짬을 내어 하꼬네나 카루이자와를 달릴 때는 아주 즐거웠는데 매일 멍하니 할 일이 없어 스트레스도 없는 날 바이크를 몰고 다니니까 옛날 회사 다닐 때의 상큼함이나 해방감을 느낄 수 없었어.[217]

카와키타 요시노리 씨의 지인에게 있어 바이크는 일이 있을 때의 즐거움이었는데 그것을 정년 후 무료를 달래 줄 수단으로 하는 즉시 시들해져 버린 것이다. 취미란 오래 계속해도 질리지 않는 것이어야 하는데 그에게 바이크는 취미라기보다는 일을 잊어버리려고 하는 스트레스 발산용의 요소가 강했다고 할 수 있다.

그의 지인은 "아무 것도 할 일이 없는 게 도리어 고통스럽다고들 하는데 나도 바이크를 그만두고 나니 할 일이 없어서 지겹고 때로는 고통스럽네. 퇴직 후에 이렇게 할 일이 없을 줄 정말 몰랐네. 한마디로 질려 버렸네 그려."라고 말하면서 쓸쓸하게 웃었다고 한다. 자신에게 취미가 있다고 하더라도 그것이 정년 후에도 오래 즐길 것이라고 보장할 수 없다.

무위도식하는 것은 정신적이나 육체적으로 치명적이며, 사악의 온상이며, 온갖 재난의 근원이며, 7가지 대죄[218]의 하나

....

217 가와키타 요시노리, 『55세 이후 가장 즐거운 인생을 발견하는 방법』, 미카사쇼보, 2011(일서).

218 교만, 인색, 음란, 분노, 탐욕, 질투, 나태 등 본죄의 7가지 근원.

이며 악마가 휴식하는 방석이며, 베게이며, 악마와 한 패다.[219]

TV 「아침마당」에 출연한 안창수 씨는 은퇴 후에 처음 그림을 배우기 시작해서 화가가 되었다. 그가 그림을 그리게 된 계기는 화실을 운영하는 친구 덕분이었다. 어느 날 친구가 운영하는 화실에 놀러 갔다가 닭 그림을 그리게 되었는데 친구가 그 그림을 보고 재능이 있는 것 같다고 계속해 보기를 권했다. 취미로 시작한 그림이 그를 60세 넘어 화가로 만들었고, 그림이 팔리는 뿌듯함도 느끼게 해 줬다. 한 씨도 이 재능을 찾기 전에는 학원이나 센터를 다니며 이것저것 배워 보았다고 하면서 '취미를 발견하는 방법' 3가지를 제시했다.

첫째, 어릴 때부터 하고 싶었지만 생활에 쫓겨 못한 것을 시도해 본다.

둘째, 남들이 보고 잘한다고 말해 주는 것을 즐겨 본다.

셋째, 학원이나 센터 등을 다니며 다양하게 배워 보고 끌리는 것을 취미로 만든다.

실제로 각지에서 개최되는 정년 후의 취미를 찾는 사람을 위한 시민 강좌는 대부분 성황이다. 이 방법을 따르면 누구나 취미 한 가지씩은 즐길 수 있을 것 같다. 문제는 오래 지속할 수 있는 가이다. 아놀드 베넷은 그의 저서 『자신의 시간』[220]에서 "당신이 '운명'에 대해서 확실하게 아는 것이라곤 베토벤이 작곡한 훌륭한 곡이라는 정도가 아닌가?"라고 신랄하게 비판하고 있다. 그는

······

219 Burton, Sir Richard Francis 영국의 탐험가, 외교관, 동양학자.

220 아놀드 베넷, 번역 와타나베 쇼이치, 『자신의 시간』, 원저 『How to live on 24 hours a day』(국내 번역서: 『하루 24시간 어떻게 살 것인가』, 더모던, 2023(개정판)).

"당신이 만약 크레이벨[221]의 음악 감상법(오케스트라용의 악기 사진과 그 배치도가 실려 있음)을 읽고 나서 프롬나드 콘서트[222]에 참관하게 되면 이전과는 놀랄 정도로 흥미가 달라진 것을 알게 될 것이다. 잡다한 악기의 집합체가 아닌 오케스트라 본래의 모습을 알게 될 것이다. 즉 각양각색의 악기를 가진 악단원이 서로 다른, 없어서는 안될 역할을 수행하면서 일사불란하게 통일된 조직체임을 알 수 있을 것이다."고 설명한다. 그는 "또 당신은 악기를 식별할 수 있을 것이고, 각 악기의 음색의 차이를 알게 될 것이다. 프렌치 호른과 잉글리쉬 호른의 차이를 알게 되며, 바이올린이 오보에보다 배우기 어려운데도 오보에 연주자가 왜 급여를 더 받는지도 알게 될 것이다."고 쓰고 있다.[223]

취미를 오래 지속하는 방법은 **평소에 일상적으로 하고 있는 등산, 사이클, 여행 등을 취미로 발전시키는 것이다.**

여행과 결합하면 좋아하는 문학가나 작품의 배경을 찾아 여행하면 문학기행이 된다. 어떤 이는 각 작품마다 소개되고 있는 지역이나 명소를 찾아 일일이 사진을 찍고 기록하여 블로그에 게재하고 있다. 이 또한 훌륭한 취미라 할 수 있다. 같은 이치로 미술 기행, 카

....

221   Henry Edward Krehbiel: 미국의 음악 평론가이자 음악학자로, 40년 이상 뉴욕 트리뷴의 수석 음악 평론가였다.
https://en.wikipedia.org/wiki/Henry_Edward_Krehbiel
222   영국 런던에서의 콘서트로, 공원 등에서 청중이 산책하거나 춤추면서 콘서트를 관람한다.
223   전게서.

폐 기행, 성지 순례, 빵집 순례, 도서관 기행, 책방 기행 등 관심 있는 것을 여행과 결합하여 SNS로 발신하면 취미를 오래 지속할 수 있다.

독서도 인생 전반기에는 지식 습득이나 비지니스 스킬 향상을 목적으로 했다면 후반기는 교양 인문 분야를 중심으로 독후감을 기록하거나 독서발표회를 열어 같이 공유하면 훌륭한 취미활동이 된다.

> 무언가 열중할 취미를 갖지 않으면 인간은 진정한 행복도
> 안정도 누릴 수 없다. 식물학, 나비나 곤충의 채집, 튜울립이
> 나 수선화 재배, 낚시, 등산, 골동품 등 어떤 것이든 흥미를
> 갖게 되면 그 사람의 인생은 완전히 바뀐다. 어떤 취미라도
> 상관없다.[224]

디지탈 리터러시를 활용한다

안승준 한양대 특임교수는 디지펀 아티스트다. 디지펀 아트란 스마트기기를 활용해 그림을 그리는 디지털아트에 '펀(FUN, 재미)'을 넣어 만든 합성어로, 그는 최근 스마트폰을 이용한 개인 작품전을 열기도 했다. 삼성전자 인사전문가로 30년을 살아온 그가 디지털 아트를 택한 이유는 고교 시절 꿈이었던 미대 진학을 떠올리고 나서다. 먹고 사느라 잊고 있었던 자신의 어린 시절 꿈을 다시 찾은 그는 요즘 아주 행복해한다.

팀 쿡 애플 CEO가 일본을 방문한 목적은 일본의 앱 개발자와의

....

224 William Osler, 영국의 의사.

교류다. 84세 최고령 개발자 '와카미야 마사코(若宮正子)'는 자신이 만든 2017년, 81세의 나이로 아이폰용 앱 '히나단'을 선보이며 세계 최고령 프로그래머로 이름을 알렸다. 그녀가 만든 히나단 앱은 일본 전통 인형을 올바르게 배치하는 것을 목적으로 한 게임 콘텐츠다. 일본의 옛날이야기를 듣는 기분으로 게임을 즐길 수 있는 것이 특징이다. 와카미야 씨가 게임 앱을 만들게 된 이유는 "시니어 세대가 재미있다고 생각되는 게임이 있어도 좋지 않나."란 생각에서 출발했다고 한다. 「시니어와 디지털」을 축으로 적극적으로 발신을 하고 있으며 Excel Art를 개발하기도 했다

전문성을 지향한다

새롭게 취미를 배우는 데 걸리는 시간은 기초를 배우는 데 1,000시간, 즐기는 데 3,000시간, 타인을 가르치는 데에 5,000시간 걸린다고 한다. 은퇴 이후 하루 3시간씩 5년 정도 정진한다면 한 분야에 정통할 수 있는 수준에 이를 수 있다. 예를 들어 악기 연주에 몰입한다고 할 경우, 1,000시간이면 악보를 보거나 기초적인 연주를 할 수 있는 수준이 되며 3,000시간이면 연주를 즐길 수 있는 기쁨을 누릴 수 있으며 5,000시간 정도면 프로 연주자는 못 되더라도 남을 가르치는 수준 즉 독거노인이나 노인복지관 노인들을 위한 자선행사를 위한 공연을 열어 줄 수 있는 수준을 달성할 수 있다. 친구 중에는 은퇴 후 서예를 배우기 시작하여 작품 전시전도 열고 문화센터에 나가 서예 교실을 직접 지도하기도 한다. 같은 이치로 우리나라 방방곡곡에 숨어 있는 위인들의 유적지를 탐방하는 취미생활을 하

다 보면 언젠가 역사여행 가이드 역할을 할 수 있을 것이다.

돈이 적게 드는 취미를 택하자

흔히 취미라고 하면 골프, 여행 등 경비가 드는 것을 먼저 떠올린다. 가능하면 장비나 시설 이용에 돈이 많이 들거나 동호회 활동이 많은 취미를 피하면 경제적인 취미활동을 할 수 있다. 65세 이상이면 할인이 되는 시설이나 교통 등을 감안하면 국립공원, 국립도서관, 박물관, 둘레길, 문화기행 등 세금의 특혜를 누리는 취미활동을 적극 추천한다. 취미활동은 돈보다도 시간과 열정만 있으면 가능하다는 것을 알아 두자.

건강한 노년기와 병상에서 보내는 노년기를 감안하여 활동적인 취미와 정적인 취미 등 복수의 취미를 가질 것을 추천한다. 예를 들면 산악자전거와 재즈음악 감상, 디지털 카메라와 블로그 활동, 풍경화 그리기와 등산 등의 조합을 생각할 수 있다. 기본적으로 취미는 자기만족을 위해 하는 것이기 때문에 자신의 성향에 맞게 즐기면 되지만, 은퇴 후 취미활동을 하면 사람도 사귈 수 있고, 정신과 신체의 건강도 유지하며, 사회를 위해 보람 있는 일도 하게 된다. 제2의 인생에서 주어진 소중한 시간을 즐거운 취미로 채우면 누구보다 행복한 노후를 보낼 수 있다는 것을 알아 두자.

IX

---◈◇◈---

지적 생활에
대하여

67. 지적 생활의 발견

지식이란 "어떤 대상을 연구하거나 배우거나 또는 실천을 통해 얻은 명확한 인식이나 이해"라고 정의한다. 단어의 어원을 찾으면서 알게 되는 심오한 단어의 의미, 전혀 다른 분야의 지식이 서로 융합되어 만들어지는 새로운 지식 습득에 의한 희열 등 지적 호기심에 의해 전개되는 일상은 감동이다.

> 내가 인생을 알게 된 것은 사람을 접해서가 아니라 책을 접했기 때문이다.[225]

지식이란 감동이고, 흥분이며, 우리를 고양시켜 주고 즐거움을 선사한다. 진실로 매일 무언가를 배우고자 하는 마음이 없다면 인생은 지루한 드라마이다. 그럼에도 불구하고 우리는 지적탐구의 중요성을 간과하고 있다.

빈틸터리 대학생에서 독서를 통하여 메이지대 교수가 된 사이토 다카시 교수도 학생들에게 요즘 어떤 책을 읽는가 하고 물어보면

....
225　Anatole France.

거의 책을 읽지 않고 있음은 물론 책을 읽기 위해 노력하지도 않고 그런 사실을 부끄러워하지도 않는다는 사실에 경악해한다. 학생들은 오히려 스마트폰으로 '언제 어디서나 필요한 정보를 얻을 수 있는데 굳이 돈과 시간을 들여 책을 사 읽을 필요가 있는가?' 하고 반문한단다.

이 사례에서처럼 스마트폰이 우리들의 삶의 질을 높인 것은 분명하지만 한편으로는 자기가 보고 싶은 것만 보고 알고 싶은 것만 알도록 만들어 놓아 우리가 세상을 살아가는데 필요한 진정한 지혜와 지식이 있는 오프라인 세상을 등한시하게 한 역효과가 안타깝다. 『바보의 벽』의 저자 養老孟司 (요로 다케시)씨는 "지금 사람들은 안다는 것, 배운다는 것에 대해 자신이 변하는 것이라고는 꿈에도 생각하지 않는다. 정보를 처리하는 것이라고 생각하는 것 같다"고 하면서 ".무언가를 모아서 잘 처리하는 것이라고 착각하고 있다. 그리고 자신의 외측에서 처리하여 자신의 내면과는 관계없다고 생각하는 것에서 여러 문제가 발생한다."[226]

養老孟司 씨의 말대로 대개는 지적생활을 통해 지식을 섭취하는 것은 무의미하다고 생각하고 많은 사람들이 필요한 지식은 그때그때 클릭하고 검색하여 얻는 것이라고 생각하고 있다. 그러나 지식은 꾸준한 축적의 과정이 없으면 의미가 없는 것이다. **지식은 flow 가 아니라 stock의 관점에서 바라보아야 한다.**

10년 전, 전 세계 13개 국가에 대한 조사 결과에서 노인에 대한 우리나라 존경심이 세계 최하위로 나타났다. 그리고 기업에서 노인

....
226   養老孟司(요로 다케시), 양억관 번역, 『바보의 벽』, 재인, 2003.

보다 젊은 사람들을 고용할 때 더 일의 성과가 더 난다고 응답한 기업의 비중이 조사 대상 국가 중 가장 높았던 것은 놀랄 만한 일이다.

나이 듦에 대한 가치에 대해 이처럼 극단적인 결과가 나타난 것은 우리 사회가 급격히 디지털 사회로 진행하면서 지식을 flow적으로 이해하게 된 결과가 아닌지 우려되는 바가 크다. 왜냐하면 지식을 stock로 보고 지혜를 중시 여기는 사회라면 오프라인에서 오랫동안 더불어 사는 지혜와 지식을 터득하고 종합력을 가진 연장자의 가치를 그렇게 세계에서 가장 낮게 폄하할 리 없기 때문이다.

인생의 목적은 궁극적으로 자기실현에 있다고 한다. **자기실현을 위해서는 단순히 지식을 취득하는 것에 그치지 않고 지적 생활로 승화**시키지 않으면 의미가 없다. 지적 감동을 일상화하면서 자연히 사고력을 갖추게 되고, 하나의 사상을 형성하며 그것을 표현하고 전달하는 프로세스를 체계적 지속적으로 행하는 지적 생활이야말로 행복한 후반전을 위해 간과할 수 없는 요소다.

더군다나 이제는 언제든지 마음만 먹으면 스마트폰으로 읽을 수 있고 첨단의 지식과 기술을 갖춘 강사들의 다양한 강의는 물론, 하루에도 몇 개씩 열리는 석학과 해외 유명 교수 초청 공개 강연, 각종 학술 세미나, 문화센터 및 각종 인문학 강좌, 취미 교실 및 자격 취득 기회, 평생 학습기관 등 이루다 섭렵할 수 없는 지적 생활 체험의 장이 마치 향연처럼 지천으로 우리에게 펼쳐져 있어 얼마든지 지적 생활을 누릴 수 있다.

나는 책을 통해 인생에 가능성이 있다는 것과 나처럼 세상에 사는 사람이 또 있다는 것을 알았다. 독서는 내게 희망을 주었다. 책은 내게 열린 문과 같았다.[227]

그런데도 필자가 접하는 은퇴예정자나 은퇴자들은 이 풍성한 향연에 냉담하고 무관심하다. 취미나 오락을 써내는 내용을 보면 대부분 주로 건강관리나 휴식, 기분전환 등 시간을 보내는 것에만 주로 관심이 있지 새로운 것을 배우거나 창조적인 활동에는 대부분 무관심하다. 미국인의 정년 후 취미생활을 묻는 질문에 31%가 독서라고 대답하고, 일본의 경우 취미 활동의 상위 10개가 모두 지적 활동이나 배우기에 치중하는 것과 비교가 된다.

이러한 현상은 명품 인생의 조건이 대부분 헬스, 골프장, 여행 등 소비 중심으로 이루어져 마치 소비적 활동이 화려한 은퇴 생활인 양 연일 방송에서 강조하는 풍조의 영향도 무시할 수 없다. 그러다 보니 「여가=돈」이라는 算式이 성립되어 더 많은 돈을 추구하게 되고 결국 돈이 없으면 여가활동도 즐기지 못하는 낙오한 인생이라는 관념이 개개인의 뇌리에 박혀 과도한 금액을 노후 필수자금으로 산정하게 된다. 그러나 쓰면 쓸수록 쾌락이 증가하고 이러한 쾌락은 아주 단기적이기 때문에 새로운 쾌락을 위해서는 잠시도 멈춤이 없이 계속해서 소비해야하는 악순환에 빠지게 된다.

이러한 배경에는 고도의 경제성장을 하는 과정에서 앞에 가는 선두주자를 잡으려 지적탐구를 등한시할 수밖에 없었던 사정과 무관치 않은 것 같다, 그래서 종종 우리나라는 경제 대국이면서도 자주

....
227   오프라 윈프리.

정신적 빈곤이 문제로 대두되고는 한다.

그런데 '가뭄에 단비'처럼 서점가에 『지적으로 나이 드는 법(번역서)』이 서점가에서 제법 눈길을 받고 있다. 5년 전에 작고한 渡部昇一(와타나베 쇼이치) 씨는 영문학을 전공을 바탕으로 동서양을 아우르는 폭넓은 학식과 깊은 통찰력으로 일본 내에 상당히 알려진 지식인이자 평론가였다. 30년 전에 발간한 그의 저서 『지적생활의 발견』은 롱 베스트셀러로서 당시 고도의 부를 축적한 당시 일본인들에게 지적생활에 대한 삶의 힌트를 제공하였다.

그런 의미에서 동씨의 번역서가 우리나라에서도 호응받는다는 것은 그간의 소비 위주의 삶에서 벗어나 우리들도 지적으로 살아가는 삶에 시선을 보내기 시작했다는 것을 알려 주는 시그널은 아닌가 하는 생각이 들어 무척 반가웠다.

필자가 서재에서 와타나베 씨의 저서를 찾아보니 제법 많이 소장하고 있었다. 『자신의 품격』, 『최고의 자신을 만드는 방법』, 『사람의 위에 설 수 있는 사람이 되어라』, 『자신의 벽을 넘어서는 사람 그렇지 못한 사람』, 『인생의 성공자가 되기 위한 방법』, 『인생을 지적으로 살아가는 방법』 등 제목만으로도 어떤 삶을 추구해야 하는가에 대한 그의 메시지가 전해진다.

이처럼 지적생활에서 빼놓을 수 없는 것이 바로 책이다. 그런데 그 책을 구입한 다음에는 책을 보고 읽고 보관할 곳이 누구에게나 고민거리다. 물론 전자책을 보면 문제없지 않은가 하고 반문하는 분이 계실지 모르겠다. 언제든지 이동하면서도 보고 보관할 장소도 필요 없기 때문이다. 그러나 전자책이 한 알의 영양제라고 한다면 책은 맛있는 한 끼 식사라고 하는 말이 있듯이 필자도 종이책 애호가다. 어떤 분은 책을 살 필요 없이 도서관에서 빌려보면 되지 않는가 하는 분도 계실지 모르겠다. 그러나 필자는 장서를 보관하면서 두고두고 활용하는 편을 추천하고 싶다. 원래 책은 보관해 놓고 두고두고 읽는 것이 바람직하다고 생각한다. 그런 측면에서 자택에서 책을 볼 수 있는 서재 공간을 갖는 것을 적극 추천한다.

68. 독서 생활

필자는 은퇴 후 자택에서 자신이 머무를 공간에 서재를 마련하기를 적극 추천하였는데 더욱 중요한 것은 과연 서재를 어떤 책으로 채우는가이다.

서재가 H/W라면 책은 S/W다. 훌륭한 서재를 갖추는 것과 양질의 서적을 채우는 것과는 전혀 별개다. 서재는 한꺼번에 공사를 할 수도 있고 설계도면에 넣기만 하면 나머지는 기술자들이 해 주는 것이라 할 수 있지만 서적은 전혀 다르다. 오랜 세월이 걸리고 개개인의 서적을 고르는 안목 또한 중요하고 타이밍이 필요하며 실패도 거듭한다. 그리고 돈도 들어간다. 아니면 서재는 인테리어 공간으로 장식장 같은 가구일 뿐이다. 『공부하는 독종이 살아남는다』에서 이시형 박사는 "우선 목차를 훑어보고 대개 낯익고 엇비슷한 것들이지만 눈에 띄는 몇 군데가 있으면 그 페이지를 열어 본다. 좋다는 감이 들면 바로 산다. 이게 중요하다. 일단 사야 한다. 단 한 줄이 도움이 되더라도 산다는 자세가 중요하다. (중략) 나는 일주일에 4~5권은 산다. 그 중에 몇 줄을 읽다 말고 집어던지는 것도 있고 눈이 번쩍 띄어지는 책도 있다. 이런 양서는 두고두고 내게 지침서가 되

고 자료집이 된다."고 말한다.[228]

책은 저자와의 만남이다. 책 한 권에서 저자의 핵심 사상은 대략 20~30% 정도이지만 저자가 일생을 걸쳐 획득한 배움과 통찰이다. 그것을 간단한 식사 내지는 푸짐한 식사 비용으로 살 수 있다면 더할 나위 없는 기쁨이 아니겠는가. 그런 마음가짐이 서재를 갖는 출발이다.

이시형 박사의 말씀 중에 마음에 드는 부분이 있으면 무조건 구매해야 되는 이유는 또 있다.

절판이다. 우리나라는 일주일이 지나면 가판 진열에서 사라진다. 눈에 띄지 않게 되는 것이다. 결국 자신의 장르를 발견하지 못한 채 남들이 읽는 베스트셀러를 사서 읽는 사람에 머무르기 쉽다. 절판이 된 책을 구하거나 출판사에 의뢰해서 주문을 해야 하는 경우를 경험해 보면 이 박사 말대로 눈에 띄면 일단 사라는 말이 가슴에 정말 와닿는다. 가끔씩 보물을 발견하기도 한다. 에드거 샤인 박사의 유명한 절판된 책 『커리어 다이나믹스』는 우연히 신쥬쿠 키노큐니야 서점에서 발견했다. 마치 대단한 보물이라도 발견한 것처럼 쾌재를 부르기도 했다. 그렇게 사다가 보면 자신의 장르가 저절로 생긴다. 특히 책의 참고문헌을 인용한 것을 보고 넓혀 가는 방법도 있고 같은 저자의 책들을 콜렉션처럼 모으기도 한다. 한 작가의 사상이 와닿으면 그 사람의 전 생애에 걸친 책들을 사 모으는 것도 하나의 패턴이 되었다. 필자의 경우 금융에서 시작하여 경영, 경제를

....
228   이시형, 『공부하는 독종이 살아남는다』, 중앙북스, 2009.

보다가 커리어 장르로 옮긴 후에는 취업 같은 실용서를 보다가 결국 인문, 심리, 철학, 역사 분야로도 넓혀지고 중년 중심에서 대학, 여성, 정년, 노년, 직장인으로 넓어지는 것을 경험했다. 중요한 것 중의 하나는 지금 필요한 것을 사는 것이 아니다. 다시 말해 지금 읽으려고 사는 것이 아니라는 말이다, 이것이 핵심이다. 앞으로 필요할 것 같다면 지금 당장 읽지 않을 책이라도 사 놓아 둔다.

필자가 지금 읽는 책들은 수년 전 심지어는 2000년대 초에 사 놓은 것을 요새 보게 되는 책도 있다. 신기한 것은 그게 다 필요해지더라는 거다. 지금은 필요 없지만 장래 필요할 때 그 책이 이미 없으니 지금 사 놓는다는 것이 필자의 書籍購入史의 알파요 오메가이다. 그러다 보면 책을 살 때 마치 슈퍼에서 쇼핑하듯이 하게 된다. 물론 당연히 많이 사게 된다.[229]

주 4~5권으로는 읽고 싶은 책을 양서를 사 모으는 정도로 충분하지만 적어도 자신이 연구에 필요한 책을 사 모으는 수준이 되려면 이 수준은 훨씬 넘어야 가능하다고 한다. 지(知)의 거인이라 불리우던 故 타치바나 타카시 씨는 한 분야의 책을 쓰려면 수백 권을 읽고 책을 쓴다고 했다. 좀 더 다른 차원에서 책을 바라보아야 가능하다. 유명인들의 장서도 참고하기도 한다.

그런데 우리나라는 출판 시장이 좁아 대중적인 책들이 아니면 어렵기 때문에 장르가 좁은 분야의 전문 서적은 잘 나오기가 어렵다.

....

229 일본 서점에는 늘 장바구니가 비치되어 있다. 실제로 쇼핑하듯이 책을 바구니에 담는다. 반면 우리나라는 장바구니가 없어 몇 번을 왕래하면서 카운터에 맡기는 불편을 감수해야 한다. 우리나라는 서점조차 책은 한 손에 들어갈 만큼만 사야 하는 거라고 생각하는 모양이다.

그러니 한 분야에 수백 권 산다는 것 자체가 불가능하다. 그런 면에서 보면 시장도 비교가 되지 않을 정도로 크고 도서관에서 사주는 바람에 자신의 전문 분야의 책을 상대적으로 쉽게 낼 수 있는 일본의 출판 문화가 부럽기도 하다. 필자도 일본 서적들을 주로 모으다 보니 분야별로 수백 권씩 되는 콜렉션이 가능해진 것이다. 필자가 20년 정도 걸려 모은 7~8,000권이 넘는 장서들은 오랫동안 자신만의 전문 분야의 장르로만 모아 놓았으니 장서량이야 얼마 되지는 않지만 일정 분야에 관해 이렇게 집중적으로 모은 경우는 흔하지 않다고 자부할 수 있다. 물론 그렇게 사다 보면 정말 이런 책도 있었나 하는 책을 사기도 한다, 사무실과 연구소에 비치된 책 이외의 책들은 지금은 돌아가신 부모님 댁의 창고에 가득 쌓아 놓았는데 그중 상당수가 실패한 책이거나 별로 와닿지 않은 책들이다. 어떻게 보면 4~5년간은 양서가 뭔지 내가 고르는 장르가 뭔지 모르고 마구 사들이는 바람에 실수도 많이 했다. 수업료 낸 셈치고는 어마어마한 돈을 들였지만 그런 경험을 겪지 않고는 책을 고르는 안목이 제대로 서질 않는다.

많은 사람들이 책을 사면 처음부터 끝까지 읽는다고 생각하는 것 같다. 그러나 필자는 생각이 다르다. 필요한 부분만 읽는다. 그리고 그 부분을 다시 읽고 음미한다. 아예 살 때부터 다 읽을 생각을 하지는 않는다. 필자 필요시에 데이터베이스 역할을 해 줄 것을 기대해서 쌓아 놓은 책들도 많다. 다만 어떤 내용이 있는가는 밑줄도 긋고 표시도 해서 필요시에 즉각 활용하도록 한다. 물론 좋은 양서는 처음부터 몇 번이고 다시 정독해서 한마디, 한마디 저자의 심오한 생각과 사상을 음미하여 철저하게 입력한다. 물론 아쉽게도 그런 책은 그다지 많지는 않다. 그래서 그런 식으로 끝까지 정독하는 책은 많지 않다. 그런 책이 아니면 전체 내용을 정독하는 것은 아주 시간 낭비라는 게 필자의 생각이다.

결론적으로 필요한 부분을 발췌해서 읽되 한 테마가 생기면 그동안 기억해 둔 다양한 장르의 책들을 한꺼번에 섞어 읽고 거기서 떠오르는 착상을 원고로 정리하는 것이 평소의 책 읽는 습관이다. 읽다가 필요한 부분을 포스트잇을 붙이기도 하지만 카피해서 보관해 두는 경우도 있고 노트에 적어 놓기도 한다. 결국 독서의 결과가 책을 집필할 때 원초 데이터가 되는 방식이다. 이런 식으로 읽을 때 그저 읽고 끝나는 독서가 아니라 수시로 재생산할 수 있는 on-air 상태로 책이 존재할 수 있는 것이다.

오랜 세월에 걸쳐 자신이 구입하면서 정성껏 공을 들였던 책을 펼쳐 메모되어 있고 줄을 친 흔적이 있는 부분을 골라 읽으면서 책과 책 속에 숨어 있는 행간의 뜻을 찾아내어 자신의 생각과 융합을 시키는 지적창조의 즐거움을 이시형 박사는 "저자와 두런두런 이야기 하면서 메모도 하고 내 의견도 적고 하노라면 시간 가는 줄 모른다. 이 시간만큼 편안하고 행복한 시간이 있을까?"라고 말하고 있다.

69. 은퇴자가 도서관을 찾는 이유

"은퇴 후 집에서 하릴없이 보내는 통에 아내가 '낮에는 집에 있지 말고 외출이라도 하세요.'라고 닦달하는 바람에 어쩔 수 없이 외출. 그렇지만 갈 곳은 없다. 할 수 없이 긴 산보를 하고 돌아와서는 다음에는 도서관을 향한다. 한낮의 도서관은 은퇴자들로 가득하다. (중략) 남의 이야기가 아니다. 제대로 인생 목적을 갖지 않으면 이처럼 자기가 있을 곳이 없어지기 마련이다."

어느 잡지에서 인용한 글인데 은퇴자들이 도서관을 이용하는 이유는 그들이 마땅히 갈 곳이 없기 때문이라는 다소 부정적인 의견이다.

과연 그럴까? 몇 년 전 일본에서도 은퇴한 중장년층이 도서관을 즐겨 찾는 배경에는 우리나라 베이비부머 세대에 해당하는 단카이 세대의 퇴직이 있다고 분석했다. 지역에서 보내는 시간이 대폭 늘었기 때문이라는 것이다.

이를 뒷받침하는 제도도 있다. 바로 「지정관리자 제도」 즉, 도서관 서비스의 효율화를 위하여 공공시설인 도서관의 운영을 민간업자에게 관리·운영을 위탁하는 제도를 도입한 것이 효과를 보았기 때문이다. 약 70%의 도서관이 이 제도를 도입하였는데, 민간의 시점에서 서비스를 향상시키고 정보통신기업과 컨소시엄을 맺기도 하고, 대출업무 신속화, 화제 도서의 적시 구입 등 이용 만족도를 높인 것이 도서관 이용 증가에 영향을 끼쳤다는 이야기다.

중장년층의 도서관 이용이 늘어난 이유는

- 퇴직으로 인해 지역에서 보내는 시간이 늘어난 것 이외에도
- 타인에게서 간섭받지 않고 고독을 즐기면서
- 한편으로는 안심감과 편안함을 느끼는 것은 물론
- 자신의 지적 호기심과 탐구심을 만족할 수 있는 것

등이 중장년층의 삶의 보람과 연결된다는 것이다.

우리나라 상황도 궁금하다. 우리나라는 공부하는 10대, 20대들의 비율이 높을 것 같지만 요즘 가장 많은 나이대는 단연 60대 이상이다. 우리나라도 고령화에 접어들기 시작하면서 도서관에서 자주 볼 수 있는 사람들은 어린 학생이 아닌 은퇴자였다.

공공도서관 열람실에서 종일토록 은퇴자들을 보는 것은 아주 흔한 일이다. 은퇴 후의 남는 시간을 도서관에서, 다양한 문화 활동에 참여하는 사람들이 많아지면서 일본처럼 우리나라도 도서관들은 은퇴자들을 위한 서비스와 프로그램을 제공하기 시작했다. 이호신 전문가의 『은퇴 노인의 도서관 이용 경험에 관한 내러티브 탐구』(한

국 정보관리학회, 2019)에서는 어르신들에게 도서관은 주저 없이 찾아갈 수 있는 생활의 중심이자 거점이라고 언급한다. 정기적으로 출근할 곳이 사라져버린 은퇴 후의 막막함과 상실감을 메워 주고, 아직도 자신이 세상 속에 충분히 연결되어 있고, 머물 수 있는 공간이 남아 있음을 알려 주는 일종의 사회적인 자리로 여겨진다고 설명했다.

관심 있는 분야의 책을 찾아서 읽고, 흥미로운 주제의 강의를 수강하고, 비슷한 처지의 또래나 동아리 구성원을 만날 수 있는 도서관은 자신이 이 사회의 구성원으로서 여전히 건재하고 있다는 심리적 위안과 안정을 제공한다고 전했다. 실제로, 나이가 들면서 찾아오는 고독함과 공허감, 무력감 등은 도서관에서 책 읽기를 비롯한 다양한 문화 활동, 교육 프로그램을 하는 과정에서 다소 완화되거나 사라질 수 있다는 것이다.

이제 도서관은 변모했다. 과거 츄리닝 바람으로 수험생들이 공부만 하는 장소가 아니다. 이제는 문화와 소통의 장이다. 전시회, 영화제, 작가와의 대화, 취업설명회, 도예 강습, 노후설계에 이르기까지 돌보지 않는 일이 없다. 회원증 하나만 있으면 이 모든 혜택을 즐길 수 있다. 게다가 고독력[230]을 즐길 수 있다. 더 이상 은퇴자의 도서관 이용을 부정적으로만 바라볼 필요가 없는 이유이다. 『도서관의 말들』을 쓴 저자 강민선은 "도서관은 언제나 사유의 한계를 넘어서게 해 주었고, 내가 방문한다기보다 나를 맞이해 준다는 기분이 드는 유일한 장소였다."[231]고 이야기한다.

....

230   혼자서 조용한 시간을 보내는 것에 대한 자신감과 편안함. 다른 사람의 눈을 의식하지 않고 홀로 있는 것을 감사하고 즐기는 힘. (본문 74. 고독력을 키워라 참조)
231   강민선, 『도서관의 말들』, 유유, 2019.

70. 인풋 아웃풋

　예전에 아내가 드라마 학원에 다니며 시나리오를 쓰는데 열심이었다. 덕분에 그쪽 세계를 조금 알게 되었다. 많은 신인 작가들이 공모전에서 당선되어 드라마가 방영된 후 오히려 사라진다. 어쩌다 운 좋게 당선은 됐지만 그 후에 내놓을 만한 좋은 작품이 없으면 바로 탈락하는 세계인 것이다. 시대성, 작품성, 대중성, 화제성, 완성도 등등 실력이 부족하면 재등장이 어려울 정도로 경쟁도 치열한 곳이다. 물론 작가반열에 들어서면 부와 명성이 따르고 그쪽 세계에서 권력의 한 축이 된다.

　얼마 전『독학의 기법』[232]에서 비슷한 글을 접했다. 우리나라에도 잘 알려진 야마구치 슈가 쓴 글로 無目的인 인풋(input)을 해 오지 않은 사람은 중요한 시기에 아웃풋(output)을 계속할 수 없다며 무목적인 인풋을 강조했다.

　그는 저서에서 아웃풋을 하는 즉시 고갈되는 사람이 있는가 하면 도대체 그 많은 양을 어디서 축적했을까 싶을 정도로 장기간에 걸

....

232　山口 周,『独学の技法』, ダイヤモンド社, 2017(국내 번역서 ,야마구치 슈, 김지영 역,『독학은 어떻게 삶의 무기가 되는가』, 메디치 미디어, 2019).

처 양질의 아웃풋을 계속 유지하는 사람이 있는데 그 차이는 바로 무목적인 인풋을 해 온 역사에 있다는 것이다. 그 사례로 메이지대학 사이토 다까시를 소개하고 있다. 그는 왕성한 집필자로 한 해에 20~30권의 신간을 내고 있다. 야마구치 슈에 따르면 그의 인생에서 대학원 석사와 박사 시절에 엄청난 양의 인풋을 했으리라 짐작한다고 했다. 결과적으로 별다른 생각 없이 일방적으로 엄청난 인풋을 한 시기가 있어야 왕성한 아웃풋이 가능하다는 것이다. '인풋은 아웃풋이 필요할 때 하면 된다.'든지 '아웃풋 할 수 있는 기미가 보일 때 인풋을 시작하면 된다.'는 등의 발상은 실제와는 거리가 먼 뜬금없는 헛소리인 것이다.

그는 이를 기회비용의 문제로 본다. 일이 몰려오기 전, 즉 '책을 써 주세요.' '강연을 해 주세요.' '도와주세요.'라는 말이 나오지 않았을 때 마음먹고 인풋을 늘리라는 것이 그의 要旨다

필자의 경우도 돌아보니 직장을 나오고 나서 약 10년간의 시기가 아웃풋을 많이 한 시기였던 것 같다. 대부분의 책도 당시에 발간을 했기 때문이기도 하다. 다만 지금은 기회비용의 문제에서는 홀가분하다. 이제 일에서 은퇴한 입장이니 지금부터 인풋을 늘려 가더라도 기회비용으로 손해 볼 것은 아니기 때문이다.

필자는 일반 은퇴자들에게 그들 모두는 **은퇴 이전에 갖고 있는 무목적 인풋이 엄청날 것이므로 인생의 후반은 아웃풋의 시기로 목적을 바꾸어 볼 것**을 제안한다. 그동안 축적한 지식과 경험 기술, 지혜, 센스 등 인풋한 모든 것을 밖으로 세상으로 아웃풋을 해 보는 거다. 자신의 해 온 일을 흔적으로 남기는 거다. 정신과 의사인 가바

사와 시온 씨는 베스트셀러가 된 저서『아웃풋 大全』[233]에서 **인풋과 아웃풋의 황금비율은 3:7**이라고 쓰고 있다. 딱 그 비율이 좋다고 생각한다.

233　樺沢 紫苑,『아웃풋 大全』サンクチュアリ出版, 2018.

71. 장년에 배우면
노년에 쇠하여지지 않는다

에도시대의 유학자 샤토 잇사이의『언지사록』에 다음과 같은 글귀가 있다….

> "청년에 배우면 장년에 큰일을 도모한다. 장년에 배우면 노
> 년에 쇠하여지지 않는다. 노년에 배우면 죽더라도 썩지 않
> 는다."

『언지사록』(국내 번역판『언지록』)[234]은 중국의『채근담』과 대등한 반열에 있다.『언지사록』은 샤토 잇사이가 인생 후반 사십여 년에 걸쳐 쓴 어록을 집대성한 것으로 1824년에 만든『언지록』과 저술한 『언지후록(言志後錄)』,『언지만록(言志晩錄)』『언지질록』등을 통합한 『언지사록』은 42세부터 82세까지 40년 동안 공들여 완성한 마음공부와 사색, 자성의 내용을 담은 1133조의 금언들을 모은 책이다.

『지적으로 나이드는 법』의 저자 와타나베 쇼이치 씨는 '장년에 배우면 노년에 쇠하지 않는다.'에 대해 "장년기는 일생 중 가장 일에 몰

....
234   샤토 잇사이, 노만수 번역,『언지록』, 알렙, 2017.

두할 나이다. 일의 숙련도가 최고조에 달해 자신감이 하늘을 찌를 때이다. 그래서 더욱 속기 쉽다."고 강조한다. 즉 자신의 일에 열중하고 있다고 생각해서 업무상 필요한 지식과 정보를 적극적으로 수용하고 있다고 생각하지만, 그 정보들은 직장을 떠나거나 맡은 직책에서 물러나는 순간 인생에 아무런 도움도 주지 못한다는 것이다. 정년을 맞는 순간 '앞으로 무엇을 해야 하는가?'에 대한 질문에 답을 못한다. 따로 배운 게 없기에 할 수 있는 일, 하고 싶은 일, 할 일이 없게 되는 것이다. 따라서 그는 '**장년의 배움은 일을 잘하기 위해 필요한 배움이 아니라 평생 즐겁게 배우고 익히기 위한 것으로 노년을 풍요롭게 만드는 자기계발**'임을 명심해야 한다.'고 알려 준다.

자신의 분야에서 도전하고 성취하는 것은 의미 있는 일이지만 언젠가 떠나야 한다면 그 일과 상관없이 도전할 수 있는 과제를 만들어야 비로소 '장년에 배우면 노년에 쇠하지 않는다.'는 경지에 도달할 수 있는 것이다. 일선에서 물러나 상실감에 빠져 있을 때 새롭게 열정의 불을 지필 수 있는 관심 영역으로 눈길을 돌린다면 여생이 얼마나 풍요롭고 풍성하겠는가!

자신의 일 이외에는 관심 분야가 전혀 없다면 무엇보다 중요한 것은 관심과 흥미를 느끼는 새로운 영역을 발견하는 것이 과제이며, 설령 무엇에 흥미가 있는지 모른다는 사람들에게는 깊은 자아 성찰을 권유한다. 저자는 매일 조금씩 관심 분야에 대해 공부를 지속한다면 그러한 노력으로 여생의 꽃은 반드시 피어난다고 주장하고 있다.

72. 공부가 치매 예방에 도움이 되는가

동창회에서 만난 지인의 친구 사례다.

갑자기 치매에 걸린 친구가 있다고 한다. 불과 2년 전인데 지금은 친구 이름을 2~3명밖에 기억하지 못하고 방금 전에 전화하고도 자신이 전화한 것을 잘 기억 못 할 정도라고 한다. 집을 찾지 못해 아예 이름표를 걸고 다니고 24시간 누가 붙어 있어야 한다는 것이다. 워낙 건강했던 친구라 너무 의외라고 하면서 특이할 만한 이유라고는 평소 알코올을 조금 즐기는 편 이외에는 없다고 했다.

그 말을 듣고 어렴풋이 알고 있던 치매가 필자에게도 실제로 일어날 수도 있겠다는 무서움을 느꼈다. 얼마 전에 신문에서 국내 알츠하이머 치매 발병이 69세를 기점으로 급증한다는 분석 기사를 본 것도 필자를 겁먹게 하는데 한몫 거들었다.

100세 장수 시대에 제일 무서운 질병이 치매이다.

자기 자신은 물론, 가족과 사회에 큰 부담을 가중시키기 때문이다.

이대목동병원 신경과 정지향 교수(강서구치매안심센터장)에 의하면 치매는 나이가 들수록 위험이 높아지는 퇴행성 뇌질환으로 알츠하이머성 치매(65~75%), 혈관성 치매(15~20%), 파킨슨병에 의한 치매

(10~15%) 등이 있다고 한다. 정교수에 의하면 65세 이상 10%에서 치매가 발생하는데 가장 흔한 알츠하이머성 치매는 뇌에 베타아밀로이드 단백질과 타우 단백질이 변형되어 축적돼 발생하고 혈관성 치매는 고혈압·당뇨병·이상지질혈증 같은 혈관 질환과 관련이 깊다는 것이다.

경도인지장애 환자들을 대상으로 예측 연구를 했더니, 치매가 빨리 오는 그룹, 치매가 천천히 오는 그룹의 차이는 교육 수준이 가장 큰 영향을 미쳤다. 최종 학력뿐만 아니라, 평소 책을 읽고, 대화를 많이 나누며 새로운 경험을 하는 사람, 긍정적인 생각을 하는 인지 습관을 가진 사람이 치매가 늦게 온다는 것이다.[235]

삼성서울병원 신경과 서상원·김준표 교수와 미국 존스 홉킨스 대병원 엘리세오 겔러 교수 연구팀이 지난 2008년 9월~2012년 12월 건강검진을 받은 성인 남녀 1,959명을 대상으로 자기공명영상(MRI)을 이용하여 뇌를 촬영한 연구 결과를 발표했다.

연구 대상의 평균 나이는 63.8세로 모두 정상적인 인지 기능을 가진 상태였다. 연구팀은 이들을 12년간 학습한 그룹(977명)과 초과한 그룹(982명)으로 나누어 대뇌피질 두께 변화를 관찰했다. 그 결과 학습 기간의 차이에 따라 대뇌피질의 두께가 달라졌는데 학습 기간이 긴 그룹의 대뇌피질 두께 감소 폭이 상대적으로 적게 나왔다. 이

235   이금숙, 머리쓰는 인지활동 열심히 하세요…, 헬스조선, 2018. 11. 14.

는 교육으로 뇌 노화가 지연돼 치매 예방에 효과가 있다는 것을 입증한 결과라고 분석했다.

서상원 교수는 "**끊임없이 무언가를 배우고 익히는 것이 뇌 노화 및 치매 예방에 도움이 된다**는 것을 보여 주는 결과"라며 "수명 증가로 노년층 인구가 늘고 있는 현재 평생학습의 의미를 다시 한번 되새겨봐야 할 것"이라고 말했다

和田秀樹(와다 히데키) 씨는 의학적으로 공부를 하면 치매 예방이 된다고 단정할 수는 없다고 한다.[236] 저명한 학자, 소설가, 또는 레이건, 대처 수상 등 거물급 정치가도 알츠하이머형 치매에 시달렸다.

그렇지만 치매가 된 어르신이 뇌를 제대로 활용하면 진행이 늦어지는 것은 명확하다. 알츠하이머형의 뇌의 변화가 일어나도 머리를 쓰고 있는 사람의 경우가 치매가 되는 것이 늦어진다. 즉 뇌의 변화는 막을 수 없지만 치매의 발병이나 진행은 머리를 쓰면 늦출 수 있다고 그는 주장한다.

그리고 치매의 전 단계인 경도인지장애의 경우 뇌의 트레이닝으로 치매 발병을 억제하는 효과가 있다고 한다. 이는 이대목동병원 신경과 정지향 교수의 의견과 같다.

또 55세 이상의 경우, 나이가 들어 지적 기능이 높은 사람은 그 후 생존율이 높은 것이 암스텔담 교외 지역주민조사에서 밝혀졌다. 한마디로 공부는 장수와 뇌의 건강에 좋다는 것이다.

은퇴 후 공부는 커리어에도 도움이 된다. 자격을 취득하면 커리

236　와다 히데키, 『45歳を過ぎたら「がまん」しないほうがいい(45세를 넘으면 가만 있지 않는 게 좋아)』, 大和書房, 2013(일서).

어를 넓히는 데 도움이 되는 것은 물론이다. 심리학에서는 오히려 연장자가 유리하다고 한다. 중년이나 은퇴한 어르신이 대학원에서 적지 않은 숫자가 공부하고 있다.

역사를 탐구하는 것도 좋고 교양을 공부하는 것도 좋다. 공부는 평생의 즐거움이 되고 치매의 진행을 늦춰 주기도 한다. 또한 은퇴 후에도 지루하지 않게 시간을 활용할 수 있다. 한마디로 공부를 평생의 친구로 하는 것이 은퇴 후 서바이블의 핵심이다.

73. 나비의 꿈

꿈은 젊은이의 특권이라고들 말하지만 정년을 앞둔 은퇴 세대에게도 꿈은 여전히 특권이다.

그들 또한 정년 후의 새로운 생활을 꿈꾸고 있기 때문이다. 하지만 그 속내를 들여다보면 꿈이라는 것이 대부분 현실적인 소망에 머물고 있다.

'해외에서 살고 싶다.'든지, '크루즈를 타고 세계 일주를 해 보고 싶다.' 같은 구체적인 희망 사항이 나열되는 경우가 대다수다.

> 인생은 희망 사항만으로는 채워지지 않는다. 인생을 관통하
> 는 꿈이 있어야 한다. 그래서 우리는 꿈의 본질을 탐구할 필
> 요가 있다. 꿈이 무엇인지를 모르고 살다간 그야말로 허무
> 뿐이기 때문이다.[237]

꿈이란 무엇일까.

'장자(莊子)'의 「제물론」을 보면 '꿈에 나비가 되다.'라는 구절이 나

---

237   와타나베 쇼이치, 김욱 옮김, 『지적으로 나이드는 법』, 위즈덤하우스, 2012.

온다.

장자라는 사람은 맹자와 동시대 인물로 전국시대 사상가였다. 그는 '자연 그 자체로 사는 인생'을 주창하며 수많은 명언을 남겼다. 조삼모사(朝三暮四), 와우각상지쟁(蝸牛角上之爭, 달팽이 더듬이 위에서 싸운다는 뜻)은 모두 『장자』에 나오는 구절이다. 또 '우물 안 개구리'라는 유명한 말도 『장자』가 원본이다. 꿈에 나비가 되다'라는 구절 또한 '나비의 꿈'으로 불리며 예부터 사람들 입에 오르내렸다.

내용은 이렇다. 어느 날 장자는 꿈에 나비가 되었는데. 마음껏 하늘을 날아다니며 자기가 장주임을 전혀 모르고 있었다. 그러나 문득 눈을 떠보니 틀림없는 인간 장주였다고 한다. 그 순간 장주가 나비의 꿈을 꾼 것인가 아니면 나비가 장주의 꿈을 꾼 것인가. 그 모양으로 볼 때 장주와 나비는 분명 별개의 것이다. 그러나 그들도 만물의 무한한 변화 속에서는 한 양상에 불과한 것이라는 내용이다. 다시 말해 꿈이 현실인가 현실이 꿈인가 그러나 그런 일은 아무래도 좋다고 장자는 말하고 있다.

영어로 꿈은 'dream'이다. 어원의 처음 뜻은 '거짓말', '속이다'라는 의미를 지니고 있다. 'dream'은 독일어로 'traum'이다. 동사형은 'träumen'인데, 'trügen'과 어원이 같다. 'trügen'에는 '속이다'라는 뜻이 있다. 독일어 'traum'의 어원이 '속이다'인데 이 'traum'의 t가 d로 변형되어 'dream'이 되었다. 꿈은 '거짓'에서 파생된 단어다.

동기모임에 나가면 나는 주재원이다. 나를 보면 늘 30년 전에 근무했던 당시의 주재원 때 이야기를 되풀이한다. 그때마다 화제를 돌리느라 애를 먹는다. 지점장 모임에 나가면 화제는 20년 전 지점장 시절이다. 그때 어디서 지점장할 때⋯ 하고 시작하면 일어날 때까지 20년 전 이야기가 멈추지 않는다.

너 지금은 어떻게 지내고 있는지를 물어보는 것은 서로 금기시하는 이유도 있기 때문이라고 생각은 되지만 별로 개운치도 않은 과거를 더듬는 것 같아 어서 빨리 모임이 끝났으면 하는 마음이 드는 것은 어쩔 수 없다.

덕분에 필자가 꿈을 꾸면 늘 시재가 주재원 아니면 지점장이다. 당시를 더듬다가 깨는 경우가 한두 번이 아니다. 직장을 나온 지 20년이 지났지만 꿈속에서는 20년 전, 30년 전의 내 모습이다.

필자가 경험한 것처럼 한때 잘나갔던 시절을 떠올리며 꿈속에서 헤매듯 자신을 위로하는 노년들이 많다.

주변을 보면 '우리가 그때 말이야.' 하면서 '왕년의 내가'로 시작하는 노년들이 적지 않다. 왕년의 내가 이야기하고 있는지 지금의 내가 왕년의 나를 이야기하고 있는지 장자의 나비의 꿈의 현대판이다.

와타나베 쇼이치 씨는 그의 저서에서 그들의 무용담이 쓸쓸한 넋두리로 들린다고 한다. 간밤의 달콤했던 꿈에서 깬 뒤 그 꿈을 더듬는 사람처럼 안쓰럽다고 한다.

그렇게 허탈한 꿈을 꾸느니 차라리 좀 더 로맨틱한 꿈을 그려 보는 게 낫겠다고 하면서 자신은 애독하고 있는 고전의 인물과 꿈에 만나서 삶에 대해 토론하고 싶은 바람을 갖고 있다고 한다.

과거의 화려했던 시절을 더듬는 꿈을 꾸느니 와타나베 쇼이치 씨처럼 차라리 로맨틱한 꿈을 꾸고 싶다.

꿈을 꾸기 위해 젊음이 필요한 것은 아니다. 지적 생활을 하면서 여생을 보내다 보면 고전의 저자는 아니더라도 지적 수련을 통해 여생을 풍요롭게 만드는 꿈을 꿀 수 있을 것이라는 꿈을 꿔 본다.

자신만의 꿈을 꾸기 좋은 때가 바로 은퇴 후의 삶이다.

X

멋있게
나이 드는 법

74. 고독력을 키워라

50대는 고독력이 필요한 시기다. 고독감은 바람직하지 않지만 고
독력(孤獨力)은 오히려 키워야한다.

중년 이후 인생의 목적과 의미에 대해 연구해 온 Leider와
Shapiro(1995)는 '죽을 만큼 무서운 공포'를 다음과 같이 열거하였다.

① 의미 없는 인생을 보내는 공포
② 혼자가 되는 공포
③ 외톨이가 되는 공포
④ 죽음에 대한 공포

이러한 공포를 해소하기 위해서는 의미 있는 일을 찾거나, 배우
자와의 死別에의 적응, 커뮤니티 관계 유지, 목적 있는 삶을 위한 노
력도 중요하지만 병행해서 고독력을 키워야 한다는 것에 대해 많은
사람들이 공감하고 있다.

**고독력(solitude)이란 혼자서 조용한 시간을 보내는 것에 대한
자신감과 편안함으로 단순히 홀로 있어 외롭다고 느끼는 고독감**

(lonlyness)와는 달리 다른 사람의 눈을 의식하지 않고 홀로 있는 것을 감사하고 즐기는 힘을 말한다.

고독력은 누구나 원래 가지고 있는 능력으로 의식함으로써 높아지고 혼자 있는 것을 두려워 않고 오히려 자기 자신을 관조하면서 즐길 수 있게 된다.

"연말연시인데 아무도 연락할 곳이 없어." "회사에서 인간관계가 원만하지 않아 걱정이야." "누구 하나 내게 말을 걸어 주지 않아서 쓸쓸해."와 같은 기분은 고독감(lonliness)이다. 즉 자신이 상대에게 기대한 것이 충족되지 않아서 생기는 것들로 어디까지나 상대를 의식해서 생기는 감정이요 주관적이며 자유도가 낮다.

반면 혼자서 경치를 보고 있다가 과거에 즐거웠던 기억이 떠오르면서 원래의 자신을 돌아보게 되었다든지, 대인관계에서 피곤했던 심신이 마치 욕조에 몸을 담근 것 같은 안도감을 느끼게 되었다든지, 많은 사람들이 모여 의견 교환하는 것보다 잠잠하고 조용한 시공간에 있을 때 오히려 쉽게 결단할 수 있었다든지, 연애하는 중에 오히려 상대방에서 조금 떨어져 지낼 때 절실히 사랑스러움을 느끼고 인연이 깊어지는 것을 느꼈다든지 하는 것은 고독력(solitude)의 효용이다.

창조로 연결되는 고독은 고독감이 아니라 고독력이다.

고독감이 수동적이라면 고독력은 적극적이고 능동적인 마음의 상태를 말한다.

고독감이 느낌이라면 고독력은 혼자 있을 수 있는 힘이다. 자신을 일부러 고독하게 만드는 그만큼 강한 사람이다.

고독감은 고독함에 빠져 스스로를 우울하게 만들지만 고독력은 고독함을 통해 고고(呱呱)한 자아의 심연에 빠져들게 한다.

이러한 고독력의 효용을 실감할 때 자신의 내면과 마주하게 된다.

고독력만 있으면 충분한 성찰을 통해 문제해결 능력도 키우고 삶을 창조적으로 이끌 수 있을 뿐 아니라 대인관계의 질도 좋아지기 때문에 다른 사람들에게 부담이나 피해를 주지 않고 있는 그대로의 일상을 즐길 수 있기 때문에 품격 있는 삶을 살 수 있다. 고독력이 높은 사람은 다른 사람에게 매달리고 타산적으로 이용하는 것이 아니기에 정말로 서로를 위해서 좋은 관계를 만들 수 있다. 그런 관계성이라면 누군가에게 다가갔다가 거절당하더라도 거북함이 남지 않고 끝난다고 신뢰할 수 있다. 고독력이 없는 사람의 특징은 실제로 친구나 지인이 없고 고독감에 사로잡혀 있는 사람이거나 집단의 일원으로 어울리는 사람은 많지만 그룹에서 떨어지는 것을 두려워해서 무리해서라도 어떻게든 인간관계를 맺으려는 사람이다.

『인형의 집』의 작가 헨리 입센이 '세상에서 가장 강한 자는 혼자 힘으로 설 수 있는 자'라고 한 것은 혼자 있는 것을 두려워하기 때문에 여기에서 모든 문제가 파생한다고 생각했기 때문이다. 이처럼 현대인은 자기 자신을 마주하는 내성이 필요하기 때문에 고독력을 키울 필요가 있으며 그래야 비로소 타인과의 진정으로 애착(attachment)을 가질 수 있다.

혼자라도 고독감을 느끼지 않는 고독력을 키우기 위해서는 어떻게 하면 좋은가? 정신과 의사 미즈시마 히로코(水島広子) 씨는 고독감에서 빠져나오기 위해 사람들과 이어져 있다는 감각을 유지하는 것이 필요하다고 하면서 가능하면 베푸는 행동을 하라고 권유한다.

예를 들면 길을 가다가 모금함이 있으면 동전을 넣거나 쓰레기를 줍는다든지 하는 순간 '내가 좋은 일을 했구나.' 하며 마음이 열려 사회와 연결되어 있다는 감각을 느끼면서 고독감에서 벗어날 수 있다는 것이다. 고독감을 바꾸는 열쇠는 베풀고 느끼고 감사하는 행동을 하는 것에 있다. 그렇게 할 때 비로소 자신이 무언가와 연결되어 있다는 감각을 느끼기 때문이다.

회사에서도 자신이 먼저 인사를 하거나 미소 짓거나 대신 전화를 받아 주거나 하는 행동을 하는 것, 공공장소에서 쓰레기를 줍거나 전철에서 자리를 양보하는 것, 점원에게 고맙다고 인사하는 것, 커피를 마시면서도 참 맛있네 하고 느껴 보는 것, 식물에게도 말을 거는 것, 밤에 창문 밖 밤하늘을 아름답다고 느끼는, 이렇듯 소소한 것들로 인한 감각은 혼자 있어도 고독하지 않다고 생각하는 고독력을 키우는 데 도움이 된다.

> "노인이 되면 가족보다도 같은 취미를 가진 사람이나 동네 친구들과도 자주 만나는 관계를 맺는 것도 중요하지만 기본적으로 나이가 들면 자신의 의지, 바람과 상관없이 혼자 사는 기간이 길어질 수밖에 없습니다. (중략) 외롭지 않으려고 너무 몸부림치는 것도 좋지 않아요. 외로움을 견디는 힘, 고독력을 키울 필요가 있습니다. 혼자 품위 있게 책 읽고, 혼자 밥 먹는 습관을 들여야 합니다. 그렇지 않으면 늙어서 힘들어져요."[238]

---

[238] 강창희 ,현 행복100세자산관리연구회 대표, 전 트러스톤자산운용 연금교육포럼 대표.

75. 인생을 리셋하라

앤 모로 린드버그는 저서『바다의 선물』에서 50회 생일을 맞이해 바닷가에 앉아 이렇게 읊조렸다.

"오늘부터 내 인생의 오후가 시작된다."

그녀는 50세 생일날, 인생의 오후의 출발을 선언한다. 그리고 가족과 떨어져 홀로 바닷가에서 휴양을 하며 저술한 책『바다의 선물』은 베스트셀러가 되어 77판을 찍어내는 대기록을 세운다.

다른 사례도 있다.

외교관 출신 우동 가게 사장인 신상목 씨는 파키스탄 대사관에서 근무할 당시 수도 이슬라마바드 메리어트호텔에서 가족들과 저녁 식사를 하기로 했다. 예약 시간보다 10여 분 늦게 도착했는데 도착 직전, 천지를 뒤흔드는 굉음과 함께 정문에서 폭탄이 터졌다. 식당을 포함한 1층 전체가 초토화됐다. 50여 명이 죽고 250여 명이 다쳤다. "호텔이 공항처럼 1층 식당 앞 바리케이드에서 줄을 서서 보안 검색을 했어요. 제시간에 갔으면 꼼짝없이 죽었을 겁니다." 이후 자신의 삶이 언제 끝날지 모른다는 생각을 하게 된 그는 마침내 일본 연수생 시절부터 꿈꾸어 오던, 맛있는 음식과 편안함으로 사람들에게 위안을 주는 우동 가게를 열었다.

　보건복지부가 주최한 '8만 시간 디자인' 공모전에서 에세이 부문 대상을 수상한 백만기 씨는 "나이가 들수록 남들이 원하는 걸 자신이 원하는 것으로 착각하고 사는 경우가 많다."며 "임종의 순간에 남들이 원했던 삶을 살았다고 한다면 그것보다 더 억울한 일이 어디 있겠나?"라는 생각이 들었다고 한다. 그는 50대 초반 '자발적'으로 은퇴한 뒤 인생 1막에서 막연하게 꿈꾸던 많은 일에 도전했다. 고전 음악 카페를 운영하기도 했고 분당 FM 방송 진행자로 일했다. 성당 교우들과 밴드를 결성해 정기 콘서트를 열었다. 시각장애인을 위한 도서낭독 봉사를 했고 호스피스 전문과정을 이수하기도 했다.

　백 교장은 사실 분당 아름다운 인생학교 교장으로 더 알려져 있다. 영국 평생교육기구인 U3A(University of the 3rd Age)의 철학을 바탕으로 시민이 운영하는 자율학교 개념을 도입해 '아름다운 인생학교'를 2013년 분당에 열었다. 지난해 8월 개교한 위례 학교는 두 번째 인생학교가 된다.

> "분당 학교는 이제 궤도에 올랐으니 다른 분께 넘겼습니다.
> 제 꿈이 인생학교를 100개 만드는 것인데 이제 겨우 두 번
> 째 학교를 시작한 겁니다. '어른들을 위한 학교'인 인생학교
> 가 인생 2막을 맞은 이들에게 희망이 됐으면 합니다."[239]

....

239　인생 2막 17년차, 위례 인생학교 교장 백만기 「서영아의 100세 카페」, 동아일보,

돌이켜 보면 50대는 대학을 졸업하고 취업한 후 결혼하고 자녀를 낳아 양육하고 가족을 우선시하며 정신없이 살아온 인생이다. 자신의 꿈이나 희망은 눌러 버린 지 오래다. 이제는 스스로 자문해 볼 때다.

내 인생, 이대로 좋은가?

혹자는 50대가 인생 리셋을 하기에 마지막 기회라고 주장한다. 더불어 은퇴가 기회가 될 수 있는 이유는 인생 리셋을 위해 무언가를 포기할 필요가 없기 때문이다. 은퇴가 멀지 않았다면 진정 자신이 하고 싶은 것이 무엇인지 생각해 보자. 자신의 내부 속에 어떻게든 해 보고 싶은 꿈, 희망을 찾아보자.

필자 주변에 은퇴를 계기로 인생을 리셋한 사례가 많다. 평소 골프에 안목이 있다고 알려진 한 동기생은 시니어 프로골퍼가 되고 싶은 마음을 담아 그간의 경험을 쓴 골프책을 내었는데 제법 인기리에 팔리면서 골프전문가로 이름을 알리고 있다. 또 금융기관 재직 시 해외 근무했던 친구는 은퇴 후에 NGO에 들어가 자신의 어학 능력과 직장에서 경험한 농업 지식을 살려 아프리카 가나, 볼리비아 등지에 일정 기간 체류해가면서 몇 년째 봉사 활동을 해 오고 있다…. 기업 경영자로 근무하던 후배는 평소 꿈꾸던 안경점을 오픈하기 위해 친척이 하는 안경점에서 실습한 후 지방에 있는 안경학과에 입학, 기숙하면서 공부하여 보란 듯이 60세에 안경사에 합격하여 지금은 지역에서 알려진 대형 안경점의 대표로 있다. 일찍부

2021. 10. 24.

터 귀농을 꿈꾸던 금융기관에 다니던 친구는 미리 방송통신대학에서 농학을 전공한 후 가평에 토지를 구입 10여 년간 주말마다 다니면서 현지에 적응한 후 지금은 자신이 꿈꾸어 오던 귀농생활을 하고 있다. 도시 생활을 마치고 귀향한 친구는 현지에서 대를 이어 가업인 농사를 지으면서 한편으로는 지자체 농촌인력 중개센터 상담원을 병행하면서 제2의 인생을 바쁘게 살고 있다. 대리점을 하다가 자발적으로 사업을 접고 귀향한 동기생은 미리 각종 자격증, 드론 자격증, 지게차 자격증 등을 배우고 나서는 지금은 농사를 지으면서 한편으로는 농막 제작, 농사 작법 등 자신의 일상생활을 담은 유튜브를 제작 방송하는 인기 유튜버로도 활동하고 있다. 직장 생활을 마치고 양평에서 자신이 꿈꾸던 전원생활을 하던 동기생은 무료한 시간을 충실하게 보내기 위해 지역인들을 규합하여 협동조합을 만들어 그 지역의 전통 고급 막걸리를 제작하여, 시중에 납품하면서 현역 시절보다 더 바쁜 인생을 보내고 있다.

당신의 인생을 리셋하라.

76. 인생은 페르시아 융단

예전부터 융단은 페르시아에서 생산한 것을 최고로 꼽는다. 고급품은 1만 달러를 넘는 페르시아 융단은 모든 작업을 거의 손으로 한다. 굵은 베실에 양털을 박는 것부터 화려한 색은 동식물에서 뽑은 천연염료로 낸다. 작업을 끝내면 가게 앞길에 내어놓아 사람들이 밟고 지나가게 하는데 밟을수록 선명한 색상이 나타나기 때문이다. 악마의 질투를 받지 않기 위해서 완성된 융단에 일부러 흠집을 내기도 한다. 고전 속에서도 페르시아 융단이 등장하는데 서머셋 몸의 대표작 『인간의 굴레』 속에서 페르시아 융단을 인생에 비유하는 이야기가 나온다.[240]

> 필립은 비로소 그 답을 깨달았다. '인생에 의미는 없다.'는 것이다. 그렇다고 산다는 것 자체가 무의미하다는 뜻은 아니다. 한 장의 융단을 만드는 것처럼 인생을 살아가면 된다는 것이다. 바꿀 수 없는 운명을 씨실로 하여 자신이 살아오면서 인생에서 겪게 되는 수많은 사건, 만남을 날줄로 무늬

....
240   서머셋 모옴, 조용만 옮김, 『인간의 굴레』, 동서문화사, 2016. (필자가 재정리)

를 짜 나가는 것이다. 아름다운 무늬는 그 사람 바로 자신의 것이며 자신이 삶의 종말을 고하게 될 때 그 무늬를 바라보면서 아름답다고 느끼면 그만인 것이다.

이와 비슷한 표현을 「당신의 나무」에서도 찾아볼 수 있었다.

그때까지 나무는 두 가지 일을 했다네. 하나는 뿌리로 불상과 사원을 부수는 일이요. 또 하나는 그 뿌리로 사원과 불상이 완전히 무너지지는 않도록 버텨주는 일이라네. 그렇게 나무와 부처가 서로 얽혀 9백 년을 견뎠다네. 여기 돌은 부서지기 쉬운 사암이어서 이 나무들이 아니었다면 벌써 흙이 되어버렸을지도 모르는 일. 사람살이가 그렇지 않은가.[241]

승려가 소설 속 주인공에게 건네는 말 속에 나오는 나무는 앙코르톰에서 동쪽으로 약 1km 떨어져 있는 타프롬 사원에 서식하는 반얀트리라는 벵골보리수를 가리킨다. 동 사원은 12세기에 지어진 규모가 큰 불교 사찰인데 수백 년간 방치된 동안 반얀트리의 거대한 뿌리들이 사원을 감싸고 이끼 낀 돌 사이를 파고들어 현재의 모습을 보이고 있다. 나무뿌리가 사원의 건축물들을 가르고 부셨지만 역설적으로 그 뿌리들이 움켜쥐고 있기 때문에 완전히 무너지지 않고 형태가 유지되고 있다. 타프롬 사원에 있어 반얀트리는 자신을

241 김영하, 당신의 나무(단편), 『엘리베이터에 낀 그 남자는 어떻게 되었나』, 복복서가, 2024.

부수며 머리 위에서 짓누르는 삶의 굴레이면서 동시에 자신을 지탱해 주는 버팀목인 것이다. 인간 역시 태어나서 자라고 자식을 낳고 빵을 얻기 위해 일하고 죽는 것처럼 누구나 숙명적으로 그려야 하는 무늬는 인간이 짊어져야 할 굴레이자 삶을 완성시키는 버팀목이 된다.

정년 후에 어떻게 살아갈 것인가? 어떤 인생을 살아갈 것인가? 하는 것은 누구에게나 정년과 함께 부여된 과제다. 내 발밑에 펼쳐진 융단에 어떤 무늬를 그릴 것인지를 기대하며 하루하루 살아가는 거다. 인생의 후반전이 전개되는 모습은 또한 융단에 무늬가 덧입혀 가는 과정이니까.

77. 당신도 그들처럼 할 수 있다

베르나르 베르베르의 『상상력 사전』에는 돌고래에 관한 이야기가 등장한다.

돌고래는 바다에 사는 포유동물이라서 허파로 호흡하기 때문에 물속에서 오랫동안 머물러 있을 수 없고 물 밖에 나와 있으면 피부가 마르기 때문에 계속 물 밖에 있을 수도 없다고 한다. 이러한 문제를 해결하기 위해 돌고래는 깨어 있는 채로 잠을 잔다고 한다. 뇌의 왼쪽 반구가 휴식을 취하면 오른쪽 반구가 몸의 기능을 통제하고 그 다음에는 역할을 바꾸는 식이다. 그래서 돌고래는 잠을 자면서도 물 밖으로 솟구쳐 올라 호흡을 한다는 것이다. 인간의 몸도 마치 돌고래처럼 끊임없이 움직이는 데 적합하게 만들어졌다고 한다. 돌고래처럼 끊임없이 일하는 삶을 살려는 사람들이 많다. 이들은 노년에도 열정적으로 일을 하면서 창조적으로 나이 들어 가는 성공적인 삶을 완성시킨다.

경영학의 대가 피터 드러커는 60세부터 30년간이 자신의 전성기였다고 말한다. 자신의 저작의 2/3를 65세 이후에 출간하였다. 58세 이후부터 삼십 년 이상 클레어몬트 대학에서 95세로 타계할 때까지 교편을 잡았다.

> 58세가 되었다. 앞으로 크면 무엇이 될까 아직 모르겠다.
> 이렇게 이야기하니 자식들이 '또'하고 苦笑한다. 농담 아니다.
> 사람의 일생이 어떻게 전개될지는 마지막까지 알 수 없는 것이다.[242]

인상파 화가 끌로드 모네는 시력을 잃어가면서도 80세 이후에도 하루에 12시간씩 그림을 그렸다. 피카소는 최고 걸작이라고 하는 「게르니카」를 56세에 그리게 된다. 60세가 넘어서도 피카소는 열정은 식지 않았다. 그림도 계속 그리고 물론 연애도 계속했다. 피카소의 6번째 여성인 프랑소와즈 질로와의 사이에서 아이를 낳은 때가 피카소 나이 67세였다. 남들은 아들이 아니라 손자를 볼 나이였다. 피카소가 70이 되었을 때 다시 재혼하게 된다. 상대는 20대 후반의 자클린 로크였다. 그녀가 피카소의 병시중을 든 최후의 여성이다. 그는 92세까지 그림을 그렸다.

미국 39대 대통령 지미 카터에게는 두 개의 별명이 있다. 최악의 대통령과 가장 훌륭한 퇴임 대통령이 바로 그것이다. 그는 재임 시 인권이나 도덕만을 앞세워 이상주의 외교에 매달리다가 구소련의 아프가니스탄 침공을 초래하는 등 평판이 좋지 않았다. 그러나 퇴임 후 평가는 전혀 다르다. 무주택 서민을 위한 집 짓기 운동인 해피타트를 전 세계에 전파하고 자원봉사로 운영되는 비영리기구 카

---

242 Psychology Today 인터뷰 중에서, 1968.10.

터센터를 만들어 지구촌 분쟁 종식과 민주주의 확산 운동을 전개해 2002년 노벨 평화상을 받았다.

우리에게는 인생의 한창 시절은 27세부터 45세라는 고정관념이 뿌리박혀 있다. 그래서인지 취업에서도 많은 사람들은 '한창 일할 나이를 지나면 내리막 길'이라고 생각하고 있다.

필자가 45세일 때 당시 다니던 회사에서 재무설계 과정에 입과할 사람을 모집하고 있었다. 당시 지점장이던 필자가 지원했더니 교육 담당자가 나보고 후배들을 위해서 양보해 달라고 하지를 않는가. 45세 이후로는 성장할 필요도 없다는 건지 어처구니가 없었다.

그런데 최근에 발표한 네이처 논문은 이러한 통념을 뒤집는. 당신이 지금 경력의 어떤 시기에 있든, 위대한 업적을 이루는데 너무 늦은 것은 아니라고 발표하였다.

연구팀은 아인슈타인의 '기적의 해', 즉 시공의 개념을 근본적으로 바꾼 3대 논문이 발표된 1905년에 힌트를 얻어 3만 명에 달하는 과학자, 미술가, 영화감독 경력을 분석. 세상에 가장 큰 영향을 준 논문과 작품이 태어난 시기가 경력의 다양한 시점에 분산되어 있는지, 아니면 '그 사람의 평균 실적보다 현저하게 높은 실적을 올렸던 시기'가 있었는지를 조사했다.

조사 결과 대상자의 무려 90%에서 사회에 가장 큰 영향을 준 3개의 논문 또는 작품이 특정 시기에 집중된 것으로 나타났다. 덧붙여서 영향력의 크기는 과학자의 경우는 논문 인용 수, 미술가는 작품의 가격, 영화감독은 인터넷 영화 데이터베이스 (IMDb) 순위로 판정했다.

경력 전성기의 길이는 분야에 따라 달라 과학자는 평균 3.7년 전후, 영화감독은 5.2년, 미술가는 5.7년이었다. 최전성기는 대부분의 사람에게 나타나지만 그것이 언제인지는 사람마다 다르다. 남보다 앞서서 훌륭한 실적을 올릴 과학자도 있고 대기만성처럼 늦게 꽃을 피우는 과학자도 있다. 놀랍게도 절정의 시기는 가장 많은 논문이나 작품을 만들어 낸 시기와 겹치지 않았다. 양산하면 좋은 것이 나오기가 어려운 모양이다. 최전성기가 2회 있던 사람으로 미술가와 과학자는 25% 미만, 영화감독으로는 10% 미만. 즉, 대부분의 사람들은 평생에 한 번밖에 최전성기가 오지 않는다는 것이다. 그렇다면 우리는 인생의 정점에 대한 일반적인 생각을 재검토할 필요가 있을 것 같다.[243]

앞으로 제2, 또는 제3의 경력에 도전하는 사람에게는 매우 든든한 조사 결과다. 이후 연구를 이끈 노스 웨스턴 대학의 다슌 왕 교수(Dashun Wang)[244]는 언론에 "지금까지는 45세를 지나면 순조롭게 잘되어 가는 것은 바랄 수 없었는데 그것은 잘못된 믿음이었다."고 발표하였다.

우리 모두는 실제로 나이가 몇 살이 되었든 '창조하는 한, 앞으로 최고의 전성기를 맞을 가능성은 언제든지 존재한다는 사실'을 모두가 기억해야 한다. '백세 인생'의 시대가 다가오고 있다. 단 한 번뿐

....

243 라첼 햄프턴, Newsweek Japan , 2018년 11월 6일 호 게재.

244 다슌 왕(Dashun Wang): 노스웨스턴 대학교 켈로그경영대학원과 맥코믹 공과대학의 경영 및 조직학 교수이자, 노스웨스턴 복잡계 연구소(NICO)의 핵심 교수이다. 노스이스턴 대학교 물리학과에서 바라바시 교수 지도 아래 "빅데이터 시대의 통계물리학"라는 주제로 박사학위를 받았다. (교보문고 저자 파일 인용)

인 인생에서 2막을 새롭게 시작하고 실현한다는 것은 생각만 해도 가슴 벅찬 감동이 될 것이다.

대원 구함[245]

위험한 여정, 적은 임금, 혹한, 몇 달간 지속되는 길고 완전한 어둠, 끊임없는 위험, 안전한 귀환을 보장할 수 없음, 성공 시 영광과 명예를 얻을 수 있음

― 어니스트 새클턴, 벌링턴 街 4번지

....

245　1914년 당시 탐험가 어니스트 새클턴의 솔직하고 담백한 이 광고에 이끌려 무려 5,000명 이상이 이 목숨을 걸어야 하는 남극탐험대원에 지원해 경쟁률이 무려 197:1에 달했다고 함.

78. 컴포트 존에서 벗어나라

직장에서 보면 선배나 상사 등에 적극적으로 가르침을 청하는 사람이 있다.

스스로 공부하는 것도 게을리하지 않지만, 모르는 것이 있으면 전문지식과 경험이 풍부한 사람을 만나러 간다. 가끔 "스스로 조사해라."라고 꾸중할 때도 낙담하는 모습도 보이지 않으면서 "죄송합니다. 공부하고 있습니다."라고 밝게 사과한다.

이른바 미워할 수 없는 타입의 사람이다.

한편, 누군가가 가르쳐 주는 것을 싫어하거나 가르침을 구하는 것을 주저하는 사람도 있다. 그 이유는 고개를 숙이고 부탁하는 것이 서툴거나 꾸중을 듣고 큰 스트레스를 받을 수도 있기 때문일 거다. 어쩌면 자신의 자존심이 타인과의 긍정적인 관계를 방해하고 있는지도 모른다.

적극적으로 가르침을 청하는 사람과 자존심이 방해하는 사람과의 차이점은 무엇일까?

전자는 자신을 믿는 사람이다. 자신을 믿고 있기 때문에 맨몸으로 상대의 속으로 뛰어들 수 있는 것이다. 후자도 마찬가지로 자신감을 가지고 있긴 하지만 그 자신이 다른 사람의 간섭을 배제하려고 하기 때문이다. 머리를 낮추거나 야단맞는 것은 자존심에 상처가 나는 것처럼 느껴 버린다.

새로운 세계를 경험하고, 더 시야를 넓히고 싶다면, 자신이 익숙한 안전한 장소에서 벗어나 멀리 바라볼 필요가 있다. 거기에는 자신의 지식과 경험도 도움이 되지 않고, 누군가에게 도움을 청하지 않으면 안 될지도 모른다. 만약 프라이드라는 자신의 껍질이 미지의 세계로의 모험을 방해하는 경우 그 자존심도 버려야 된다.

그것은 자신감을 잃는 것이 아니라 아무것도 없는 자신도 믿어주는 것. 그 자리에서 한 걸음 더 내딛는 것이라 할 수 있다.

심리학 용어로 '컴포트 존'(comfort zone·안전지대)이라는 게 있다.

온도 습도 풍속이 적정 수준을 유지해 우리 몸이 가장 편안함을 느끼는 상태를 가리키는데 비유적으로는 '익숙함에 따른 정체(停滯)'를 뜻한다. 누구에게나 자기만의 안전지대가 존재한다. 그 '안전지대'가 나를 보호하기도 하지만 앞에서 언급한 것처럼 오히려 나의 성장을 방해하는 요소가 되기도 한다. 이 용어는 미국의 심리학자 로버트 여키스(Robert Yerkes)와 존 도슨(John Dodson)이 주장한 '여키스-도슨의 법칙'[246]이라 불리는 생리심리학의 법칙에서 비롯했는데, 두 심리학자는 인간을 둘러싸고 있는 환경을 두고 마음이 편안한

....
246   여키스-도슨 법칙(Yerkes-Dodson law)은1908년 심리학자 로버트 여키스(Robert M. Yerkes)와 존 도슨(John Dillingham Dodson)이 처음 개발한 압력과 성과 간의 경험적 관계이다. 이 법칙은 생리적 또는 정신적 각성에 따라 수행 능력이 향상되지만 어느 정도까지만 증가한다고 규정한다. 각성의 수준이 너무 높으면 성능이 저하된다는 것을 보여 준다.
https://en.wikipedia.org/wiki/Yerkes%E2%80%93Dodson_law

환경과 그렇지 않은 환경, 두 가지로 분류하여 인간의 수행 능력이 차이를 보이는지 비교하는 실험을 했다. 결과는?

인간은 약간의 스트레스를 느끼는 환경에 있어야 능력을 키우고 발휘할 수 있다는 것이 증명되었다. 이는 곧 내게 익숙해진 환경, 즉 컴포트 존에서는 성장하기 어렵다는 것을 의미한다.

안데르스 에릭슨 박사[247]는 저서 『1만 시간의 재발견』에서 "컴포트 존에 머물러 있으면 1만 시간을 투자한들 향상은 어렵고 오히려 퇴보할 수 있다."고 조언한다.[248] 어떤 일이든 오랜 시간 매달리되 컴포트 존에서 벗어나려고 스스로를 극한까지 밀어붙여야만 토匠이 될 수 있다는 가르침이다.

안전지대를 벗어나 정신적으로 불안정하고 스트레스가 있는 「스트레치 존」에 있을 때 사람은 성장한다. 새로운 도전을 하고 그러한 환경에 몸을 두지 않으면 성장이 멈춰 버린다. 컴포트 존에 있다고 인식되면 의식적으로 자신의 몸을 스트레칭 영역에 두도록 도전합시다.

'절대 음감'의 볼프강 아마데우스 모차르트가 그랬고, 미국 프로농구(NBA) 역사상 3점 슛을 가장 많이 성공시킨 레이 앨런이나 '금녀(禁女)의 벽'을 깨고 체스계의 그랜드 마스터가 된 폴가르 유디트가 또한 그랬다. 이들은 단순히 많은 시간을 소비한 게 아니라 한 발

---

247 K. 안데르스 에릭슨: 스웨덴 출신의 심리학자로 플로리다 주립 대학교 콘라디 석좌교수를 지냈다. 전문지식과 인간 수행능력에 관한 심리학적 본질에 대한 연구자로서 세계적으로 정평이 나 있다. 그는 1993년에 발표한 논문을 통하여 '1만 시간의 법칙'이라는 개념을 처음 제시한 것으로 유명하다. https://en.wikipedia.org/w/index.php?title=K._Anders_Ericsson&action=history

248 안데르스 에릭슨, 강혜정 번역, 『1만 시간의 재발견』, 비즈니스 북스, 2016.

자국의 전진을 위해 스스로를 거칠게 몰아 세웠다.

이와 달리 유명한 과학자이자 발명가이자 작가였던 벤저민 프랭클린은 체스에 광적이었지만 실력이 '보통'에 머물렀는데 컴포트 존에 안주해서라는 게 에릭슨 박사의 해석이다.

피터 홀린스[249]는 그의 저서 『어웨이크』[250]에서 사람들에게 안전지대가 있는 이유에 대해서 "누구나 안정을 느끼고 자신의 연약함을 감추고 싶어 하기 때문이다."고 이야기한다. 그리고 인생에서 빛나는 모든 순간(성장·배움·발전·성취·실현·만족 등)은 우리의 안전지대 밖에 자리하며 이 '안전지대'를 탈출하는 일은 원하는 것을 붙잡으려는 적절한 동기만 있으면 충분하다고 말하고 있다.

....

249 피터 홀린스(Peter Hollins): 미국에서 가장 주목받는 신세대 심리학자이며, 삶을 변화시키고 싶은 사람들을 위해 심리학을 쉽고 재미있게 소개하는 베스트셀러 작가다. (예스 24 작가 화일에서 인용)
250 피터 홀린스, 공민희 역, 『어웨이크』, 포레스트북스, 2019.

79. 호기심이 답이다

언젠가 TV에서 본 프로 중에 역 이름을 줄줄 꿰고 있는 학생이 있었다. 역수가 302개에 수도권에는 712개로 합해서 1,000개가 넘는 역을 그저 역 이름만 외고 있는 것이 아니라 어디를 가려면 어디서 타고 도중에 어디서 갈아타고 가야 하는지까지 노선까지 줄줄 외우고 있었다. 그게 가능한 것은 그 학생이 지하철이나 전철을 좋아하기 때문이다. 보통 학생들과는 다른 호기심을 갖고 '전철이 재미있군.' '역 이름도 재미있어.'하고 생각했기 때문에 그렇게 줄줄 꿰고 있는 것이다.

흥미를 갖고 임하면 이해도 빠르고 재미도 있다. 그 결과 성과도 오르게 되는 법이다. 이는 과학적으로 증명되고 있다.

뇌 연구에 의해 밝혀진 바에 의하면 기억을 관장하는 곳은 해마와 편도체라고 한다. 해마는 뇌의 맨 가운데에 있는 기관으로 물고기 해마처럼 생겼다고 해서 붙인 이름이다. 뇌에서 최초로 정보를 받아들이는 장소다. 그 옆에 있는 아몬드 모양처럼 생긴 것이 편도체다. 이곳은 감정을 담당하는 기관이다. 편도체가 '저런.' 하고 놀라거나 감동을 받아 떨면 해마는 그것을 중요 정보라고 생각해 기억해 놓는 것이다.

즉 기억이라는 것은 호기심이 왕성하고 여러 곳에 흥미를 갖고 '저런.' 하고 재미있어하는 사람일수록 기억력이 좋고 활성화한다. 반대로 호기심이 약하고 아무것도 즐거워하지 않는 타입의 사람은 기억력이 점점 둔화되어 나중에 치매에 걸릴 우려가 있다

필자도 돌이켜 생각해 보니 이 이야기가 남의 이야기가 아니다. 필자도 50살이 넘으면서 '그 사람, 그게 저… 말이지, 그것' 하면서 금방 사람 이름이 떠오르지 않거나 '아참, 내가 뭐 하려고 여기 왔지.' 하고 방금 하려고 하는 것이 생각나지 않는 경우를 많이 경험했다.

뇌과학에 의하면 기억력이 감퇴하고 있는 거다. 호기심이 없어져서 편도체가 떨리지 않기 때문이다.

해마는 앞에서 언급한 것처럼 편도체가 떨릴 만한 자극적인 정보를 중요 정보로 인식하고 기억으로 돌린다. 자극적인 정보가 필자처럼 줄어들어 기억에 돌릴 정보가 줄어들면 기억을 관장하는 기관이 점점 퇴화되기 마련이다. 이것은 곧 기억력 저하로 연결되고 나중에 치매의 원인이 된다는 것이다.

호기심은 왜 잃어버리는 걸까. 책에 의하면 나이를 먹으면 다양한 경험을 하는 바람에 점점 처음 접하는 것이 적어지기 때문에 감수성이 둔화되어 버리는 것이 가장 큰 원인이라고 한다.

둔해진 감수성을 다시 일으켜 세우려고 하면

① 발상을 전환한다.
② 해 본 적이 없는 것에 도전한다.

③ 하고 싶었지만 할 수 없었던 것에 도전한다.

이러한 3가지 방법을 시도하면 좋다고 한다. 감수성도 좋아지고 호기심도 회생되는 것이다.

발상의 전환 사례로 어느 작가는 72세에 저녁을 먹을 날도 이제 천 번 남았구나 하고 생각해 『앞으로 천 번의 만찬』이라는 책을 썼다. 그렇게 생각하면 식사 한 끼가 소중해지고 반찬 한 조각도 잘 음미하면서 먹게 될 것 같다.

필자는 벚꽃이 만개할 때마다 '이제 몇 번이나 볼까?' 하고 생각하곤 한다. 이제 몇 번 더 보나. 열 번 아니 열다섯 번 하고 생각하다 보면 벚꽃이 그렇게 소중하고 귀해 보일 수가 없다. 마치 내 생명처럼 여겨지기도 한다.

요리, 낚시, 그림, 수영, 악기, 영어 공부, 허리 사이즈 36 등 평소 필자가 결코 시도도 하지 않았던 것도 이제라도 도전해 보면 좋을 것 같다. 원래 싫어하거나 기피하던 것도 일단 해보면 '이렇게 재미있을 수가.' 하고 의외로 필자에게 맞을지도 모른다. 필자가 소장한 책에서 읽은 사례인데 부정맥을 앓고 있던 사람이 금형 조각에 흥미를 갖게 되어 그것에 몰두했더니 부정맥이 나았다고 한다. 의사 선생님은 "호기심으로 병을 완치했다."고 진단했다.

은퇴자에게 호기심은 선택이 아니라 필수이다.

80. 나의 死亡 記事

　2000년 벽두에 일본경제 신문에서 사회 명사 102명에게 원고 요청의 서신을 보냈는데 그 제목이 "나의 사망 기사"이다. 원래 죽음에 대해 직접적으로 언급하는 것을 꺼리는 일본에서는 기상천외한 출판기획이다

　요즈음은 우리나라도 웰다잉법[251] 시행으로 죽음 준비에 대해 많이 일반화되었지만 당시는 일본에서조차 죽음 준비에 대해 잘 알려지지 않은 때여서 아마 일본경제신문의 의뢰를 받은 사회 명사들은 자다가 봉창 두드리는 소리처럼 의아해했을 것이다. 당시 일본경제신문 편집부는 의뢰 서신에서 다음과 같이 취지를 설명하고 있다.

　'죽음을 생각한다는 것은 곧 삶을 생각한다는 것입니다. 사람이 남긴 업적이나 인생의 삶의 내용은 그 시대를 사는 주변 사람들의 평가에 의해 집약되고 시대의 흐름에 따라 변화하기도 하는 것인데, 만약 본인이 자신의 인생에 대해

251　'호스피스 완화치료 및 임종과정에 있는 환자의 연명치료 결정에 관한 법' (2018. 2. 시행)

평가한다면 시대를 넘어서도 가치 있는 자료가 될 것입니다.'[252]

누구나 죽음에 대해서는 생각하기를 꺼려한다. 그러나 유언장을 써 보거나 자신의 사망 기사를 직접 쓸 때는 자신의 삶을 뒤돌아보게 된다. 흔히 먹고 살기 바쁜데 하는 식으로 생각하다가도 자신의 삶에 대해 회고하는 순간 '태어나 먹고 살기 위해 죽을 때까지 애쓰다 아파트 한 채 남기고 여든 다섯 살의 나이로 죽었다.'고 기록하고 싶은 사람은 아무도 없다.

사망 기사는 유서가 아니다. 사망 기사는 자신의 평생을 사회에서 평가하는 최종 심판이기도 하다. 실제로는, 자신의 사망 기사를 스스로 쓸 수 없다.

그것을 굳이 자신의 손으로 쓰는 것으로 **'자신의 인생을 객관시'** 하려고 하는 시도다. 그것은 인생의 한계점을 응시하고 이상적인 인생상을 생각하는 시도이기도 하다.

지금부터 24년 전 이 기사를 기획한 문예춘추 편집자 가도사키 게이치 씨는 300명의 인사들에게 원고를 의뢰했을 때 1/3이나 충실한 회신을 보내와 책을 기획한 사람으로서도 놀랐다고 한다. 부음기사 중에는 이리저리 꼬아 포복절도하게 만드는 내용도 있고 눈물이 찡하고 나오도록 하는 묘비명도 있고 자화자찬하는 내용도 있다.

당시 우리나라 일간지에도 소개가 되었는데 몇 가지 사망 기사

....
252   편집부, 『나의 사망기사』, 문예춘추, 2000(일서).

사례를 들어 본다.[253]

> 일본을 대표하는 여류 작가 다나베 세이코 씨는 자칭 '문단
> 의 백설 공주가 죽다.'라고 했고 여류 소설가 아가와 사와코
> 씨는 '아름다운 사람 한 명을 잃다.'라며 그녀의 죽음을 계기
> 로 이런 말이 사전에 실리게 되었다고 했다.
> 어려운 작품을 쓰는 것으로 유명한 소설가 야마모토 나츠히
> 코 씨는 '3학년짜리 독자가 있는 것이 그의 자랑거리였다.'
> 고 다소 역설적이고 자조적인 묘비명을 남겼다

다음은 필자가 읽으면서 눈에 띄는 사망 기사를 몇 가지를 소개
한다.

작가 헨미 준 씨는 일본의 최다 장수기록을 어디까지 늘릴 것인
가 세간의 주목을 끌었으나 노쇠로 129세로 단 하루도 오차 없이 사
망함. 사망 당일 평소대로 7시 지나서 일어나 로보트 간병 원숭이
아야꼬 양이 만들어 온 抹茶를 마시다가 갑자기 찻잔을 떨어뜨리면
서 앞으로 前倒. 즉사함. 로보트 간병 원숭이 아야꼬의 눈에 설치된
카메라가 보내 준 영상을 통해 근래 24시간 관찰해 온 중앙의료센
터는 이미 3년 전에 여명 계산을 통해 죽는 날을 예상했다고 함. 단
하루도 더 연장시키지 못한 것에 대해 의학계는 낙담을 했다고. 200
세 연명 프로젝트 즉 불로장수 계획 발족과 동시에 국회에서 盜視
法이 성립된 지 20년이 지났다고……

....

253 최원석, 나의 사망기사를 내가 쓴다면, 조선일보, 2000.12.7.

에세이스트 미나미 신보 씨는 사무실에서 유부초밥이 목에 걸려 53세로 사거. 妻 曰 "무슨 연유에서인지 유부초밥을 급히 먹는 버릇이 있어 평소에도 안 뺏어가니 천천히 들라고 해도 좀처럼 듣지 않아요. 그래서 아예 유부초밥을 내놓지 않는데 내가 없을 때 사 와서 야식으로 들었는가 봅니다. 평소 죽을 때 '보잘 것 없는 인생이었다고 생각하는 것만큼은 피하고 싶다.'고 입버릇처럼 이야기 했는데 본인이 원하는 대로 되었네요."라고 말했다.

아쿠타가와상 수상 작가 오기노 안나 씨는 요코하마 모토마치 공원에서 변사체로 발견됨. 신원은 양팔에 새겨진 돼지 文身으로 판명. 사인은 대량 알코올과 수면제 과다 복용에 의한 자살로 추정하고 검토했으나, 평소 20년간 같이 병용한 점, 요 근래 수년간 간경화로 투병 중이었으며 늘 '신장은 하나라도 좋으니 간은 두 개 있으면 좋겠다.'고 입버릇처럼 말한 점 등을 감안 病死로 단정함.

곤충애호가이자 프랑스 문학가인 오쿠모토 다이사부로 씨는 욕조에서 溺死. 발견한 사람은 치매노인 간병하는 여성 직원으로 오랜만에 입욕시켜 드리려고 입욕용 로보트 팔에 안겨 욕조에 넣어드렸는데 마침 옆방에 텔레비전이 켜진 채로 시끄러워 그쪽으로 한눈 파는 동안 익사했다고. 경찰 조사에서 밝힌 바로는 욕조가 깊고 이런 종류의 로보트는 간병 직원의 허리 힘을 받쳐 주는 용도로 제작되었는데 평소에도 사망사고 위험성이 있었다고…. 생애 곤충과 술을 좋아하였으며 술을 마신 후에는 늘 곤충표본 제작에 전념했다고…….

호소카와 모리히로 전 수상은 자신의 부음기사를 이렇게 썼다.

'가시나가와현 유가와라 자택에서 노환으로 작고한 사실이 관계자들에 의해 밝혀졌다. 향년 99세. 유언에 따라 장의나 고별 연은 치러지지 않았다. 60세를 계기로 은퇴한 후에는 자택에 칩거하여 도예 삼매경에 빠져 여생을 보냈다. 이른 시기에 스스로 만든 자연석 묘비에는 長居無用이라고 새겼지만 장수를 거듭하여 최근까지도 일본의 구조개혁이 늦어지는 것에 대한 안타까움을 내비쳤다고 한다.

도쿄 오차노미즈 여대 츠치야 겐지 교수의 사례는 유니크하고 또 노년의 삶의 바람직한 모습을 알려 준다. 철학자 겸 에세이스트인 츠지야 겐지 씨가 철인 3종 경기 중 차에 치어 숨졌다. 향년 135세. 사고 차 운전사는 미스유니버스 일본 대표였으며 그가 임종 시에 한 말은 '이 세상과 여자는 이해할 수 없다.'였다. 이혼 경력 8회 80세를 넘기고 나서도 갖은 염문으로 알려진 그다운 최후였다. 그는 80세가 되고서는 노인 경시 풍조에 경종을 울리려고 노력했으며 100세를 넘기면 100세를 넘겼으니까 책을 쓸까 고민하다가 전 12권을 출간한 것을 시작으로 피아노 콩클 120세 초과 부문에서 준우승 10회 시니어 올림픽 130세 초과 부문에서 참가상 3회 수상 등의 맹활약으로 노인의 희망의 별이 되었다.

작가 시오타 마루오 씨는 20** 년 4월 1일 안락사법이 시행된 날 전국에 36인의 安樂死者가 신고했는데 그 중 제1호가 시오타 씨. 그는 영국의 The Voluntary Euthanasia Society(자유의지에 의한 안락사협회) 의 동양 회원으로 안락사법 제정에 지대한 공을 남긴 인물. 안락사법은 '70세 이하의 경우 그 병이 불치의 병이라는 의사가 인정이 없으면 안락사는 인정되지 않지만 70세 이후는 인생을 완수했다고 보고 어떤 형태의 自死이든 간에 인정함.'으로 되어 있음.

　필자가 읽은 전체적인 느낌은…… 유우머러스하고 풍자적이며 병원에서 고통을 받는 것보다는 平穩死 내지는 자택 死가 많았던 것으로 기억되며 죽음에 대한 미래의 모습을 상기시키는 경우가 다수 있었다.

　당신의 사망 기사는 어떻게 쓸 것인가?

은퇴의 품격

ⓒ 오영훈, 2024

초판 1쇄 발행 2024년 11월 11일

지은이   오영훈
펴낸이   이기봉
편집   좋은땅 편집팀
펴낸곳   도서출판 좋은땅
주소   서울특별시 마포구 양화로12길 26 지월드빌딩 (서교동 395-7)
전화   02)374-8616~7
팩스   02)374-8614
이메일   gworldbook@naver.com
홈페이지   www.g-world.co.kr

ISBN   979-11-388-3697-5 (03810)